Gerd Niebaum

White House not for Sale!

FSC
www.fsc.org
MIX
Papier aus verantwortungsvollen Quellen
FSC® C083411

Friedrich-Ebert-Str. 75 c/o Stromkontor
51429 Bergisch-Gladbach

ISBN: eBook: 9783819414831
Print: 9783819414848

Lektorat: Simon Sahner
Korrektorat: Eliza Garret
Umschlaggestaltung: Guter Punkt GmbH & Co. KG
Layout & Satz: Büro 18, Friedberg (Bay.)

Herstellung und Druck über tolino media GmbH & Co. KG,
Albrechtstr. 14, 80636 München. Printed in Germany.
Fragen zu Produktsicherheit an: gpsr@tolino.media.

GERD NIEBAUM

WHITE HOUSE NOT FOR SALE!

THRILLER

Für Maria, Johnny und Remi

Washington, D.C., 2. April 2024:

Das Licht im Gerichtssaal ist gedämpft. Die dunklen, holzgetäfelten Wände schlucken die Geräusche der Menge. Der Richter hebt den Hammer, ein Raunen geht durch die Reihen. Der Prozess beginnt. Noch nie hat es eine solche Anklage vor einem Gericht der USA gegeben. Eine Verschwörung gegen die Vereinigten Staaten, ein geplantes Attentat auf die Präsidentin, hinterhältige Morde, Korruption. Die prominenten Angeklagten, einst stolze Menschen, kauern hinter ihren Anwälten. Es sind die besten und teuersten des Landes. Ihre Stundensätze sind höher als die Jahresgehälter der Polizisten, die mit verschränkten Armen an den Wänden stehen. Eine feindliche Übernahme der Macht war geplant, ohne Wählerwillen. Ein Deep State, gelenkt von unsichtbarer Hand.

Draußen, vor dem weißen Gerichtsgebäude an der Constitution Avenue, ist eine Bannmeile errichtet worden. Die Luft vibriert.

Schwer bewaffnete Bundespolizisten in schwarzen Uniformen spähen über die Absperrungen. Dahinter tobende Menschenmassen. Schilder mit aggressivem Inhalt werden in die Luft gereckt. Parolen gegen den Staat hallen von den Gebäuden wider. Im Oval Office des Weißen Hauses sitzt Präsidentin Kathleen Immelman vor einem Flachbildschirm, die Hände im Schoß gefaltet. Ihr Stabschef flüstert etwas. Sie schaut gebannt auf den Fernseher. Auf der Todesliste stand sie ganz oben.

Ein digitaler Putsch wurde verhindert, bei dem der Dollar sterben sollte. Die Leitwährung, ein Garant der Macht und des Wohlstands der Nation, sollte verpuffen. Ersetzt durch eine virtuelle Kryptowährung, intransparent, unter der Faust eines einzigen Menschen. Dessen Reichtum wäre grenzenlos gewesen. Die Tech-Milliardäre wären zu Zwergen geschrumpft. Der Plan scheiterte im allerletzten Moment. Seitdem steht das Land unter Schock. Die Meinungen sind geteilt. Der Fall zeige die die Fragilität des Systems, sagen die einen. Verbrecher könnten jederzeit die Macht erlangen und das Weiße Haus kapern. Andere betonen die Wehrhaftigkeit der Institutionen.

Seit Tagen beherrscht der Prozessauftakt die Medien, weltweit Breaking News. Kommentatoren sprechen mit hoher erregter Stimme. In Endlosschleifen werden Szenen aus dem Gerichtssaal gezeigt. Bilder mit brutaler Wirkungsmacht. Das lange Tauziehen um die Zusammensetzung der Jury ist beendet. Es sei leichter, einen neuen Papst zu wählen als einen Geschworenen für diesen Prozess, kommentierte die Washington Post.

Dreitausend Meilen entfernt steht Kate Hawkins in ihrem großen Haus in Redwood City. Es liegt direkt an dem breiten Kanal, der sich von der Bucht bis ins Innere der kleinen Stadt erstreckt. Kate schiebt ein Bügeleisen über eine weiße Bluse. Die Rüschen spart sie sorgsam aus. Dampf zischt auf, steigt hoch. Auf dem

Bildschirm berichtet ein Hauptstadt-Korrespondent. Neben dem Fernseher, auf der Vitrine, liegt ein Umschlag vom Bundesgericht, eine Ladung als Zeugin. Daneben eine Schale mit Schokoriegeln und Keksen für die Polizisten, die stündlich Streife fahren und zur Sicherheit immer wieder klingeln. Durch das Fenster hört man das Tuckern eines Polizeiboots. Kates Gesicht ist ruhig, doch ihre Augen sind lebhaft. In drei Wochen wird sie zu dem Prozess nach Washington reisen. Sie ist Zeugin der Anklage und weiß, was auf dem Spiel steht.

Was ist geschehen? Dieses Buch zeichnet den Gang der Dinge nach. Von den Tatsachen, die geschildert werden, muss die Staatsanwaltschaft die Jury erst noch überzeugen. Dem Leser aber werden die Beweise geliefert. Von einem Erzähler, der alles beobachtet und sich zuweilen sogar in die Gedanken der Akteure hineinversetzt hat. Gibt es einen Chronisten, der solche Fähigkeiten besitzt? In der realen Welt natürlich nicht. Doch in der Phantasie ist alles möglich. Wände und Distanzen gibt es nicht. Tauchen wir also in die Ereignisse dieses dramatischen Prozesses ein.

Es begann im Sommer 1989. Drei Freunde waren als Studenten in der Juristischen Fakultät der Stanford University eingeschrieben. Der Autor hat beobachtet, was die jungen Leute erlebt und was sie getan haben. Über drei Jahrzehnte später sollte eigentlich alles vergessen sein. Im Jahre 2022 nimmt das Schicksal noch einmal eine überraschende Wende. Als eine junge Frau mehr über ihren Erzeuger erfahren will, beginnt eine verhängnisvolle Entwicklung.

EINS

36 Jahre zuvor

San Mateo, am 22. Juni 1989, um 14.30 Uhr

Raymond Raszinsky wollte sterben. Doch nicht in der Art, die das Schicksal für ihn plante, kalt und grausam. Nein, er wollte den Tod auf seine Weise. Still und selbstbestimmt. Wie so oft, saß er regungslos am offenen Fenster, den Blick ins Leere gerichtet. Raymond hatte volle und geschwungene Lippen. Die Nase gerade, wie mit dem Lineal gezogen. Große, dunkelbraune Augen. Das schöne Gesicht, umrahmt von schwarzen Locken. Ein Typ für das Cover eines Lifestyle-Magazins, wenn sich nicht Schwermut wie ein dunkler Mantel um seine Schultern gelegt hätte.

Das Haus war ideal für Familien: Helle Pastellfarben, hübsche Sprossenfenster und ein schattiger Vorgarten mit zwei Fahnenstangen. Eine mit der roten Flagge des Stanford-Cardinal-Football-Teams, die andere mit den Stars & Stripes der Vereinigten Staaten. Für die Bewohner, drei Jura-Studenten, war die Villa zu groß. Aber Alan, John und Raymond, von seinen Freunden schlicht Ray genannt, wollten partout nicht auf dem Campus wohnen. Und Geld spielte keine Rolle, schon gar nicht für Ray. Er zahlte die Hälfte der Miete, großzügig, fast gleichgültig. Die anderen beiden teilten sich den Rest.

Vom Fenster blickte Ray in den Garten. Der Pool spiegelglatt, ein brauner Rasen, von der Sonne verbrannt. San Mateo, die kleine Wohngegend nördlich des Silicon Valley, hielt Mittagsschlaf. Friedhofsruhe über dem Ort. Eine Stille, wie Ray sie sich wünschte. Alan und John waren am Ocean Beach, spielten Volleyball. Er hatte sich geweigert mitzukommen, wie immer. Mittlerweile hatten sie gelernt, den Freund so zu nehmen, wie er war. Sie hielten seine Lustlosigkeit für eine vorübergehende Phase. Einem hartnäckigen Schnupfen vergleichbar, der sich eines guten Tages von selbst wieder verabschiedet.

Tatsächlich wussten sie nur wenig über ihn. Ray war ein Einzelkind, seine reichen Eltern waren tot. Viel mehr hatte er ihnen nicht erzählt. Den Riss in seinem Leben hatte er ihnen verschwiegen. Vor sechs Jahren war seine Welt zusammengestürzt. Damals war Ray noch Senior-Schüler auf einer Eliteschule in Massachusetts gewesen. Fröhlich, bei allen beliebt, ein Junge mit Zukunft. Bis der Direktor ihn in sein Büro gerufen hatte. Dunkle Möbel, schwere Vorhänge, eine todernste Miene. „Du musst jetzt stark sein", hatte der Mann gesagt. Ray hatte ihn gar nicht anschauen können, stattdessen auf die Spitze einer hohen Tanne vor dem Gebäude gestarrt. Die Worte hatte er wie in Trance gehört: Privatjet abgestürzt, irgendwo in der Sargassosee, zwischen Miami und den Bermudas. Keine Hoffnung, Teile des Wracks gefunden, aber nicht die Leichen der Eltern.

Aus dem Sonnyboy war ein wandelnder Toter geworden. Wie ein junger Prinz war er aufgewachsen. In der Villa in Sagaponack, der größten und schönsten in den Dünen der Hamptons. Liebevoll umsorgt von den Eltern und verzaubert von Rita, seiner ersten Freundin, deren Familie ein Ferienhaus an der Küste bewohnt hatte. An sie musste er oft denken. Erinnerungen an ungetrübte Zeiten.

Jetzt aber lastete das riesige Vermögen auf Ray. Wie eine Erbsünde, übernommen von den Vorfahren. Sein Gewissen meldete sich unentwegt, fast stündlich. Ein Flüstern, das nicht verstummen wollte. Wie hatte seine Familie mit der schweren Bürde umgehen können? Er konnte es nicht. Alle Brücken zur Vergangenheit hatte er abgebrochen. Die Villa in Sagaponack verkauft, mit seiner Freundin Schluss gemacht. Eine Therapeutin hatte zum Studium geraten. Jura hatte ihn retten und auf andere Gedanken bringen sollen. Doch der Plan war gescheitert. Der Tod, sein Erlöser, streckte ihm die Hand entgegen. Mitfühlend, verführerisch, Rettung versprechend. Nur eingeschlagen hatte Ray noch nicht. Eine innere Stimme hielt ihn zurück. Die Schuld seiner Familie, dunkel und verworren, musste erst getilgt werden. Das Schicksal nahm ihn, den einzigen Abkömmling, in die Pflicht. Gehen durfte er nur, wenn er eine Lösung hatte.

Er hatte gerätselt, sich den Kopf zermartert. Bis er endlich den Knoten entwirrt hatte. Ein Anflug von Lächeln war über seine traurige Miene gehuscht. Die langen Nachmittage am offenen Fenster hatten doch ihr Gutes. Alan und John! Die beiden waren seine Rettung. Eine simple Unterschrift der Mitbewohner. Warum sollten sie ablehnen? Sie hätten für ihr Leben ausgesorgt, wären reich. Mehr noch: Sie würden Wohltäter sein. Samariter, die gute Gaben an Bedürftige verteilen. Er konnte es kaum erwarten, mit Alan und John zu reden. Sicher, er musste dann auch über sich sprechen, über seinen Wunsch, das Leben zu beenden. Zum ersten Mal. Das musste er in Kauf nehmen.

Im Haus waren Geräusche zu hören. Offenbar waren die Freunde zurück.

„Hallo Ray, bist du oben?“

Alans Stimme durchdrang die Stille des Hauses. Ihre Schritte polterten die Treppe hoch.

„Was macht der Philosoph?“

Alan Brown war der lauteste der drei. Immer tonangebend, präsent, den Raum ausfüllend. Bis vor einem Jahr war er der Quarterback des Football-Teams der Stanford University gewesen, umjubelt wie ein Pop-Star. Dann der Unfall mit der hübschen Beifahrerin, der er hatte imponieren wollen. Ihr war zum Glück nichts passiert. Aber Alan hatte man den Ring- und Mittelfinger entfernen müssen. Aus dem Football-Helden war ein Party-Löwe geworden, ein Spielmacher auf einem anderen Feld. Blond, athletisch, kristallblaue Augen. Die weißen Zähne blitzten wie die polierten Stoßstangen eines Straßenkreuzers. Er vereinnahmte jeden – und jede. Der Robert Redford des Campus.

„Ray, beweg deinen Arsch. Wir reiten die Harleys heute ein!“

Alan gab Ray einen leichten Schlag auf die Schulter.

„Du weißt doch, dass ich nicht mitkomme“, erwiderte Ray, den Blick immer noch auf das Fenster gerichtet.

„Ach komm, m-meinetwegen“, sagte John.

John Forrestal war zurückhaltender als Alan, auch wegen seines Stotterns. Er war füllig, nicht so groß wie Alan. Rundes Gesicht, dunkle Hornbrille. Die Augen hellblau, das längere Haar dunkelblond. Im Gesicht ein paar Pickel. Optisch eher das Aschenputtel der drei. Aber er war sympathisch. Ein Kumpel, der jedes Geheimnis für sich behalten konnte.

„Ich brauche n-noch jemanden, der mitbremst. Sonst kriege ich Alan nicht in den Griff. Wir schaffen das nur zu zweit“, versuchte es John weiter,

„John, ich komme nicht mit. Das ist mein letztes Wort.“

Ray hatte sich geweigert, an dem geplanten Ausflug nach San Diego teilzunehmen. Drei Harleys mieten? Warum sollte er auf einer Maschine über den Pacific Highway brettern, wenn er sterben wollte?

Vor zwei Jahren waren sich die drei auf dem Campus zum ersten Mal begegnet. Schon nach kurzer Zeit stand der Entschluss, das Haus gemeinsam zu mieten. Für Alan der geeignete Ort, ausschweifende Partys zu feiern. John folgte sowieso den Wünschen von Alan. Und Ray? Der mochte keine Studentenbuden. Dass er anders war, hatten beide schnell gemerkt. Zu nichts hatte er Lust. Er habe eine depressive Phase, hatte er ihnen erklärt. Ärzte würden ihn behandeln. Für Alan und John war es eine Herausforderung. „Die ganzen Psychodoktoren haben doch selber einen an der Klatsche, da können wir ihm besser helfen", hatte Alan gemeint. Aber Erfolg hatten sie nicht. Ray blieb ohne Antrieb, hatte nie Bock auf irgendwas. Erst recht nicht auf den Harley-Trip. Trotzdem startete Alan einen letzten Anlauf.

„Ray, denk noch mal darüber nach! Heute Nachmittag will uns so ein Typ zeigen, wie man die Biester bändigen kann. Ich habe gesagt, wir kommen zu dritt."

„Nein. Wie oft soll ich das noch sagen?"

„Gut, dann such halt weiter nach deiner Weltformel."

„Alan, John, bevor ihr fahrt, muss ich euch in Ruhe sprechen. Geht das morgen Abend?", sagte Ray.

Die beiden Freunde blickten ihn erstaunt an.

„Warum so f-förmlich? W-willst du ausziehen?", fragte John.

„Nein, es geht um was anderes, aber dafür brauchen wir etwas Zeit."

„Hat unser Philosoph neue Weisheiten?", lachte Alan.

„So ungefähr", antwortete Ray. „Morgen Abend um 9 Uhr, passt euch das?"

„Können wir machen, aber keine Late Night Session. Übermorgen müssen wir die Harleys ganz früh abholen."

Alan hätte zu gerne gewusst, worum es ging. Doch er spürte, dass Ray allein sein wollte.

„Komm John, wir stören den Denker.“

Beide verließen das Zimmer. Ray starrte weiter aus dem Fenster. Bald würde er es geschafft haben. Der Treuhänder, der sein Vermögen auf den Bermudas verwaltete, war in den Plan eingeweiht. Vergeblich hatte er versucht, Ray umzustimmen. Aber Ray war der Chef. Am Ende war das Dokument genauso angefertigt worden, wie Ray es wollte. Von der größten Anwaltskanzlei in San Francisco. Über Nacht, gegen hohe Zuschläge auf ohnehin schon horrende Stundensätze. Ray hatte das nicht gestört. Er hatte alles unterschrieben. Was noch fehlte, war die Zustimmung von Alan und John. Die Namen der beiden standen schon auf dem Papier. Eine Frage von Tagen, dann würde seine innere Stimme verstummen, ihn nicht mehr quälen. Dann war er frei, den Eltern zu folgen.

ZWEI

33 Jahre später

Los Angeles, am 10.7.2022, um 15.20 Uhr

Das Bild hat sich fest eingebrannt, seit ihre Mutter Rita ihre Lebensbeichte abgelegt hat. Der bildschöne, junge Mann leblos in der Badewanne. Den Kopf unter Wasser, die Pulsadern aufgeschlitzt, ein blutverschmiertes Messer auf dem Boden des Badezimmers. Peter Cunningham war nicht ihr Vater. Es war Ray Raszinsky.

Doreen umklammert ihren Caramel-Macchiato. Der süße Duft des Kaffees steigt ihr entgegen. Das beruhigt sie. Durch das Fenster des Starbucks an der Sechsten Straße schaut sie auf den Eingangsbereich des gegenüberliegenden Gebäudes. Ein Monolith im Financial District. Einundfünzig Stockwerke aus Glas und Stahl. In der obersten Etage das Büro des Senators Alan Brown. Ihm gehört der ganze Tower. Noch vierzig Minuten bis zum Termin. Brown sitzt seit zwei Jahren für Kalifornien im Senat in Washington. Mehr oder weniger unauffällig. Doch seit Kurzem ist sein Name überall im Land bekannt, sogar in der Welt. Kathleen Immelman, Favoritin für die Präsidentschaftswahl im November, hat angekündigt, ihn zu ihrem Vize zu machen. Ein Paukenschlag, der den politischen Beobachtern in der Hauptstadt Rätsel aufgibt.

Doreen blickt kurz auf die Uhr. Sie ist sonst die Ruhe selbst, aber an diesem Nachmittag ist auch sie etwas nervös. Wie peinlich, wenn das Ganze ein Irrtum ist. Mehrmals hat sie für diesen Fall die Situation durchgespielt. „Entschuldigen Sie, Senator. Da habe ich mich wohl vertan!“ Hoffentlich bleibt ihr der Satz erspart. Obwohl auch das noch zum heutigen Tag passen würde. Er hatte holprig begonnen. Beim Frühstück schon die erste Hiobsbotschaft. Nick ließ den Kopf hängen.

„Ich glaube, der Sender will mich loswerden“, sagte er.

„Wie bitte?“

Doreen wäre fast der Becher mit dem grünen Smoothie aus der Hand gefallen.

„Ja, sie finden meine Sendung zu steif. Sie wollen einen Relaunch.“

Nick Garcia, ihr Freund, ist freier Journalist. Er ist die Stimme von „Garcia Weekly“ auf dem Radiosender EMB in Long Beach. Einmal in der Woche begrüßt er Gäste zum Gespräch. Mit ihnen redet er über aktuelle Themen, über ihr Leben und ihre Bücher. Die Sendung ist bekannt und beliebt in Orange County. Nick ist der Premium-Talker des Senders. Immer fair, frei von jeder Bösartigkeit. Doreen liebt ihren Freund. Einen gutmütigeren Menschen kann sie sich nicht vorstellen. Er kann keiner Fliege etwas zuleide tun.

„Vielleicht nur eine Anpassung“, entgegnete sie.

Nicks Unterkiefer schob sich bedrohlich vor die obere Zahnreihe. Das passiert immer, wenn ihm etwas gegen den Strich geht. Dann wirkt er aggressiv, auch wenn er das gar nicht ist.

„Ich bin denen zu teuer, und die brauchen einen Vorwand, mich zu feuern.“

Ob Nick recht hat? So einen beliebten Talker wird kein Sender nach Hause schicken. Oder doch? Dann würde es finanziell eng werden. Doreen nippt an ihrer Latte. Schaum bleibt an ihren Lippen hängen. Die Hypothek auf ihrem Haus in Mission Viejo ist ein Felsbrocken. Sicher, sie könnte in einer der Großkanzleien in Los Angeles arbeiten. Dort würde sie mehr verdienen als in dem kleinen Büro Henderson & Partner. Aber es wäre ein Abschied von Joe, dem besten Chef der Welt, und all den netten Kollegen. Außerdem benötigt sie nur eine halbe Stunde mit dem Auto für die Strecke zwischen Mission Viejo und dem Büro in Irvine. Kein Vergleich zu den stundenlangen Staus auf dem Freeway nach Los Angeles.

Dann die zweite schlechte Nachricht: die Verschiebung des Termins. Das Treffen mit dem Senator, das für 12 Uhr vorgesehen war, müsse auf 16 Uhr verlegt werden. Die Stimme am Telefon war freundlich. Dennoch ärgert sich Doreen. Nun gerät sie in die Rush-Hour auf der 405. Sie nimmt einen letzten Schluck, steht auf und überquert die Straße. Der Aufzug summt leise, als sie hineintritt. Wieder das grausame Bild. Es haftet ihr an. Ray in der Wanne. Wie war sein Gesichtsausdruck? Friedlich, gezeichnet von Panik? War er angezogen oder halbnackt? Warum warf er sein Leben weg?

Die Empfangsdame lächelt sie an. Zu viel Make-up, lange künstliche Wimpern wie Schmetterlinge, grell lackierte Fingernägel. Ist das passend im Büro eines künftigen Vizepräsidenten? Dazu die Tattoos mit verschlungenen Linien auf ihrem Arm. Sie erhebt sich vom Stuhl, zeigt ihre wohlgeformten Oberschenkel und führt Doreen ins Arbeitszimmer. Durch die raumhohen Fenster sieht man den Häuserteppich der Stadt. So weit das Auge reicht, Los Angeles. Die Nachmittagssonne legt einen Hauch von Gold über die Fläche. In unmittelbarer Nähe die anderen Türme des Districts, zum Greifen nah. Am Horizont die Berge, in gräulich-blauen Dunst gehüllt. Brown steht vor einem riesigen Mahagoni-Schreibtisch, auf dem sich Papiere, Zeitungen und Magazine türmen. Er mustert seine Besucherin. In seinem Blick liegt Überraschung, fast etwas Neugier. Mit einem Lächeln, das eingetackert wirkt, streckt er ihr die linke Hand entgegen. Die linke! Der Sportunfall! In diesem Moment weiß Doreen: Sie ist richtig hier.

„Guten Tag, Ms. Cunningham, ich hoffe, die Terminverschiebung hat Ihnen nicht zu viel Ärger gemacht."

Die Stimme des Senators ist angenehm und warm. In der Realität sieht er noch besser aus als in den Medien, die seit Kurzem inflationär sein Bild verbreiten. Er geht auf die sechzig zu, wirkt für sein Alter extrem sportlich. Gebräunte Haut, die Haare eines jungen Mannes, voll, blond, fast ein bisschen fluffig. Über dem Schreibtisch hängen Fotos mit bekannten Stars, Politikern und Sportlern. Brown überstrahlt sie alle.

„Nein, die Verschiebung ist kein Problem", sagt Doreen. „Ich freue mich, dass es klappt."

Verstohlen schielt Doreen auf die rechte Hand des Senators. Aber die ist in seiner Hosentasche verschwunden. Alan Brown – so die Presse – verdankt die Kandidatur seinem Geld und seinem jugendlichen Charme. Politische Kompetenz braucht er nicht. Davon hat die amtierende Außenministerin und designierte Präsidentschaftskandidatin Immelman genug. Doch sie ist farblos, fast langweilig. Brown hingegen hat Sex-Appeal. Bei den Frauen kann er wegen seines Aussehens, bei den Männern wegen seiner Sportlichkeit punkten. Außerdem ist er Milliardär, besitzt Firmen, Einkaufscenter, Hochhäuser und ganze Wohnviertel. Es wird Spenden für die Kampagne regnen.

Doreen nimmt auf dem schwarzen Ledersofa Platz. Der dauerlächelnde Senator setzt sich auf den wuchtigen Ledersessel am anderen Ende des Couchtisches. Er ist noch auf dem Weg ins Weiße Haus, aber seine Bewegungen und seine Sprache sind schon so, als ob er bereits dort angekommen wäre. Ganz der künftige Staatsmann.

„Was verschafft mir das Vergnügen, am Ende des Tages noch Besuch von einer attraktiven jungen Dame zu erhalten?"

Doreen kennt und ignoriert Komplimente dieser Art. Ihr Gesicht ist fein geschnitten. Die Augen groß, ausdrucksvoll und braun. Sie hat breite Wangenknochen, herzförmige Lippen und eine kleine, sehr gerade Nase. Stolz oder Distanz, oft die Attitüden makellos schöner Frauen, sind ihr fremd. Sie wirkt immer fröhlich, fast kumpelhaft. Ihr schwarzes, leicht glänzendes Haar trägt sie offen. Auf der Straße hält man sie für einen Star. Für ein Model oder eine Sängerin. Interessierte Blicke der Männer sammelt sie seit ihrer Pubertät. Genauso betrachtet sie der Mann im wuchtigen Ledersessel.

„Meine Damen sagten mir, dass Sie etwas Wichtiges mit mir zu erörtern hätten, etwas ganz Persönliches. Welches Geheimnis ist es denn, Ms. Cunningham?"

Bei der Vereinbarung des Termins hatte sie in Rätseln gesprochen. Das war Nicks Idee. Sie solle sagen, es gehe um eine persönliche Sache. „Der Senator ist ein Womanizer", hat Nick gesagt, „Wenn eine Frau mit einem unbekannten Thema anruft, muss er klären, ob es eine alte Affäre ist und ob ihm als Kandidat Ärger droht. Er muss dich treffen." Ein toller Trick. Tatsächlich: Der Senator hat dem Termin zugestimmt, ohne den Grund zu kennen.

„Bitte spannen Sie mich nicht auf die Folter und sagen Sie mir, was ich für Sie tun kann."

Dem Senator ist Erleichterung anzumerken. Doreen ist keine Verflossene. Also droht ihm keine Gefahr.

„Senator, zunächst darf ich mich für den Termin bedanken. Sie werden wegen Ihrer künftigen Aufgaben wenig Zeit haben. Deshalb weiß ich es sehr zu schätzen, dass Sie mich überhaupt empfangen."

Sie hat den Blick fest auf Brown gerichtet. Als Anwältin ist sie darin geübt, das Mienenspiel ihrer Gesprächspartner zu beobachten.

„Ich heiße Doreen Cunningham und bin die Tochter von Rita Cunningham. Meine Mutter ist vor zehn Jahren gestorben. Ich möchte etwas über meinen leiblichen Vater erfahren."

Die Stirn des Senators kräuselt sich. Ein Vaterschaftsvorwurf? Das könnte den Wahlkampf auch verhageln.

„Seit meiner Kindheit", sagt Doreen „glaubte ich, dass ich die Tochter von Peter Cunningham bin, mit dem meine Mutter bei meiner Geburt verheiratet war. Kurz vor ihrem Tod hat sie mir dann eröffnet, dass mein biologischer Vater Raymond Raszinsky hieß. Meine Mutter erwähnte, dass Sie ihn kannten. Aus Stanford, Ende der Achtziger."

Browns Lächeln bleibt, aber die Augen zucken.

„Ray? Sie sind die Tochter meines Freundes Ray?", sagt er, die Stimme eine Spur höher. „Das muss ein Irrtum sein, Ms. Cunningham. Ray war mein Freund, aber er hatte kein Kind, als er starb. Er war nicht verheiratet und hatte auch keine Freundin. Sind Sie da sicher? Irgendetwas kann nicht stimmen?"

Doreen erzählt dem Senator, was sie von ihrer Mutter erfahren hat.

DREI

Derselbe Tag

Long Beach, am 10. 7. 2022, um 18.05 Uhr

Nick spürt, wie der Himmel über ihm aufreißt. Die schlechte Laune des Morgens ist verflogen. Der Grund ist sein heutiger Talk-Gast: Jason Parker, Leiter der Investigativ-Abteilung der Los Angeles Today, Kaliforniens härtester Journalisten-Sheriff. Er spürt Skandale auf wie Bluthunde ihre Beute. Die beiden kennen sich von der San Diego State University. Jason war damals Dozent, Nick einer seiner besten Studenten. Sie haben sich angefreundet. Bier, Wein, sogar ein wenig Stoff, nächtelange Diskussionen. Die Aussicht auf ein spannendes Gespräch mit dem Freund pumpt Adrenalin in Nicks Adern.

Er hat Jason schon am Parkplatz abgeholt. Jason saß in seinem Jeep Cherokee und telefonierte lange, während Nick geduldig wartete. Zwei Typen fielen ihm auf, vor einem VW-Kastenwagen, die Hände in den Taschen, die Gesichter halb verborgen unter Baseballkappen. Sie starrten zu Jason, bis Nick sie sah. Dann verschwanden sie etwas zu hastig in ihrem Wagen. Stimmte etwas nicht? Aber wahrscheinlich waren es nur irgendwelche Handwerker.

Jetzt sitzen Nick und Jason in dem kleinen, fensterlosen Studio. Die alte Klimaanlage rattert, als wäre sie kurz vor dem Sterben. Trotzdem ist es warm und stickig. Beide haben riesige, schwarze Kopfhörer übergestülpt. In der Anmoderation hat Nick seinen Gast bereits vorgestellt. Er hat sich bemüht, lockerer als sonst zu wirken. Ein Versuch, dem Sender zu gefallen. „Smoke on the Water" dröhnt durch die Lautsprecher, Jasons Wunsch. Nick schaut auf die Uhr. Seine Gedanken schweifen zu Doreen. Ihr Termin bei Alan Brown müsste schon vorbei sein. Was hat sie erfahren? Er ist gespannt, fast so, als ginge es um seinen eigenen Vater. Seit sechs Jahren sind Doreen und er ein Paar. Verliebt ist er immer noch, wie am ersten Tag. Für das nächste Jahr planen sie ihre Hochzeit. Eine romantische Feier auf Maui. Dann sollen Kinder kommen. Sie wünschen sich drei. Was ist er für ein glücklicher Mensch! Wenn nur nicht die Unsicherheit mit dem Sender wäre!

Das rote Licht flammt auf. Nick hebt die Stimme.

„Mittwochabend, 18.08 Uhr, Garcia Weekly. Unser Gast heute: Jason Parker, einer der schärfsten Köpfe des Landes. Preise ohne Ende, bei Politikern gefürchtet. Einige spektakuläre Rücktritte der letzten Jahre sind auf ihn zurückzuführen."

Ein schneller anerkennender Blick zu Jason. Dann fährt Nick fort.

„Willkommen, Jason. Was treibt Sie an, in den dunklen Ecken der Mächtigen zu suchen? Wollen Sie nur Heilige in öffentlichen Ämtern?"

Jason lehnt sich vor. Seine Stimme ist ruhig und tief.

„Nein, Nick, aber ich glaube fest daran, dass dem Journalismus eine wichtige Aufgabe zufällt. Wir müssen Wächter sein und prüfen, ob die da oben sauber spielen, gesetzlich und moralisch."

Nick zappelt innerlich. Der Sender will alles lockerer. Aber Jason bleibt Jason, da ist nichts zu machen.

„Danke, Jason. Sie sind Fan von AC/DC, und wir hören jetzt ‚Highway to Hell'."

Das Zeichen für den nächsten Titel. Sie sind off-air. Jason schiebt die Kopfhörer zurück. Seine massigen Hände bewegen sich schwerfällig. Er ist ein Koloss von nahezu zwei Metern. Zwischen all den technischen Apparaturen wirkt er wie ein mächtiger Schwarzbär, der in einem Gehege für Erdmännchen gelandet ist. Obwohl er auf die fünfzig zugeht, hat er das unschuldige Gesicht eines adipösen Teenagers. Die Augen, hinter buschigen Brauen, sind wach, durchdringend, energiegeladen. Nick ist ein schlanker, sportlicher Typ, fünfzehn Jahre jünger als Jason, einen Kopf kleiner. Gewinnendes Lächeln. Der Mann, für den Mütter und Töchter schwärmen. Gerne legt er im Gespräch den Kopf zur Seite. Ein Move, mit dem er bei jedem Bachelor-Casting in die engere Wahl käme. Wenn er nur nicht gerade seinen Kiefer vorschiebt.

„Was ich brauche, Nick, sind Informationen darüber, wie Brown sein Vermögen gemacht hat. So viele Einzelheiten wie möglich", sagt Jason leise. „Hat er geerbt? Woher kommen seine Immobilien? Das viele Geld? Macht er was mit Wertpapieren? Oder mit Bitcoins?"

„Gib mir etwas Zeit", erwidert Nick. „Du bekommst das Material."

Nick macht gerne Internetrecherchen für Kollegen. Ein schöner Nebenverdienst. Diesmal hat Jason ihn gebeten, bei den Recherchen zu einem Bestechungsverdacht zu helfen. Im Fokus steht der kalifornische Gouverneur Ted Williams. Jason hat ein anonymes Schreiben erhalten. Vor zwei Jahren hat der Gouverneur Alan Brown als Nachrücker für die verstorbene kalifornische Senatorin Nancy Smith bestimmt. Dafür soll er die Hand aufgehalten haben. Tatsächlich hatte niemand verstanden, dass Williams ausgerechnet Brown zum Senator ernannt hatte. Der war bis dahin ein Hinterbänkler im kalifornischen Parlament gewesen. Es hieß, er wolle dort nur seine Bauprojekte fördern und sich in seinen Kreisen wichtig machen. Politik als Hobby. Jetzt wird er schon als Vizepräsident gehandelt. Die Sache hat das Zeug für eine Staatsaffäre. Ein Kick für jeden ambitionierten Enthüllungsjournalisten.

Der Song von der Playlist ist beendet. Sie sind wieder auf Sendung.

„Highway to Hell", sagt Nick. „Wer ist der Nächste auf dem Weg zur Hölle? Welchen Politiker hat der große Jason Parker im Visier? Hier in unserem kleinen Sender dürfen Sie es verraten."

„Einer, der vielleicht noch gar nicht daran denkt. Nein, ernsthaft! Diskretion ist die Basis meiner Arbeit. Wenn alle Fakten gesammelt sind, muss man informieren. Wer zu früh springt, landet zu kurz."

„Schade, ich hatte schon auf landesweite Schlagzeilen gehofft. Aber wir verstehen die Verschwiegenheit natürlich. Unser Gast ist ein großer Western-Fan, hat sich Johnny Cash gewünscht. Ghost Ryders in the Sky. Leute, wir haben es gehört: Heute werden wir nicht erfahren, welcher Politiker der nächste Geistreiter ist."

Der Western-Song beginnt, und Nick kneift Jason ein Auge zu. Vertraulichkeit ist wichtig. Nick weiß das. Wenn er für Jason arbeitet, muss er sich schriftlich zum Stillschweigen verpflichten. Auch jetzt im Fall Williams. Nicht einmal mit Doreen darf er darüber sprechen. Was ihn aber nicht davon abgehalten hat, sie über ein zufälliges Nebenprodukt der Recherche zu informieren.

„Doreen, hast du nicht mal gesagt, dein leiblicher Vater hätte einen Studienfreund namens Alan gehabt, und der hätte eine Football-Karriere an den Nagel hängen müssen, weil er Finger verloren hat?"

„Ja, so hat Mama es erzählt. Warum?"

„Weil ich gerade etwas Interessantes gefunden habe. Ich lese einiges über Alan Brown, den Senator. Er hat in Stanford studiert, war bei den Stanford Cardinals, und ihm fehlen zwei Finger an der rechten Hand. Auch sein Alter passt."

Doreen war aufgesprungen, hatte Nick umarmt und mit Küssen überhäuft.

„Das gibt es ja nicht. Das kann kein Zufall sein. Nick, du bist ein Schatz!"

„Mach was draus. Lass dir einen Termin geben. Vielleicht passt es ja, und du erfährst endlich etwas über deinen ominösen Erzeuger."

Auch Nick hatte sich gefreut. Erst recht über die Liebkosungen seiner Freundin. Zum Glück hatte sie ihm keine weiteren Fragen gestellt.

VIER

Derselbe Tag

Mission Viejo, am 10.7.2022, um 21.15 Uhr

Doreen muss runterkommen. Das Joggen soll ihr helfen. Der Lake Mission Viejo liegt wie ein breites, schwarzes Tuch in der Dämmerung. Die Straßenlaternen tauchen den Margret Parkway in ein warmes Licht. Eine Abendbrise streift über Doreens Gesicht. Sie trägt den salzigen Hauch des nahen Pazifiks und vertreibt die Schwüle des Tages. Auf dem See flackern die bunten Lichter eines Bootes. Nick war nicht zu Hause, als sie aus Los Angeles wiederkam. An sein Handy ging er nicht. Vermutlich sitzt er mit Jason in einem Restaurant, versunken in dessen Welt aus Geheimnissen. Sie fragt nicht. Auch in ihrem Anwaltsberuf gibt es Diskretion.

Monotones Hämmern auf dem Asphalt. Beim Laufen schaltet sie normalerweise ab, entrümpelt den Kopf. Aber heute nicht. Die zwei Stunden mit dem Senator lassen sie nicht los. Am Anfang war er glatt und unzugänglich. Ein Politiker mit einstudiertem, festgeschraubtem Lächeln, jeder Blick kalkuliert. Doch was sie sagte, brach ihn auf. Schicht für Schicht. Sie konnte spüren, dass er emotionaler wurde. Der Mann muss Ray nahegestanden haben. Näher, als Worte es fassen können.

Sie schüttete alles vor ihm aus. Redwood City, ihre Kindheit, die schwierige Ehe der Eltern, Ritas letzte Worte vor zehn Jahren: Peter sei nicht ihr Vater gewesen, sondern Ray Raszinsky, ein Junge aus den Hamptons. Ihre erste Beziehung, die von Ray nach dem Tod seiner Eltern abrupt beendet worden sei. Ohne Erklärung. Später, 1989, in Stanford, hätten sie sich wiedergetroffen. Die Liebe sei neu entflammt, intensiv und wild. Aber heimlich, weil Rita damals schon mit Peter verheiratet gewesen sei.

Doreens Stimme brach, als sie über Ritas Beichte sprach. Die Erinnerung daran trifft sie immer noch wie ein kalter Windstoß, der Tränen in die Augen treibt. Doch sie hielt den Blick des Senators. Für einen kurzen Moment sah sie ein Zucken in seinem Gesicht.

Sie erzählte weiter: Ray in San Mateo. Ein Haus, wie ein Schloss für drei Studenten. Die beiden Freunde wochenlang nicht da. Rita bei ihm, heimlich. Ray habe auf Scheidung gedrängt, habe sie heiraten wollen. Viel zu schnell, zu stürmisch. Und dann, aus heiterem Himmel, kein Kontakt mehr. Schweigen, tagelang. Bis Gerüchte in der Uni umgegangen waren: Selbstmord. Depressionen hätten ihn in den Abgrund gerissen, er sei in der Badewanne gefunden worden.

Der Senator hörte zu, wie gebannt. Bei Selbstmord nickte er, seine Lippen waren schmal. Offenbar der Ausdruck großen Schmerzes, den er nach Jahrzehnten immer noch nicht überwunden hat. Rita, damals in Schock und Trauer, habe nichts verstanden, erzählte Doreen weiter. Zeichen von Schwermut habe sie bei Ray in den wenigen glücklichen Wochen nicht festgestellt. Nur Freude, Träume von gemeinsamer Zukunft. Zwei Seelen in einer Brust? Dann die Schwangerschaft. Peter sei unfähig gewesen, Kinder zu zeugen, habe nicht der Vater sein können. Aber er habe seiner Frau verziehen und Doreen als Tochter angenommen. Am Ende hätten sich die Eltern dennoch getrennt.

Als Doreen berichtet hatte, drehte sich Brown zum Fenster und starrte eine Weile stumm hinaus.

„Wie sind Sie auf mich gestoßen?"

„Meine Mutter hat mir die Vornamen der Freunde von Ray genannt, Alan und John. Von beiden hat er oft gesprochen. Sie erwähnte Ihren Football-Ruhm, und Ihre Verletzung. Mein Freund, ein Journalist, hat es herausgefunden. In letzter Zeit sind Sie nicht gerade wenig in den Medien, Senator."

Brown lächelte, wieder mit der Routine des Politikers.

„Was Sie sagen, ist unglaublich. Ja, Ray war unser Freund. John und ich haben ihn geliebt. Er war depressiv, aber wir haben sein Ende nicht kommen sehen. Die Beziehung zu Ihrer Mutter hat er uns völlig verschwiegen."

Dann erzählte der Senator. Die Villa, wilde Nächte, der Kampf, Ray zu retten. Und dann der schreckliche Fund: Ray in der Wanne, ein Bild, das ihn bis zu seinem eigenen Tode begleiten werde.

Keine Details, bitte, dachte Doreen. Das Bild quält sie schon genug.

„Senator", fragte sie. „Wie war er? Sie sind der Einzige, der mir etwas über ihn erzählen kann. Können Sie ihn näher beschreiben?"

„Ein guter Mensch. Sie würden ihn lieben. Er war still, mitfühlend, hatte ein Herz für andere."

„Haben Sie noch ein Foto von ihm?"

„Vielleicht finde ich eins. Er war schön. Wie einer dieser griechischen Jünglinge aus der Antike. Sie haben seine Augen, seinen Mund."

„Was ist mit dem anderen Freund, diesem John? Lebt er noch?"

„Ja, er heißt John Forrestal. Ich habe wenig Kontakt zu ihm, aber mein Büro wird Ihnen seine Adresse geben. Er lebt in Richmond, Virginia. John wird sich wundern, dass Ray eine Tochter hat. Ich rufe ihn bald an."

„Warum hat er Rita die Depression verschwiegen?“

„Ich denke, dass er darüber nicht gerne sprach.“

Doreens Schritte hallen über den Alicia Parkway. Ihre Laufrunde um den See ist fast beendet. Sie wird aus den Gedanken gerissen, als ein Motor neben ihr brummt. Es ist Nick. Er hat das Fenster nach unten gefahren.

„Steig ein, Schatz, erzähl mir alles.“

Der Abend wird lang, voller Erzählungen. Ein Anruf in der Nacht wird sie erstarren lassen.

FÜNF

Derselbe Tag

Manhattan Beach, am 10.7.2022, um 22.30 Uhr

Jason Parker ist auf dem Weg nach Hause. Der dunkle Freeway No. 5 liegt vor ihm, um diese Zeit herrscht kaum Verkehr. Ins Auto zu steigen, ist für den XXL-Mann ein Kraftakt. Doch er liebt das Fahren. Zwei Oldtimer stehen in der Garage. Er putzt und pflegt sie, wenn er seine Gedanken kreisen lassen will. Ein investigativer Journalist muss in die Köpfe korrupter Menschen eindringen. Wie ein hochauflösender Computertomograf, der bösartige Befunde schonungslos offenlegt.

Mit dem Gespräch im Radio hat er seinem Freund Nick einen Gefallen getan. Medienauftritte sind nicht seine Sache, er hütet sein Privatleben. Ausnahmen macht er nur, wenn es um bestimmte Skandale geht, die er enthüllt hat oder zu denen er als Experte befragt wird. Doch Nick zuliebe war er in seiner Talk-Sendung und fuhr später noch mit ihm nach Laguna Beach. Im Driftwood Kitchen diskutierten sie über den Fall Williams, Codename „Hurricane“. Dabei verspeiste er ein Rib-Eye-Steak. Jetzt schreit sein Magen nach mehr. Zu Hause warten noch Rühreier und Garnelen.

Er passiert das Schild mit der Ausfahrt Manhattan Beach und wechselt auf die rechte Fahrbahn, um vom Freeway abzubiegen. Das Tempo: etwas über achtzig Meilen pro Stunde. Lionel Richie singt. Das Display der Freisprechanlage leuchtet auf. Sein Verleger, der ihn zu einem Event nächste Woche einlädt. „Ich versuch's", sagt Jason. Dann ein Rauschen, Stille. Die Leitung ist tot. Er wird sicher gleich wieder anrufen, denkt er und summt mit. „Hello, is it me you looking for ..."

Im Rückspiegel sieht er die Lichter eines anderen Fahrzeugs, nah und beharrlich. Jetzt die Ausfahrt. Die Kurve kommt schnell. Er hat einen Tick: immer erst spät auf das Bremspedal treten. Das will er jetzt tun. Es gibt nach, weich und leer, bis zum Anschlag. Einmal, zweimal, dreimal. Nichts. Sein Puls explodiert. Schweiß bricht aus. Verdammt! Eben funktionierte die Bremse noch. Was passiert hier?

Die Kurve rast auf ihn zu. Zu schnell, viel zu schnell. Panik erfasst ihn. Sein Mund öffnet sich zu einem spitzen Schrei, die Augen sind weit aufgerissen. Der Jeep fliegt über die Leitplanke, er ist einen Moment in der Luft. Dann der Aufprall. Ein Krachen, ein Überschlag, die Landung auf dem sandigen Boden. Ein dumpfes, sattes Geräusch, danach Stille. Jason Parker ist tot. Genickbruch und innere Blutungen, wird die Obduktion später ergeben.

Das Fahrzeug hinter Jason ist ein VW-Kastenwagen, ein rollendes Büro. Zwei Männer mit Baseballkappen sitzen im Auto. Der Fahrer vorne, und am Schreibtisch ein Nerd, der den vor ihm stehenden Laptop bedient. Als Jasons Wagen aus der Kurve fliegt, huscht ein Lächeln über sein Gesicht, kalt und triumphierend. Die Bremsen sind sein Werk. Ein virtuoser Eingriff in die Elektronik des Jeep Cherokee. Sein Auftraggeber wird zufrieden sein.

SECHS

33 Jahre zurück

San Mateo, am 23.6.1989, um 21.00 Uhr

Ray hatte jedes Wort geprobt. Er wusste, die Wahrheit würde seine Freunde schocken. Ihr Kumpel würde in ihren Augen plötzlich ein anderer Mensch sein. Ein lebensmüder Milliardär, gefangen in dunklen Zwängen, mit einem Wunsch nach Erlösung. Und mit einem unfassbaren Angebot, das sie in eine andere Welt katapultieren würde. Als er in die Küche hinunterging, war er angespannt, aber fest entschlossen, den Weg zu gehen. Alan und John waren schon da. Bester Dinge, mit Sand an den Schuhen. Am Strand hatten sie Volleyball gespielt und gewonnen. Ehrensache für den ehemaligen Football-Star und seinen Kumpel.

„Was liegt an, Ray? Du machst es ziemlich spannend, mein Freund."

Alan hatte die Füße lässig auf den Stuhl gelegt. Auf dem Tisch standen drei geöffnete Flaschen Anchor Steam. Das Lieblingsbier von John, gekauft im neuen „Trader Joe's", dem lustigen Lebensmittelladen, wo alle Mitarbeiter knallbunte Hemden trugen.

„Ich muss euch was sagen. Was Wichtiges, hört mir einfach erst einmal zu", begann Ray das Gespräch.

„Sagte der Junkie und setzte sich einen Schuss. Bitte mit weniger Dramatik, Ray."

Alan trommelte mit seinen Fingern auf die Tischplatte. Was lag an? Irgendwas mit der Miete?

„Gut, ich fasse mich kurz. Was würdet ihr sagen, wenn mir 1,5 Milliarden Dollar gehören?"

„Dass wir uns die Summe t-teilen."

Es war John, der das brummte. Er lehnte am Herd und blickte aus dem Fenster. Draußen ein Cadillac Fleetwood, langsam die Straße erobernd.

„Nein, es ist so, wie ich es sage. Ich habe das Geld. Es liegt auf den Bermudas. Und es wird von einem Treuhänder verwaltet. Meine Eltern konnten darüber frei verfügen. Seit ihrem Tod kann ich es."

1,5 Milliarden? Machte Ray Witze? Das passte nicht zu ihm.

„Und jetzt möchtest du die Miete ganz allein übernehmen? Ray, du bist ein Schatz. Aber im Ernst: Wo kommt denn so viel Geld her?", fragte Alan und nahm einen Schluck aus der Flasche.

„Meine Familie hat eine Privatbank besessen. Ein Traditionshaus in Manhattan, das mehr als hundert Jahre alt war. Mein Vater hat die Bank an die Global Finance aus North Carolina verkauft. Auf den Bermudas ist der inoffizielle Teil des Kaufpreises geparkt."

„Inoffiziell? Du meinst Schwarzgeld. Wovon das Finanzamt nichts weiß. War mir immer schon klar, dass die Banken Dreck am Stecken haben. Wofür wird denn so ein Preis ‚inoffiziell' bezahlt?"

Alan war der Sohn eines wohlhabenden Versicherungsmaklers aus Philadelphia, mit zwei, drei Millionen auf der Bank, einem schönen Haus und einigen Autos. Geldsorgen kannte die Familie nicht. Aber 1,5 Milliarden? Das lag außerhalb seines Horizonts. Mit dieser Summe wäre man einer der reichsten Menschen der Welt.

Ray fuhr fort.
„Es war mal das Kapital jüdischer Familien aus Deutschland, die in den Zwanziger Jahren in die Privatbank investiert hatten. Mein Großvater hat das Geld auf den Bermudas angelegt und riesig vermehrt. Er hat unglaubliche Profite erwirtschaftet."
„Dann hat der alte Herr doch gut gearbeitet", sagte Alan.
„Aber nicht, bei dem was folgte."
„Was denn?"
„Nach dem Holocaust waren die Berechtigten tot, oder deren Unterlagen waren vernichtet. Da hat er sich das fremde Vermögen kurzerhand unter den Nagel gerissen. Mit ein paar Bilanztricks. Das Kapital hat immer neue Erträge gebracht. Die Global Finance hat alles übernommen und meiner Familie dafür 1,5 Milliarden gezahlt. Das Geld liegt auf der Insel und gehört mir. Aber es ist schmutziges Geld."

Minutenlange Stille! John fand als Erster die Sprache wieder.

„Wow, und warum erzählst du uns d-das, Ray?"

„Mich quält diese unglaubliche Schuld. Ihr könnt euch das nicht vorstellen. Wenn ich das Geld behalte, dann bin ich einer, der vom Holocaust lebt. Schon der Gedanke macht mich fertig. Also muss das Geld an die Richtigen zurückgegeben werden. Viele von denen, die damals Kapital investiert haben, werden heute noch Erben haben. Die müssen gefunden und entschädigt werden."

Leise fügte Ray hinzu:

„Solange ich das nicht geregelt kriege, kann ich nicht sterben."

„Kannst du nicht – was bitte? Wovon redest du, Ray?"

Alan richtete sich in seinem Stuhl auf.

„Ja, ich will offen sein. Ich will Schluss mit dem Leben machen. Das ist mein voller Ernst. Und mein Entschluss ist unumstößlich. Ich hätte es schon längst getan. Schon vor einigen Jahren. Das Einzige, was mich abhält, ist das Vermögen. Ich muss die Entschädigung regeln, bevor ich sterbe. Und da müsst ihr mir helfen. Ihr müsst die Berechtigten finden und ihnen das Geld zurückzahlen."

„Wie bitte?"

Alan schüttelte ungläubig den Kopf. Ray ignorierte ihn und sprach weiter.

„Ich habe mit dem Treuhänder alles vorbereitet. Ihr seid meine Alleinerben und habt die Aufgabe, die Leute auf der ganzen Welt zu finden und auszuzahlen. Was für euch bedeutet: Ihr müsst in eurem Leben keinen Job mehr suchen. Jeder erhält sofort fünfzehn Millionen Dollar. Die sind für euch. Nur für euch. Ich denke, das ist fair. Die Verträge sind vorbereitet, alles hieb- und stichfest. Was noch fehlt, sind eure Unterschriften."

Alle schwiegen. Als Erster fand Alan die Sprache wieder.

„Sag mal, Ray, was soll der Scheiß? Ist das so ein psychologischer Test? Dann ist er aber reichlich makaber!"

„Nein, das ist mein Ernst. Das Leben hat für mich keinen Sinn mehr. Es quält mich. Aber ich kann nicht sterben, bevor ich nicht weiß, dass alles geregelt wird. Ihr müsst mir helfen. Bitte! Wer soll denn sonst die Entschädigungen leisten. Das wird Jahrzehnte dauern. Wenn ich wildfremde Agenten oder Organisationen dafür nehme, werden die sich das Geld unter den Nagel reißen, sobald ich tot bin. Euch beiden vertraue ich. Ihr seid ehrlich!"

John löste sich von seinem Platz am Fenster und ging auf Ray zu.

„Du w-willst wirklich s-sterben, Ray?"

„Ja, John, das will ich. Und ich werde es auch."

John setzte sich ungläubig wieder hin. Alan schüttelte weiter den Kopf. Dann wurde er laut.

„Und wir sollen dir dabei helfen, dass du das in Ruhe tun kannst? Dir ein gutes Gefühl dabei geben? Du bist doch nicht bei Trost, Ray. Wenn das alles stimmt, bist du krank. Dann brauchst du sofort ärztliche Hilfe, aber niemanden, der sich auf deine verrückten Ideen oder Pläne einlässt. John, habe ich recht?"

John benötigte Anlauf für seine Worte.

„Ich m-mache d-da nicht mit. Ray. Geh zum Arzt und w-werde erst mal gesund. Dann regelt sich alles, und du k-kannst mit deinem Geld tun, was du willst."

„Jungs, ich weiß, was ihr denkt. Aber glaubt mir, ich war in den letzten Jahren bei genug Ärzten. Bei den besten, die es in den Staaten gibt. Nichts hat geholfen. Mein Entschluss steht fest. Und ich flehe euch an. Lasst mich nicht hängen! Wenn ihr Zeit braucht, verstehe ich das. Aber sagt nicht Nein!"

„Das ist doch total verrückt!", schrie Alan. „Niemals mache ich da mit. Wenn ich es richtig verstehe, willst du sterben, und wir sollen dann an deiner Stelle irgendwelche Opfer entschädigen. Oder so was Ähnliches. Falls wir bei diesem verdammten Bullshit mitmachen, wären wir ja eine Art Sterbehelfer. Niemals werde ich das tun. Niemals! Du behauptest, du bist schon bei den besten Ärzten gewesen. Das bezweifle ich. Und selbst wenn, versuche es immer wieder, Ray! Dein ganzes Leben liegt vor dir."

Alan stand auf und rüttelte den vor ihm sitzenden Ray kräftig an den Schultern.

„Alan, lass das bitte!"

Ray stieß Alan energisch zurück.

„Ich weiß, was ich tue. Mir ist auch klar, dass ich eine Menge von euch erwarte. Und dass ihr darüber erst einmal nachdenken müsst. Wenn ihr aus San Diego zurückkommt, sprechen wir weiter. Wie gesagt, es ist alles vorbereitet. Ihr seid meine Erben, und das Dokument habe ich schon unterschrieben. Was fehlt, sind nur noch eure Unterschriften."

„Ist ja phantastisch, Ray! Der Meister will uns auch noch diktieren, was wir zu tun haben. Das ist doch alles Banane. Da bin ich raus! Ich muss an die frische Luft."

„Ich k-komme mit", sagte John.

Alan und John griffen zu zwei weiteren Flaschen Anchor Steam und stürmten nach draußen. Sie liefen bis zum nahegelegenen Meadows Park, setzten sich auf eine Bank. Dort schwiegen sie eine Weile. Dann räusperte sich John.

„Er … er scheint d-das alles ernst zu meinen."

„Wir müssen ihm helfen, John. Aber nicht auf die Art und Weise, die er meint. Was er sich vorstellt, ist total naiv. Er will sich umbringen, und wir sollen sein Vermächtnis erfüllen. Oder was er dafür hält. Der Junge ist krank und muss medizinisch behandelt werden! Oder aber: Wir müssen ihn behandeln."

„Wie meinst du d-das, Alan?"

„Na ja, wenn das alles stimmen sollte und er unbedingt Mutter Teresa spielen will, hat er seine Lebensaufgabe. Da kann er nicht behaupten, dass das Leben sinnlos ist. Er meint offenbar, dass er noch eine Pflicht zu erfüllen hat. Wir müssen ihm beibringen, dass nur er das kann. Und dass er verpflichtet ist, alles selbst zu regeln. Solche Selbstmordabsichten sind doch nur fehlgeleitete Gedanken. Er hat einfach die falschen Botenstoffe in der Birne. Verstehst du, John? Irgendwann wird es ihm wieder besser gehen."

„K-können wir ihn unter solchen Umständen allein lassen?"

„Mach dir darüber mal keine Gedanken. Er wartet auf unsere Entscheidung. Bevor wir uns nicht endgültig erklärt haben, wird er sich bestimmt nichts antun. Du hast doch gehört. Er hat Verträge vorbereitet. Wir beide fahren morgen früh nach San Diego."

Die Nacht war sternenklar. Im Park war nur das Zirpen der Grillen zu hören. Der Mond warf sein sanftes Licht auf die beiden Freunde.

„Ab morgen ist Harley-Time, John. Easy-Rider! Das lassen wir uns nicht verderben. Danach kümmern wir uns um Ray. Wir werden ihn wieder in die Spur bringen. Fünfzehn Millionen? Dafür brauchen wir ihn nicht. Das schaffen wir auch ohne ihn."

Ein kurzes Lachen. Dann kamen tiefe Laute aus Alans Rachen. Der Sound der Harley, wenn man etwas Fantasie hatte. Einige Zeit blieben sie noch dort, dann machten sie sich auf den Rückweg. Das Haus war dunkel, als sie ankamen.

Ray lag im Bett, erschöpft, erleichtert, hoffnungsfroh. Endlich hatte er das ersehnte Gespräch hinter sich. Es war ihm klar: Die Freunde mussten das Gehörte erst einmal verdauen. Das brauchte Zeit, aber am Ende würden sie einwilligen. Sie würden ihm helfen, da war er sicher. Außerdem: Wer würde ein solches Angebot am Ende ablehnen? In Gedanken sah er seine Eltern. Sie lächelten ihm zu. Als ob sie stolz auf ihn wären, ihn loben wollten. Sie breiteten ihre Arme aus, um ihn aufzufangen. Wie sie das getan hatten, als er ein Toddler war. Er freute sich. Bald wären sie wieder zusammen.

SIEBEN

Zehn Monate vor Jasons Tod

Richmond, Virginia, am 10.9.2021, um 17.00 Uhr

Kim Anderson beobachtete das Paar. John Forrestal hatte den Arm um die Taille der besten Escort-Dame aus Kims Stall gelegt. Er war wieder mal der großzügige Gastgeber, hatte zu seinem jährlichen Sommerfest eingeladen. Gekommen waren sie alle. Das Who-is-Who von Richmond, Rotary-Club, Komitee des Edgar-Allan-Poe-Museums. Die Gäste hatte er um eine Spende für das Museum gebeten, dessen Komitee er angehörte. Bei der Begrüßung hatte er voller Stolz die Summe verkündet: Siebzigtausend Dollar waren zusammengekommen. Großer Applaus. Fünfzigtausend stammten von ihm selbst. Doch das behielt er für sich. Je höher die Spendensumme, desto höher der Stellenwert des Festes.

Die Nachmittagssonne warf ihr grelles Licht auf den Garten des Herrenhauses. Hier wohnte John seit über zwanzig Jahren. Er war unverheiratet und bevorzugte die Damen des Explorer's Club. Nach der Verhaftung von Bob Bowman, dem Gründer, führte Kim die Agentur. Sie hielt sich immer noch an das Wort, das Bob vor vielen Jahren gegeben hatte. John musste keinen Aufschlag auf den Tagessatz der Damen zahlen. Escort zum Einstandspreis. Kim fragte nicht, warum. Es war eine alte Sache zwischen beiden Männern. Bei seinen Bestellungen war John immer präzise. Für das Fest wollte er Konversation auf höchstem Niveau. Kim hatte ihm dafür ihren Star überlassen. Die junge Frau studierte Business-Management an der Sorbonne. Sie spielte ihr Geld nicht in der Provinz ein, sondern in den Metropolen der Welt. In Paris oder New York, wo der Explorer's Club prominente Entscheider aus Wirtschaft und Politik belieferte. Ihr knöchellanges, apfelgrünes Kleid mit großem Schlitz schmiegte sich an den Körper, der Ausschnitt stahl alle Blicke. John war hochzufrieden.

In Richmond hatte man sich an die Vorliebe des Gastgebers für wechselnde junge Damen gewöhnt. Am Anfang hatten einige die Nase gerümpft. Auch wegen seiner häufigen Alkoholeskapaden. Mittlerweile schlugen nur noch die strengsten Sittenwächter Johns Einladungen aus. Wer nicht auf der Gästeliste stand, hatte in der Stadt Probleme. Der Gastgeber, dreißig Jahre älter als seine Begleiterin, war füllig. Aber er wirkte nicht dick, sondern kräftig. Sein rundliches Gesicht mit dem kahlen Kopf war sonnengebräunt. Der Blutdruck sorgte für einen rötlichen Farbton. Die Augen, immer etwas glasig vom Alkohol, unter einer großen Ray-Ban-Sonnenbrille versteckt. Ein maßgeschneiderter, taubenblauer Sommeranzug. Braune Alden-Lederschuhe.

Die Gäste waren fröhlich. Wie immer hatte eine teure Event-Agentur das Fest organisiert. Die Band spielte karibische Lieder, die sich mit dem aufgekratzten Stimmengewirr der Gäste mischten. Im hinteren Teil des Gartens stand eine junge Frau mit einem Saxophon. Ihr schwarzer Ledermini war kaum länger als eine Zigarettenschachtel. Der edle Champagner wurde wie Wasser ausgeschenkt. Vor allem der Gastgeber ließ sein Glas immer wieder nachfüllen. Der Auftritt von Johns Dame war perfekt. Ihr Trick: Sie steuerte gezielt die Spießer an und schenkte ihnen ein Lächeln, das sie nicht kannten. Die Gläser zitterten in ihren Händen, bis die Ehefrauen sie hastig aus der Gefahrenzone bugsierten. John amüsierte sich köstlich. Für sein eigenes Dopamin gab es keine Spaßbremse. Erst recht nicht in der darauffolgenden Nacht. Kim rief den völlig derangierten John am nächsten Morgen an.

„War alles okay, John?"

„N-nein!" Der Restalkohol ließ John noch mehr stottern als üblich. „Es war n-nicht okay, s-sondern geil."

„Freut mich, John, ich hole sie ab, muss dich aber noch unter vier Augen sprechen", sagte Kim.

„Kim, bitte k-keine schwere Kost am frühen Morgen. Mein Schädel d-dröhnt."

„Habe ich dir schon mal irgendetwas geliefert, das dir nicht bekommen ist? Bis gleich."

Kim war eine Stunde später da. Beide setzten sich auf die Terrasse. Die junge Dame blieb in der Halle, tief versunken in ihr Tablet. Ihre Masterarbeit musste in drei Wochen fertig sein. Das Thema war nicht leicht, aber sehr aktuell. Die Volatilität von Kryptowährungen.

„Was hast du auf d-dem Herzen, Kim?" fragte John.

„Es geht um Bob. Er sitzt schon viel zu lange und will einen Antrag auf Begnadigung stellen. Aber sein Anwalt ist wieder mal eine absolute Null. Kannst du uns vielleicht eine erstklassige Kanzlei vermitteln, die Bob helfen kann?"

John versuchte sich zu konzentrieren. Sein alter Segelfreund Bob war von einem kalifornischen Gericht vor vier Jahren zu einer langen Gefängnisstrafe verurteilt worden. Der arme Kerl! Geldwäsche, Steuerhinterziehung, Drogenhandel. Vor zwei Jahren hatte er ihn einmal in San Quentin besucht. Ein schrecklicher Ort. Danach wollte John nie wieder einen Knast betreten.

„Eine Anwaltskanzlei, d-das lässt sich bestimmt machen."

„John, wir brauchen den besten Anwalt. Bob muss endlich raus aus dieser Hölle. Das Gnadengesuch muss direkt bei dem Gouverneur gestellt werden", sagte Kim.

„Beim Gouverneur von K-kalifornien?"

„Ja, bei Ted Williams. Er soll ein harter Hund sein."

„Hart? Hungrig m-meinst du wohl?"

„Was willst du damit sagen, John? Hast du Informationen über den Mann?"

„Ja, er hat schon mal k-kassiert."

„Wofür?"

„Dafür, d-dass er einen Senator ernannt hat."

Verdammt! John biss sich auf die Zunge. Ein schwerer Fehler. Das hätte er niemals sagen dürfen. Nicht einmal jemandem wie Kim. Zum Teufel mit dem Restalkohol! Im nüchternen Zustand wäre das nicht passiert. Jetzt war der Senf aus der Tube. Er musste retten, was zu retten war.

„Sage das b-bitte keinem, Kim. Das musst du mir versprechen."

„Du kannst dich darauf verlassen."

Wirklich? John war unsicher. Natürlich: Der gute Bob durfte alles wissen. Vor ihm hatte er keine Geheimnisse. Aber andere durften das niemals hören. John beruhigte sich. Kim war diskret, wie Bob. Ihr ganzes Geschäftsmodell beruhte auf Verschwiegenheit. Warum sollte sie reden? Und mit wem? Ein Singvogel war sie bestimmt nicht. Vermutlich hatte er Glück. Wenn er erstklassige Anwälte besorgte, würde alles gut sein.

Er sollte sich täuschen. Kim hatte schnell geschaltet. Was sie soeben gehört hatte, war wichtiger als die Empfehlung teurer Anwälte.

ACHT

4 Wochen nach Jasons Tod

West Los Angeles, am 6.8.2022, um 13.00 Uhr

Nick ist mit dem Auto auf dem Weg nach West Los Angeles. Sein Ziel: das Westwood Village Memorial. Die Trauerfeier für Jason Parker. In der Nacht, nach der Sendung mit Jason, das Telefon. Ein hartnäckiger, bedrohlicher Ton. Es war Margret Parker-Jones. Sie war sehr gefasst. Ihr Mann sei tot, mit dem Auto auf dem Heimweg verunglückt. Warum nur? Nick begreift es nicht. Jason war ein guter Fahrer! Im Driftwood Kitchen hatte er keinen Alkohol getrunken. Die Polizei hatte drei Wochen alles gründlich untersucht. Keine Anzeichen für Fremdverschulden. Aber von der offiziellen Version ist Nick nicht überzeugt. Jason hatte viele Feinde. Nick kämpft seit der Nachricht mit den Tränen. Er hat nah am Wasser gebaut. Das kann er nicht ändern. Doreen sagt immer, es gefällt ihr, dass er weinen kann.

Um sich auf der 405 etwas abzulenken, sucht Nick im Radio einen Sender. Er bleibt bei ABB hängen, einem der größten Talk-Kanäle. Die Kollegen dort kennt er. Eine Diskussion über Kryptowährung. Schon wieder dieses Thema, denkt er. Erst vor einigen Tagen hat er darüber eine TV-Sendung gesehen. Warum wird darüber so oft diskutiert? Einen Moment hört er hinein. Ein Professor beschreibt die digitale Zukunft in den rosigsten Farben. Einer der Anrufer widerspricht. Das bringe alles nur Chaos. Aber auch jede Menge Chancen, sagt der Experte im Studio. Niemand brauche noch ein Bankkonto, ein Handy reiche. Freiheit für alle. Nick hat genug gehört und schaltet auf den nächsten Sender. Ruhige, getragene Musik. Sie passt besser zum heutigen Tag.

Der Friedhof ist voller Menschen. Sie strömen der Friedhofskapelle mit dem hohen, spitzen Dach entgegen. Neben dem Gebäude steht ein TV-Übertragungswagen. Davor eine CNN-Reporterin, die in eine Kamera spricht. Immer noch beschäftigt Jasons Tod die Menschen in Kalifornien. Als Nick die Kapelle erreicht, sind die Bänke schon besetzt. Mit Mühe ergattert er einen Stehplatz an der Wand. Von dort sieht er den Altar und die Urne des Freundes, umsäumt von einem Herz aus dichten, dunkelroten Rosen. Noch einige Minuten bis zur Trauerfeier. Hier und da ein kurzes Räuspern, ein unterdrücktes Husten. Dann die Musik. Aus dem Lautsprecher die Moonlight Serenade von Glenn Miller. Die hat er auf einer Beerdigung noch nie gehört. Aber Jason war immer für Überraschungen gut, nun sogar für eine posthume.

Nick kommen wieder die Tränen. Er trocknet sein Gesicht und hört den Rednern der Trauerfeier zu, die Jason als beeindruckende Persönlichkeit würdigen. Am besten gefällt ihm die Rede des emeritierten Professors der San Diego University. Er lobt den Humor des Verstorbenen. Die Vorliebe für gutes Essen und edlen Wein habe zu ihm gepasst wie das Feuilleton zu einer guten Zeitung. Besonders sei auch seine Liebe zum Detail gewesen. Das stimmt, denkt Nick. Er muss an den letzten Fall denken, an Ted Williams. Zu gerne wüsste er alle Details, die Jason zusammengetragen hat. Was wird jetzt aus der Sache?

Einige Stunden später ist Nick auf dem Weg zu Jasons Haus.

Beim Essen nach der Trauerfeier, im Hotel Bel Air, Margrets Frage: „Kannst du noch vorbeikommen?“ Nick rätselt. Will sie etwas besprechen, oder an diesem Tag nur nicht alleine sein? Jason und Margret haben keine Kinder und nur wenige Verwandte, dafür einen großen Freundeskreis. Als Nick das Haus betritt, ist nur Margret da. Offenbar hat sie sonst niemanden gebeten, ihr an diesem Abend beizustehen. Er sieht, dass sie viel geweint hat. Mit ihrer Größe von 1,91 Metern überragt sie Nick um einige Zentimeter. Kein Wunder, dass sich Jason und Margret an der San Diego University schnell gefunden haben. In der Höhenluft treffen sich nicht viele. Nick mag Margrets Fröhlichkeit, ihre Bodenhaftung. Sie ist Psychologin, betreibt eine eigene Praxis in Huntington Beach. Nick umarmt Margret. Minutenlang drückt er sie. Bei beiden fließen Tränen. Margret fasst sich als Erste.

„Schön, dass du noch gekommen bist, Nick. Wie geht es Doreen?“, fragt sie.

„Danke, Margret, ihr geht es gut. Sie wäre gerne dabei gewesen, aber leider musste sie arbeiten. So ist das, wenn man einen Freund hat, der als Journalist kaum etwas verdient.“

„Du weißt, dass Jason deine Doreen sehr mochte. Normalerweise hätte ich eifersüchtig sein müssen.“

Margret führt Nick durch die weitläufige und geschmackvoll eingerichtete Villa. An den Wänden hängen großflächige Ölbilder. Überall fröhliche Farben. Nick denkt an die vielen Abende. Jason immer in Hochform, als Koch und als Unterhalter. Margret, die kluge Frau, stets ein wenig über den Dingen. Sie nimmt auf der italienischen Ledercouch Platz, Nick in einem der beiden Sessel ihr gegenüber. Margret schaut ihn an. Voller Trauer, aber ruhig. Sie will ihm etwas mitteilen.

„Nick, Jason ist nicht verunglückt. Er war ein viel zu guter Autofahrer und wäre niemals aus der Kurve geflogen. Schon gar nicht an einer Ausfahrt, die er wie seine Westentasche kannte. Ich glaube nicht an die Version der Polizei.“

Nicks Unterkiefer schnellt nach vorne.

„Hast du einen konkreten Verdacht?“

„Nein, ich weiß zu wenig über seine Recherchen. Er hat selten darüber gesprochen. Aber ich bin mir ziemlich sicher, dass er getötet wurde. Von wem und wie? Wir werden es womöglich nie erfahren. Es sollte wie ein Unfall aussehen. Das hat ja leider auch funktioniert.“

„Mir sind, ehrlich gesagt, schon ähnliche Gedanken gekommen. Wurde Jason in letzter Zeit beschattet?“

„Das weiß ich nicht. Warum fragst du?“

„Ich habe bei unserem Gespräch letzten Monat zwei Typen auf dem Parkplatz gesehen. Die kamen mir überhaupt nicht koscher vor. Könnte sein, dass sie Jason beobachtet haben. Sie waren mit einer Art Lieferwagen da.“

„Hast du das Kennzeichen?“

„Leider nicht.“

„Die Polizei hat Jasons Auto untersucht und nichts festgestellt. Ein Fehler des Fahrers, sagen sie. Da wird es uns kaum helfen, dass du zwei Männer gesehen hast.“

„Wahrscheinlich stimmt das.“

„Ganz sicher. Aber etwas anderes: Ich habe inzwischen sämtliche Unterlagen von Jason studiert. Er arbeitete an dieser neuen Sache und nannte sie ‚Hurricane‘. Es geht um den Gouverneur. Aber du weißt ja alles. Ich habe gesehen, dass du ihm geholfen hast.“

„Ja.“

„Nick, da geht es auch um den künftigen Vizepräsidenten des Landes. Der steht praktisch schon im Vorgarten des Weißen Hauses. Mächtige Gegner, die man nicht unterschätzen darf.“

Margret steht auf und geht in Jasons Büro. Dann kommt sie mit einem Ordner und einem USB-Stick wieder.

„Das ist alles, was Jason zu ‚Hurricane' ermittelt hat. Jason hätte sicher gewollt, dass ich es dir gebe. Aber besser wäre es, wenn wir es entsorgen würden."

„Du meinst vernichten?"

„Es ist nur so ein Gefühl. Wenn tatsächlich ein Zusammenhang mit Jasons Tod besteht, dann ist jeder gefährdet, der daran arbeitet. Auch du."

Nicks untere Zahnreihe steht weit vor seiner Oberlippe. Ein Racheakt an dem Freund ist denkbar. Sogar wahrscheinlich. Aber wegen „Hurricane"? Es ist noch nichts passiert. Keine Publikation, kein Politiker-Rücktritt, kein Ende einer Karriere. Nick zweifelt. Auf der anderen Seite: Margret ist klug und hat Erfahrung. Sie kennt Jasons Arbeit. Nick nimmt sehr ernst, was sie sagt.

Sie sprechen noch lange. Es ist schon spät, als Nick sich verabschiedet. Den Ordner und den Stick hat er an sich genommen. Sein Interesse am Projekt hat gewonnen. Außerdem weiß er immer noch nicht genau, wie der Sender mit ihm plant. Da können erste Gehversuche als Investigativer nicht schaden. Jason würde das bestimmt gefallen.

„Bitte versprich mir, dass du vorsichtig bist. Denk auch an Doreen", sagt Margret.

Sie umarmt Nick lange und innig. Dann bleibt sie in der Tür stehen, bis die Rücklichter von Nicks Wagen im Dunkeln verschwunden sind. Sofort geht sie nach oben. Gegen die Trauer und die Einsamkeit ist Schlafen das beste Mittel. Tropfen und Tabletten helfen. Nach drei Stunden wacht sie wieder auf. Ein quälender Albtraum. An die grauenhaften Details kann sie sich nicht mehr erinnern. Nur eine Szene hat sich eingeprägt: Jason fällt in einen schwarzen Abgrund, kein Boden, kein Halt. Er schreit ständig ihren Namen, aber auch den von Nick. Sie braucht lange, um wieder halbwegs zur Ruhe zu kommen. Schlaf findet sie nicht mehr. Ihr Kopf schwirrt. Das Leben mit Jason fliegt an ihr vorbei. Die Bilder der Trauerfeier. Hat die Zukunft ohne Jason überhaupt noch einen Sinn? Warum musste er sterben? Es war Mord. Davon ist sie überzeugt. Sie denkt an Nick und die Datei, die sie ihm ausgehändigt hat. Durfte sie das tun? Hat sie ihn einer Gefahr ausgesetzt? Sie wälzt sich hin und her. Plötzlich sieht sie Nick. Hinter ihm wächst ein großer, schwarzer Schatten. Margret sitzt aufrecht in ihrem Bett.

NEUN

33 Jahre zurück

Pacific Coast Highway, am 24.6.1989, um ca.11.20 Uhr

Alan saß vorne und steuerte die Maschine. Auf dem Rücksitz der Harley, einer nagelneuen FXR Super Glide II, hockte John. Die Landschaft zog an ihnen vorbei. Rechts von der Fahrbahn – weit unter ihnen – sahen sie die steilen Felsen und die tosende Brandung des Pazifiks. Dahinter das azurblaue Meer, das am Horizont fast nahtlos in den wolkenlosen, hellblauen Himmel überging. Auf der linken Seite passierten sie ansteigende Hänge. Das Braun des trockenen Grases, das Grün der Büsche. Hin und wieder ein Rotschimmer, der von den Sommerblüten ausging. Vor Alan und John lagen fünf Stunden Fahrt auf der schönsten Straße des Landes, dem Pacific Coast Highway Nr. 1. Fünf Stunden bis Santa Monica, dem ersten Ziel auf ihrer Route nach San Diego.

„Get your motor runnin', head out on the highway." Sie schrien gegen das laute Knattern der Maschine. Der Highway war kaum befahren. Die Geräusche der Brandung, der Harley-Sound, und die salzige Luft stimulierten ihre Sinne. Eine Nacht mit wenig Schlaf lag hinter ihnen. Noch lange hatten beide über das aufwühlende Gespräch mit Ray nachgedacht. Trotzdem waren sie früh aufgestanden und zur Garage im Mission District von San Francisco gefahren. Dort gab es Probleme. Die zweite gebuchte Harley-Maschine war defekt. Entweder einen Tag warten, oder ein Doppelsitzer, hieß es. Spontan hatten sie sich für Letzteres entschieden.

John war bis zum 17-Miles-Drive, kurz vor Camel, gefahren. Dort, an der Spanish Bay, hatten sie die erste Pause gemacht. Ein kurzes Bad im Pazifik, etwas Abhängen am Strand. Nach dem kurzen Stopp hatte Alan den Vordersitz übernommen. Die Fahrt am legendären Big Sur war sein Ding. Soeben hatten sie die Bixby Creek Bridge überfahren. Alan begann, die Kurven noch enger zu nehmen. Es gab keinen Gegenverkehr.

Sie schmetterten immer noch irgendwelche Biker-Songs, die sie abwechselnd anstimmten. Wegen eines Tages wie heute hatten sie an der Westküste studieren wollen. Alan, der aus Philadelphia stammte. John, der nach der Scheidung seiner Eltern mit seiner Mutter und seiner Schwester in einem kleinen Ort in Maine gelebt hatte. Ohne Geldsorgen, weil der Vater, ein Börsenmakler aus New York, immer großzügige Unterstützung gewährt hatte. Kalifornien hatte sie beide angezogen. Ungezügelte Freiheit. America the Beautiful.

Alan wurde vertrauter mit der schweren Maschine. Er traute sich, die Geschwindigkeit in den Kurven zu steigern. Ein kurzer Blick nach rechts auf die unter ihnen liegende Brandung. Dann wieder Sichtkontakt zur Fahrbahn, um die ansteigende Linkskurve zu nehmen. Alan schaute nach vorn. Er riss die Augen weit auf. Den mächtigen Aufprall hörte er noch. Aber nur für den Bruchteil einer Sekunde, bis sich sein Bewusstsein abmeldete. Dann spürten Alan und John nichts mehr. Ihre Körper lagen am Straßenrand. Die Fahrbahn war bedeckt von den Trümmern der Harley und eines großen Ford Pick-up 250, der ihnen entgegengekommen war. Dessen Fahrer hatte geträumt und war in die Mitte der Fahrbahn geraten. Er saß eingeklemmt am Steuer. Auch er war bewusstlos, hatte schwerste innere Verletzungen.

ZEHN

10 Monate vor Jasons Tod

San Quentin, am 17.9.2021, um 12.00 Uhr

Schon bei dem Gedanken an San Quentin ekelte sie sich. Trotzdem machte sich Kim Anderson immer wieder auf den Weg, um Bob dort zu besuchen. An die strengen Auflagen hatte sie sich gewöhnt. Enge Jeans, kurze Röcke waren tabu. Ihren Schmuck und ihre Uhr ließ sie im Hotel. Kim parkte ihr weißes Mercedes Coupé auf dem staubigen Parkplatz. Dann ging sie den Weg zum Besuchereingang hinauf. Sie betrat den schmalen Gang, an dessen hinterem Ende sich die erste Kontrollstation befand. Verdreckte Plastikstühle. Eine Zumutung. Sie blieb stehen. Die Tür wurde aufgeschlossen, dann der Metalldetektor. Kim betrat einen weiteren Raum. Wieder langes Warten. Was dann folgte, verabscheute sie am meisten. Man drückte ihr einen Stempel auf das Handgelenk, den man nur unter UV-Licht sehen konnte. Sie sah darin eine Körperverletzung, einen Übergriff, für den sie den Staat Kalifornien am liebsten auf Schmerzensgeld verklagt hätte. Eine Million, das wäre noch zu wenig.

Nach einer weiteren Kontrolle führte der Weg nach draußen. Endlich ein Lichtblick. Die Rosenstöcke! Sobald sie an ihnen vorbeiging, schlug ihr Herz höher. Bob war nicht mehr weit.

Die Besucherzimmer waren kleine Käfige. In einem davon ihr geliebter Bob. Immer wenn sie sich setzte, ergriff sie seine Hände und hielt sie lange fest. Dann wurden ein paar von Bobs Glückshormonen munter. Die meisten aber setzten ihren Dauerschlaf fort, in den sie aufgrund der freudlosen Umgebung seit langem gefallen waren. Das Ritual war immer dasselbe. Der Aufseher schloss die Gittertür von innen, setzte sich auf einen Stuhl und richtete seinen bewusst abwesenden Blick auf ein Fenster. Er tat desinteressiert, aber natürlich achtete er auf jedes Wort. Ihre Dialoge waren eingespielt, monoton. Doch darum ging es nicht. Wichtig war die Präsenz. Heute hatte Kims Stimme einen anderen Tonfall als sonst.

„Bob, mein Engel. Ich liebe dich. Alles wird gut."

Bob rang sich ein Lächeln ab. Vor einigen Wochen war er fünfundvierzig Jahre alt geworden. Vor St. Quentin hatte er blendend ausgesehen. Ein Typ, der selbst unter den Reichen und Schönen aufgefallen war. Der Knast hatte ihn verwandelt. Das Gesicht war eingefallen, die früher stets gebräunte Haut blass. Fast zwanzig Kilo hatte er abgenommen. Er war nur noch der halbe Bob. Kim lächelte zurück. Sie hatten gemeinsam fantastische Zeiten erlebt. Bob hatte ihr jeden erdenklichen Luxus geboten, sie auf Händen getragen. Geld war nie ein Problem gewesen. Der Escort-Service hatte viel abgeworfen. Und der Rest war immer da. Sie hatte sich nie für Bobs Geschäfte interessiert. Bis der Schock gekommen war. Die Verhaftung, die Anklage, der Prozess. Geschäfte mit der Drogenmafia, Steuern. Schreckliche Zeiten. John Forrestal hatte damals viel geholfen. Ein echter Freund. „Er hat was gutzumachen", hatte Bob gesagt, aber über Details geschwiegen. Genützt hatte alles nichts. Die Jury hatte ihn schuldig gesprochen, keine Milde bei der Strafe.

„Ich habe gute Nachrichten, Bob. John hat mir eine Kanzlei genannt, die ich schon beauftragt habe. Sie werden dich in den nächsten Tagen besuchen, damit du ihnen die Vollmacht erteilst.

Die Erfolgschance sei Fifty-fifty, sagen sie. Typisch Anwälte. Sie sagen immer, dass alles wahnsinnig schwierig ist, um sich nachher abfeiern zu lassen. Ich sehe das diesmal viel positiver. Du wirst bald draußen sein."

Bob runzelte die Stirn. Der Knast hatte ihn Langsamkeit gelehrt. Kim redete schnell und viel.

„Kim, mal ganz in Ruhe! Nur weil ich mich hier gut führe und die Bibliothek leite, wird man mich nicht begnadigen. Man sagt, dass der verdammte Gouverneur jedes Gesuch ablehnt."

„Keine Sorge, die Zeit hier ist bald zu Ende."

Mehr durfte Kim nicht verraten. Nicht in diesem Raum. Die Ohren des lauschenden Beamten hatten schon Elefantengröße. Bob rätselte. Kim war immer realistisch. Schönfärberei war noch nie ihr Ding gewesen.

„Hast du denn irgendwelche Informationen?"

„Du musst mir einfach vertrauen. Wenn du draußen bist, werden wir eine lange Europareise machen, und dann sehen wir weiter."

Bob war skeptisch. Europareise! Paris, das Ritz, das Hassler in Rom. Orte, die sie gemeinsam besucht hatten. Cannes, St. Tropez. Er liebte das Segelrevier. Wieder dort zu sein, wäre ein Traum. Wusste Kim etwas, was sie nicht preisgeben wollte? Er ergriff ihre Hände und streichelte sie.

Kim träumte. Bald wären sie wieder zusammen. Dafür lohnten sich die mutigsten Schritte, sogar die Erpressung eines Gouverneurs.

ELF

Noch immer: 10 Monate vor Jasons Tod

Sacramento, am 25.9.2021, um 15.18 Uhr

Kims Blicke wanderten durch den Raum. Sie dachte an Ronald Reagan, Arnold Schwarzenegger. Das war ihr Arbeitszimmer. Männer mit Format und Charisma! Kein Vergleich zu dem Spießer, der ihr gegenübersaß. Allenfalls die Schuhe seiner berühmten Vorgänger hätte der Kleinbürger polieren dürfen. Kim schaute sich um. Das Büro halbhoch mit braunem Edelholz vertäfelt. Die Fenster von tiefroten Samtvorhängen gesäumt. Möbel, die aus den Gründungsjahren der USA stammen könnten. Nervös strich sie mit ihrer rechten Hand über das glatte Büffelleder der Armlehne. Es roch sanft nach Minze. Offenbar wurde ein Duftspender eingesetzt. Eine Sekretärin arbeitete diskret an einem kleinen Tisch, der am anderen Ende des Büros platziert war. Kim begriff sofort: MeToo! Der Typ war zu ängstlich, Besucherinnen alleine zu empfangen. Ein Hosenscheißer! Einen von dieser Sorte brauchte sie.

Ted Williams, der Gouverneur, war ein trockenes Brötchen. Von denen sind täglich jede Menge in der U-Bahn oder auf den Straßen unterwegs. In der Öffentlichkeit spielte er die Rolle des braven Familienvaters, der nichts für sich, aber alles für andere tat.

Law and Order war sein Programm. Sein Slogan „Feel safe with Ted“ hatte ihm einen knappen, aber ausreichenden Vorsprung bei den Wahlen gesichert. Den heutigen Termin hatte ein guter Kunde von Kims Escort-Service besorgt. Ein Spender für den Wahlkampf von Williams. „Worum geht es?“, hatte er gefragt. „Ich will Gutes tun, eine hübsche Summe stiften“, hatte sie gesagt. „Flüstere dem Gouverneur, dass ich Galeristin in Manhattan bin und nach Orange County ziehen will.“ Das mit der Galerie war nicht einmal gelogen. Kim betrieb tatsächlich einen Kunstladen im Meatpacking District. Zwar klein und ohne Profit, aber eine gute Tarnung für ihre diskreten und internationalen Geschäfte mit dem Sex. Williams hatte angebissen. Gerne werde er die Dame aus New York im Capitol empfangen.

„Und Sie wollen Manhattan verlassen und in unser wunderschönes San Clemente ziehen. Ich bin sicher, es wird Ihnen dort gefallen“, begann der Gouverneur das Gespräch.

Er hatte ein rundliches Gesicht und pechschwarz gefärbte Haare. Eine Brille mit großer dunkler Umrandung und starken Gläsern saß auf seiner schiefen Nase. Der Kopf hatte etwas Vogelartiges. Ein Mann zum Vergessen, dachte Kim.

„Ja, Gouverneur, ich habe viele Freunde hier, und New York ist mir zu unsicher geworden.“

Kim wusste, dass sie damit das Gehör ihres Gesprächspartners fand. Sicherheit war sein Kernthema. Da war er in seinem Element.

„Das ist die liberale Politik meines Kollegen in New York. Da werden Sie sich hier wohler fühlen. Wussten Sie, dass Orange County über die niedrigste Kriminalitätsrate der USA verfügt? In Irvine zum Beispiel gibt es praktisch gar keine Verbrechen.“

„Davon habe ich gehört, Gouverneur. Wissen Sie, ich möchte helfen, Ihre Politik zu unterstützen. Man hat mir geraten, mit Ihnen direkt darüber zu sprechen.“

Kim hatte ihre anfängliche Unsicherheit abgelegt. Sie war konzentriert. Einige Male hatte sie die Erpressung geprobt. Mit der einzigen Kugel, die sie im Revolver hatte, musste sie treffen. Ruhig, zielgenau. Im richtigen Moment kalt abdrücken.

„Haben Sie bestimmte Präferenzen für Ihre Spenden?"

„Ich bin da offen. In New York gebe ich Geld für eine Stiftung, die die Familien erschossener oder arbeitsunfähiger Polizisten unterstützt. So etwas Ähnliches stelle ich mir hier auch vor."

„Oh, das ist interessant", sagte Williams. „Ich lasse Ihnen gerne eine Liste mit Organisationen zusammenstellen, die in Kalifornien Positives bewirken und die mir als Gouverneur besonders am Herzen liegen. Wir haben viele ehrenamtliche Helfer, die sich immer über eine Aufbesserung ihres Budgets freuen."

„Das wäre schön, Gouverneur."

Ein zwangloses Gespräch schloss sich an. Sie redeten über den Mann, der den Termin vermittelt hatte, über die Lebensqualität in Manhattan, die exorbitanten Immobilienpreise dort und – natürlich – über die Schönheiten des Sunshine State. Dann spürte Kim, dass der Gouverneur zum Ende kommen wollte. Das war der Zeitpunkt.

„Gouverneur, ich möchte Sie kurz noch unter vier Augen sprechen."

Ted Williams war irritiert. Die Sekretärin schaute kurz herüber. Nach kurzem Zögern kam die Geste des Gouverneurs, dass sie den Raum verlassen möge. Sie waren allein. Kim räusperte sich und nahm ihren Mut zusammen.

„Ein guter Kunde meiner Galerie, Bob Bowman, hatte Schwierigkeiten mit der Justiz. Er sitzt in San Quentin und hat über seine Anwälte ein Gnadengesuch eingereicht."

Die Miene von Williams verfinsterte sich. Sein Gesicht wirkte noch vogelartiger.

„Ms. Anderson, hier ist nicht der Ort, um solche Dinge zu erörtern. Ich muss Sie bitten …“

„Gouverneur, das ist mir bewusst. Aber ich möchte Ihnen einen Deal anbieten.“

„Ich mache keine Deals über Gnadengesuche. Wenn das der wahre Grund Ihres Besuches ist, dann tut es mir leid.“

Jede Spur von Freundlichkeit war verschwunden. Er erhob sich von seinem Sessel und wollte das Gespräch beenden, bevor es ganz ausartete. Kim wusste, dass sie ihre Botschaft jetzt platzieren musste.

„Ich habe erfahren, Gouverneur, dass Sie für die Ernennung des Senators Alan Brown“ – Kim machte eine kleine Kunstpause – „sagen wir, entschädigt wurden. Wenn Sie das Gnadengesuch für meinen Kunden bewilligen, werde ich solche Gerüchte selbstverständlich im Keim ersticken. Ansonsten dürften sie nicht aufzuhalten sein.“

Der Kopf des Mannes lief rot an. Er hob abwehrend die Hände. In seinen Augen lag eine Mischung aus Wut und Entsetzen.

„Wie können Sie es wagen …“

„Sie missverstehen mich, Gouverneur. Ich bin ja ganz auf Ihrer Seite …“

Mehr konnte sie nicht sagen. Williams stand auf und sprach über die Sprechanlage mit seinem Vorzimmer.

„Meine Besucherin möchte gehen. Führen Sie die Dame hinaus“, kommandierte er.

„Unser Gespräch ist beendet. Das wird Konsequenzen haben“, sagte er, ohne Kim eines weiteren Blickes zu würdigen.

Als Kim das Gebäude verließ, war sie nicht unzufrieden. Mehr konnte sie nicht tun. Nun musste sie abwarten. Sie rechnete fest damit, dass ihr Plan aufging. Sicher, der Gouverneur hatte schroff reagiert. Aber das schreckte sie nicht. Am Ende würde er sich beruhigen. Wenn er korrupt war – und daran hatte sie nicht den geringsten Zweifel –, musste er sich schützen. Bob würde begnadigt werden.

Sechs Wochen später kam die Nachricht. Anders als sie erwartet hatte. Die Anwaltskanzlei teilte Kim mit, dass Williams das Gnadengesuch abgelehnt habe. Wenig später rief der Kunde ihres Escort-Services an. Williams habe sich beschwert. Die Dame aus Manhattan sei eine unmögliche Person, die ihn niemals wieder besuchen dürfe. Sie betreibe zwielichtige Geschäfte. Das Schlimmste aber war, dass Bob unter den Konsequenzen zu leiden hatte. Die Gefängnisleitung hatte ihm, ohne jede Begründung, den privilegierten Job in der Bibliothek gestrichen.

Dieser Pharisäer! Sie überlegte, wie sie vorgehen sollte. Dann sah sie Jason Parker in einer Nachrichtensendung. Als Gast trat er dort auf und wurde zu einem Skandal in Michigan befragt. Wenn einer den Heuchler aus Sacramento zur Strecke bringen konnte, dann nur ein Mann von Parkers Kaliber. Er würde ihn in die Ecke treiben, bis er quietschte. Wie eine jämmerliche Ratte, die er war. Sollte sich der Journalisten-Star ihres Falles annehmen, wäre Williams erledigt. Der Mann wäre die längste Zeit Gouverneur gewesen. Sie setzte sich an ihren Rechner und formulierte folgenden Text:

> *Verehrter Herr Parker,*
> *der Gouverneur Williams hat privat eine hohe Gegenleistung dafür bekommen, dass er den Abgeordneten Albert Brown zum Senator bestimmt hat (als Nachfolger der verstorbenen Senatorin Smith). Das ist eine Information, auf die Sie sich total verlassen können. Sie kommt aus dem engsten Kreis. Ich kann Ihnen leider meinen Namen nicht nennen, weil ich sonst Probleme bekomme.*
>
> *Eine besorgte Bürgerin.*

Den Brief steckte sie in einen Umschlag und schickte ihn an Parkers Privatadresse in Manhattan Beach, die sie herausgefunden hatte. Es war die letzte Post, die Kim Anderson in ihrem Leben verschickte. Im Oktober wurde ein weißes Mercedes Cabrio von der Polizei gefunden. Der Wagen war in der Nähe von St. Quentin aus der Kurve getragen worden, hatte sich mehrfach überschlagen. Kim saß tot am Steuer. Eine Unfallursache fand man nicht. Die Polizei vermutete einen Fahrfehler.

ZWÖLF

2 Tage nach der Trauerfeier

Mission Viejo, am 8.8.2022, um 11.30 Uhr

„Diese Scheiß-Familie, arrogant und undankbar. Mit denen will ich nichts mehr zu tun haben. Gar nichts! Jahrelang haben die mich ausgenutzt. Ich habe sogar die leeren Flaschen der Lady eingesammelt und verschwinden lassen, damit auch ja niemand merkt, dass sie schon vormittags trinkt."

Maria Rodriguez ist in Rage. Gouverneur Williams hat sie als seine Haushälterin gefeuert. Nick sitzt vor seinem Rechner. Schon am Tag nach der Beerdigung hat er sich auf den Inhalt des USB-Sticks gestürzt. Wie ein Kind auf den neuen Lego-Bausatz. Endlich erfährt er alles, was Jason bisher nur angedeutet hatte. Obwohl er seit Jahren nur noch Radio macht, ist seine journalistische Neugier ungebrochen. Gebannt verfolgt er die Audioaufzeichnung eines Gesprächs, das Jason mit der ehemaligen Hilfe des Gouverneurs geführt hat. Planvoller, effektiver kann man nicht arbeiten. Jason, der Könner! Sein Pulitzer-Preis für investigativen Journalismus ist mehr als verdient.

Das Projekt „Hurricane" begann mit einem kurzen anonymen Brief. Die Information war brisant. Zunächst erstellte der Freund eine detaillierte, mehrseitige Betrachtung. War der Vorwurf plausibel? Nick ist beeindruckt. Alles liest sich wie die Studie eines Politikwissenschaftlers. Jasons Ergebnis: Die Ernennung Browns zum neuen Senator, vor zwei Jahren, beruht mit hoher Wahrscheinlichkeit auf sachfremden Motiven. Dann begann Jason mit ersten Recherchen im Umfeld des Gouverneurs. Nicht ohne Folgen. Ein seltsamer Anruf des Chefredakteurs: „Stimmt es, dass wir gegen unseren Gouverneur recherchieren?" Nicht spruchreif, war Jasons Antwort. Seine Notiz: „Big Brother is watching you."

An Maria Rodriguez kam er über seine Kontakte zur Polizei. In das Privathaus des Gouverneurs Williams war eingebrochen worden. Man hatte das Hauspersonal verdächtigt. Am Ende konnte man nichts beweisen. Die Rodriguez war trotzdem gefeuert worden. Sie wohnt in einer Trailer-Siedlung am Stadtrand von Sacramento. Dort suchte Jason sie auf. Nick geht noch einmal an den Anfang der Aufzeichnung zurück. Immer wenn Nick die vertraute Stimme des Freundes hört, zieht es sich in ihm zusammen. Er kann seinen Tod nicht fassen.

„Ms. Rodriguez, ich bin Journalist und plane einen Bericht über den Gouverneur. Ich möchte über seine politischen Verdienste schreiben, aber auch die privaten Dinge nicht zu kurz kommen lassen."

Schwindeln konnte Jason auch!

„Private Dinge? Nein, ich sage nichts."

„Sie sollen auch nichts erzählen, was Sie nicht dürfen. Mir geht es mehr um das Umfeld, nicht um irgendwelche Geheimnisse. Wenn man Menschen aus der Umgebung einer Person befragt, kommt man ihrem Charakter am nächsten."

„Charakter? Dass ich nicht lache! Den finden Sie dort nicht. Diese Familie weiß überhaupt nicht, was das ist. Mich haben sie behandelt wie eine Schwerverbrecherin. Als ob ich was mit den

Einbrechern zu schaffen hätte. Von mir haben sie den Tipp nicht bekommen. Ist ja lächerlich, dass man mir so etwas unterstellt. Nur weil mein Neffe vorbestraft ist. Er hatte ein lupenreines Alibi. Das musste sogar die Polizei bestätigen. Als ihnen nichts mehr einfiel, hieß es, ich hätte seine Vorstrafe angeben müssen. Als ob es Sippenhaft gäbe! Ich habe den Herrschaften jahrelang ihren Arsch hinterhergetragen. Und dann so eine Behandlung!"

„Ms. Rodriguez, ich kann mir gut vorstellen, dass ihr Zorn berechtigt ist. Es geht mir nicht darum, alte Wunden aufzureißen. Von Ihnen möchte ich nur ein wenig über die Gewohnheiten der Familie Williams erfahren. Mein Verlag hat mir zu diesem Zweck ein Budget zur Verfügung gestellt. Fünfhundert Dollar, wäre das okay für Sie?"

„Schmerzensgeld? Steht mir zu. Also, was wollen Sie wissen?"

„Na ja, wie lebt die Familie so? Haben sie teure Autos? Teure Klamotten, teuren Schmuck?"

„Autos? Der Chef wird immer gefahren. Mit einem schwarzen Lincoln. Aber das ist ja wohl ein Dienstwagen. Privat haben die nur ein kleines Auto, das Madame fährt. Wenn die Polizei die Lady mal anhalten würde, bräuchten die Beamten eine Maske. Bei der Alkoholfahne! Schmuck. Ja, den hatte sie reichlich. Zum Schluss viel mehr als am Anfang. Er wurde immer weggeschlossen."

„Was für Ferien macht denn die Familie?"

„Früher ständig woanders. Dann auf einmal flogen sie nur noch auf die Bermudas. Ich habe mich gewundert. Es wurden praktisch keine Koffer mehr gepackt. Als ob sie dort alles hätten, was sie brauchten. Nur mit Handgepäck sind sie verreist, waren aber zwei oder drei Wochen weg. War irgendwie seltsam."

„Gab es eine Adresse, dort auf den Bermudas? Eine, die Sie kannten, Ms. Rodriguez?"

„Ich habe einmal einen Anruf von der Madame erhalten. Da

sollte ich ihnen dringend per Luftfracht die Sonnenbrille des Chefs schicken, die er zu Hause vergessen hatte. Die mit den geschliffenen Gläsern."

„Haben Sie die Adresse vielleicht noch?"

„Natürlich habe ich die noch. Ich bewahre alles Schriftliche auf. Aber warum wollen Sie das wissen? Hat doch mit dem Charakter nichts zu tun."

Eine Weile hört Nick den schweren Atem des Freundes. Er stellt sich den Riesen in dem kleinen Trailer vor.

„Hier ist der Zettel. Wenn Sie den wollen, kostet das noch mal hundert Dollar."

„Von mir aus", antwortete Jason.

„Scheint ja sehr wichtig zu sein. Sie sind überhaupt kein Journalist, stimmt's? Sie machen mir was vor. Dafür habe ich ein Gefühl."

„Doch, das bin ich, Ms. Rodriguez."

„Mir soll's egal sein. Von mir aus können Sie sich den Zettel in Ihren Hintern stecken. Aber damit das klar ist. Ich will keinen Ärger."

„Bekommen Sie garantiert nicht."

Der Rest des Gesprächs ist wenig ergiebig. Williams ein Pfennigfuchser, ein unausstehlicher Pedant. Krümel auf dem Teppichboden machen ihn rasend. Kaum vorstellbar, dass er die Alkoholprobleme seiner Frau nicht bemerkt. Aber diese ansprechen und lösen? Nein, in der Familie wird alles unter den Teppich gekehrt. Personal ist Luft. Menschen zweiter Klasse. Kurzum: Der Mann ist alles andere als der nette Herr Williams von nebenan, als den ihn sein Wahlkampfteam verkauft.

Doch das interessierte Jason nur noch am Rande. Die Adresse auf den Bermudas war die entscheidende Information. „Hillary LLC, 1164 South Road, App. 3, Warwick Parish, Bermudas." Jason hatte Screenshots aus Google Maps und Street-View gemacht. Eine luxuriöse Wohnanlage. Sie liegt unweit von Jobson's Cove, einem der schönsten Strände auf den Bermudas. Aus dem Firmenregister hatte sich Jason einen Auszug besorgt. Die „Hillary LLC“ ist eine der für die Bermudas typischen Gesellschaften. Als Treuhänder fungiert ein einheimischer Anwalt. Wem die Firma wirklich gehört, ist nicht zu erkennen.

Jason hatte Flüge und Unterkünfte auf den Bermudas herausgesucht. Offenbar war er entschlossen gewesen, vor Ort weiter zu recherchieren. Nick überlegt. Soll er anstelle des Freundes die Reise antreten? Falls sein Sender ihn feuert, kann er eine Enthüllungsstory gut verkaufen. Auf keinen Fall will er Doreen irgendwann auf der Tasche liegen. Erst recht nicht, nachdem sie beschlossen haben, eine Familie zu gründen.

Nick fragt sich, wie Doreen darüber denkt. Sie besprechen grundsätzlich alles miteinander. Jetzt, nach dem Tod von Jason, darf er mit ihr auch über „Hurricane“ reden. Es ist sein Projekt. Der Flug auf die Bermudas reizt ihn. Er schaut aus dem Fenster und zuckt zusammen. Jemand steht auf der Straße. Es ist Jason. Der Freund schaut ihn an, lächelt, nickt ihm zu.

DREIZEHN

Eine Woche nach der Trauerfeier

Trabuco Canyon, am 14.8.2022, um 13.30 Uhr

Wie an fast jedem Sonntag machen Doreen und Nick eine Tour mit ihren Mountainbikes. Heute ist es nur ein kurzer Ausflug. Es ist zu heiß in Orange County. Die beiden steuern schon mittags Cook's Corner an. In dem kultigen Biker-Treff am Trabuco-Canyon wollen sie sich stärken. Einen Platz im Outdoor-Bereich zu ergattern, ist ein Kunststück. Leichter ist es, im Powerball den Jackpot zu knacken. Man könnte meinen, alle Biker zwischen San Diego und Los Angeles kennen am Wochenende nur dieses eine Ziel. Der Parkplatz ist überladen mit Maschinen aller Art. Ein Bling-Bling der Chopper. Einfache Bikes, aber auch die teuersten Liebhaberstücke. Die Gäste sind bunt gemischt: Investmentbanker, Lagerarbeiter, Zahnärzte und Busfahrer. Gescheiterte und Erfolgreiche. Speed-Junkies und Highway-Junkies. Alle tragen dieselbe Uniform: Jeans, Lederwesten, dunkle Shirts mit Aufdrucken.

Nick hat Glück. Er ergattert zwei freie Plätze. Doreen wird von den Männern angestarrt. „Dachte, die interessieren sich nur für Harleys“, flüstert Nick. Die Band ist laut, die Gäste tanzen. Nick hat Doreen von der Datei erzählt. Auch die Recherchereise auf die Bermudas hat er angesprochen. Sie ist mehr als skeptisch und hat viele Fragen gestellt. Es hat hitzige Diskussionen gegeben. Das Thema lässt beide nicht los. Nicht einmal hier, im Cook's Corner.

„Nick, ich kann mir immer noch nicht vorstellen, dass Brown in eine krumme Sache verstrickt sein soll. Sein Senatorensitz gekauft! Das hat der Mann gar nicht nötig“, sagt Doreen und nimmt einen Schluck aus ihrem Becher mit Orange Juice.

„Man weiß nie, was solche Leute wirklich antreibt. Geld ist ja nicht alles. Sie wollen Macht, Ruhm, Popularität. Man sieht es ja. Bis vor zwei Jahren ein Nobody in der Politik, dann Senator, bald Vizepräsident. Und am Ende vielleicht sogar noch Präsident. Das lässt man sich schon mal ein Vermögen kosten.“

Nick nimmt einen Schluck aus der Flasche Miller, die vor ihm steht. Er liebt den malzigen Geschmack. Ein Durstlöscher. Die Sängerin mit der Janis-Joplin-Frisur und der hautengen Lederhose dreht auf. Sie lächelt Nick freundlich zu. „Black Velvet and that little boy's smile.“ Harte Bässe. Noch mehr Leute tanzen.

„Wenn ich es richtig verstehe, gibt es nur eine einzige Anschuldigung. Dazu anonym. Ohne irgendwelche Details. Ich finde, das ist total wenig, um daraus Schlüsse zu ziehen. Und dann die Sache mit den Ferien, Nick. Ich bitte dich. Warum soll eine Familie nicht mehrmals an denselben Urlaubsort fahren. Bei allem Respekt vor Jason. Aber für mich sieht es so aus, als ob er sich da in eine Sache verrannt hat.“

Doreen schüttelt energisch den Kopf. Ihre schwarzen Haare fliegen hin und her. Zwei Biker glotzen sie aufdringlich an. Nick würde den beiden am liebsten sein Bier über den Kopf gießen.

„Nick, geh nicht auf dieselbe Spur wie Jason. Sie ist nicht die richtige.“

„Ich glaube nicht, dass er sich verrannt hat. Nicht mit seiner

Erfahrung. Als Brown überraschend Senator wurde, hatte er schon das Gefühl, dass irgendetwas nicht stimmen kann."

„Gefühle sind keine Fakten. Sie können den Blick auf die Realität verstellen. In meinem Beruf, und in eurem auch. Ich würde an deiner Stelle nicht auf die Bermudas fahren. Zum Tauchen vielleicht, aber nicht zum Detektiv-Spielen."

„Kann man ja verbinden."

„Wenn du das möchtest, dann mach' es. Mir würde es nur leidtun, wenn dein Start als investigativer Journalist mit einem Flop startet."

„Das ist Berufsrisiko. Ich habe mal gehört, dass Anwälte auch nicht jeden Prozess gewinnen."

Nick grinst.

„Jason hat übrigens herausgefunden, dass die Wohnungen in der Anlage ab vier Millionen Dollar verkauft werden. Und so eine Luxusbude soll der gute Williams ständig als Ferienwohnung mieten?"

„Warum denn nicht? Ein Gouverneur verdient fünfzehntausend Dollar im Monat. Und gibt sonst fast nichts aus, weil er ständig Spesen abrechnet. Und wer weiß, wie gut er sein Geld anlegt. Solche Leute kriegen ständig Tipps. Da kann er sich eine teure Ferienwohnung leisten, so oft er will."

„Die Fünfzehntausend verdient er ja brutto. Und außerdem soll er ein Geizkragen sein."

„Nick, wenn du unbedingt willst, flieg dahin. Aber pass bitte auf. Margret hat dich gewarnt."

„Jetzt wird es irgendwie unlogisch, Liebes. Wenn an der Sache nichts dran ist, kann sie auch nicht gefährlich werden."

„Frauen haben das Recht, unlogisch zu sein", lacht Doreen. „Man nennt das weibliche Intuition."

„Gefühle verstellen den Blick auf die Realität, hat mir gerade jemand gesagt. Ist Intuition denn kein Gefühl?"

„Eins zu Null für dich. Gibt es was Neues mit deinem Sender?"

„Aus denen werde ich gar nicht mehr schlau. Jetzt haben sie mich plötzlich wieder gelobt. Mein neuer Stil wäre gut. Aber ich habe gar nichts verändert."

„Das wäre ja ein Grund, auf die neue Karriere zu verzichten."

Doreen lacht Nick an. Der steht in Flammen. Hat jemand auf der Welt einen schöneren Mund, strahlendere Augen? Was ist er für ein Glückspilz! Er neigt seinen Kopf leicht zur Seite. Die typische Geste, wenn er etwas möchte.

„Man kann nie wissen. Dem Sender traue ich nicht. Ich habe einen Vorschlag. Du fliegst nach Virginia, um diesen Forrestal zu treffen, der dir noch ein bisschen was über deinen Erzeuger erzählt. Und ich fliege für ein paar Tage auf die Bermudas."

„Findest du die Verteilung etwa gerecht? Aber wenn der Kleine sein Spielzeug unbedingt möchte, gibt jede Mama der Welt nach."

„Danke, Mama."

VIERZEHN

33 Jahre zurück

San Francisco, am 18.7.1989, um 11.00 Uhr

Das General Hospital war die größte Traumaklinik in der Region San Francisco. Alan und John lagen seit über drei Wochen auf der unfallchirurgischen Station. Sie waren dem Tod von der Schippe gesprungen. Mit einem unverschämten Glück. Eine Dreiviertelstunde hatten die Helikopter vom Big Sur bis zum San Francisco Airport benötigt. Von dort waren die beiden mit Blaulicht und Rettungswagen in die Klinik transportiert worden. Schon in der Luft hatte die Notfallversorgung begonnen, bevor sie im Krankenhaus mehrere Stunden operiert wurden. Eine Lungenkontusion und eine Milzruptur bei Alan, ein Pneumothorax und ein Aortenriss bei John. Dazu komplizierte Brüche im Ober- und Unterschenkelbereich und jede Menge schwerer Schürfwunden. Zum Glück kein Schädel- oder Hirntrauma. Die Helme waren ihre Rettung gewesen. Mittlerweile waren sie über den Berg. Die schlimmsten Wunden waren verheilt. Sie waren bereits wieder so munter, dass sie ihre Spielchen mit den Krankenschwestern treiben konnten. Vor allem mit Grace, der hübschesten. Sie betrat in diesem Moment ihr Zimmer.

„Mr. Brown, Mr. Forrestal, für heute hat sich Besuch angemeldet. Ein Mr. Applegate", sagte sie.

Grace gab sich gegenüber den zwei Patienten sehr reserviert. Aber nicht etwa, weil sie die beiden nicht leiden konnte. Das Gegenteil war der Fall: Sie hatte sich in Alan verknallt und kämpfte tapfer dagegen an. Gegen das Herzklopfen, gegen die Röte im Gesicht. Zu ihrem Schutz wählte sie Distanz. Die Freunde hatten das natürlich längst durchschaut. Sie amüsierten sich.

„Mr. Applegate? Kennst du ihn, John?", fragte Alan.

„Nie gehört."

„Hat dieser Applegate gesagt, was er möchte, Gracia Patricia?"

Der Vergleich mit der Hollywood-Schönheit Grace Kelly, der späteren Fürstin von Monaco, war zum Running Gag geworden. Alan kannte ihren Bruder aus Philadelphia. Für ihn war es wie eines dieser Experimente aus dem Chemie-Unterricht. Er musste nur Gracia Patricia sagen, und der Kopf der Krankenschwester leuchtete knallrot.

„Nein, Mr. Brown, das hat er nicht. Er hat nur gesagt, er komme wegen eines Ray Raszinsky, oder so ähnlich."

Grace drehte sich um und verließ eilig den Raum. Was sie nicht ahnte: Alan und John waren diesmal verwirrter als sie. Was hatte das zu bedeuten? Ein Mr. Applegate, der sie wegen Ray sprechen wollte! Ein unbekannter Typ. Seltsam. Sie hatten unentwegt über Ray und sein Angebot diskutiert. An den langen Abenden, nachdem die Schwestern die Schachteln mit den bunten Pillen gebracht und ihnen mit säuselnder Stimme eine gute Nacht gewünscht hatten.

Besonders irritiert waren sie, dass Ray sie immer noch nicht besucht hatte. Das sah ihm überhaupt nicht ähnlich, zumal er für seinen haarsträubenden Plan auf sie angewiesen war. Das Haus in San Mateo war nur knapp dreißig Autominuten von der Klinik entfernt. Alle waren gekommen. Die Familie von Alan war aus Pennsylvania eingeflogen, Johns Mutter und Schwester aus Maine. Eine Abordnung des Football-Teams der Cardinals war mit großem Hallo aufgekreuzt. Die Polizei hatte eine Unfallschilderung zu Protokoll genommen. Ihr Zimmer war der reinste Taubenschlag. Und Ray? Zwei, drei Anrufe von ihm. „Ich komme bald." Aber kein einziger Besuch.

„Vielleicht l-lebt er schon nicht mehr, und dieser Applegate ist sein Bestatter", sagte John.

„Unsinn, John. Er wartet doch auf unsere Entscheidung. Vorher wird er sich bestimmt nichts antun."

„Dann ist es erst recht k-komisch, dass er nicht kommt. Wenn ihm d-doch so viel an unserem Entschluss liegt."

„Er kriegt seinen Arsch nicht hoch, sitzt wie üblich am Fenster und grübelt. Wir müssen ihm unbedingt helfen, wenn wir wieder zu Hause sind. Der Junge muss sofort in eine Klinik."

Um 15 Uhr klopfte es energisch an die Zimmertür. Ein Mann, etwa vierzig Jahre alt, betrat den Raum. Er hatte eine Halbglatze, einen gestutzten Kinn- und Oberlippenbart. Auffällig seine spitzen Ohren. Das Lächeln des Besuchers wirkte aufgesetzt, seine Augen kalt. Keiner, mit dem man freiwillig ein Bier trinken würde.

„Gentlemen, darf ich hereinkommen?", fragte er mit einer blechernen Stimme.

„Wenn ich es richtig sehe, sind Sie ja schon drin", erwiderte Alan.

„Entschuldigung, aber ich hatte mich angemeldet. Mein Name ist Applegate. Robert Applegate Junior. Sind Sie Mr. Brown und Mr. Forrestal?"

„Ja, das sind wir. Oder das, was von uns übrig ist", sagte Alan.

„Mr. Raszinsky hat mir von Ihrem Unfall erzählt. Das tut mir sehr leid. Darf ich mich setzen?"

„Bitte, wie geht es Ray? Wir warten auf ihn."

Alan sah den Mann erwartungsvoll an.

„Ich habe heute Morgen mit ihm gesprochen. Ihm geht es so weit gut."

„Den Eindruck hatten wir zuletzt nicht gerade", sagte Alan. „Aber was verschafft uns die Ehre Ihres Besuchs?"

„Erlauben Sie mir, dass ich mich Ihnen vorstelle. Ich bin Anwalt auf den Bermudas. Meine Familie hat unsere Privatkanzlei schon 1897 gegründet. Einer meiner Vorfahren war General-Staatsanwalt der damaligen britischen Kronkolonie."

Alan wurde ungeduldig.

„Sehr interessant, Mr. Applegate. Aber Sie kommen doch nicht, um uns Ihre Familienhistorie zu schildern."

Der Besucher fuhr unbeirrt fort.

„Die Kanzlei hat sich darauf spezialisiert, fremde Vermögen treuhänderisch zu verwalten."

Er machte eine kleine Pause, räusperte sich.

„Große Vermögen. Die Familie Raszinsky ist seit den Zwanziger-Jahren einer unserer Mandanten."

„D-dann sind Sie der Treuhänder, von dem Ray uns erzählt hat?"

„Das ist richtig, Gentlemen. Ich bin auch über das Gespräch informiert, das Mr. Raszinsky mit Ihnen vor Ihrem Unfall geführt hat."

„Umso besser", sagte Alan. „Dann können wir offen reden. Wir machen uns große Sorgen um Ray. Der Junge ist psychisch krank und muss sofort in eine Behandlung. Wie sehen Sie das? Am besten ist, wenn wir zusammenarbeiten."

„Ich weiß, was Mr. Raszinsky Ihnen angeboten hat. Deshalb bin ich hier. Ich will direkt zur Sache kommen und Ihnen mein Angebot für eine Kooperation unterbreiten."

„Kooperation klingt gut. Was meinen Sie konkret?"

„Ich möchte vorausschicken, dass Mr. Raszinsky nach meinem Eindruck fest entschlossen ist, aus dem Leben zu scheiden. Sie würden ihm diesen Schritt ungemein erleichtern, wenn Sie auf seinen Vorschlag eingehen. Die Bedingungen sind mir bekannt. Ich habe selbst daran mitgearbeitet. Die Vermögensverwaltung soll nach dem Ableben des Mandanten Ihnen obliegen. Sie sollen die Berechtigten finden und entschädigen. Ich werde Sie als Treuhänder dabei beaufsichtigen – und Sie selbstverständlich auch unterstützen. Soweit es in meinen Kräften steht."

„Wie großzügig, Mr. Applegate. Aber im Ernst: Das ist doch totaler Blödsinn. Wir machen da nicht mit. Hat Ray Sie etwa deshalb geschickt?"

„Nein, Mr. Brown, das hat er nicht. Er weiß nicht, dass ich hier bin."

„Was wollen Sie dann? Und was für ein Angebot wollen Sie uns machen?"

„Meine Herren, das Barvermögen des Herrn Raszinsky, das unter meiner Verwaltung steht, beläuft sich derzeit auf etwas über 1,5 Milliarden Dollar. Wenn Sie auf den Vorschlag meines Mandanten eingehen, biete ich Ihnen an, dass ich nach dem Ableben des Herrn Raszinsky alle Auflagen fallen lasse. Im Gegenzug erhalte ich ein Drittel des Vermögens. An jeden von uns würden also etwa fünfhundert Millionen Dollar fließen. Frei von allen Bindungen und Auflagen für die Zukunft. Ich hoffe, dass Sie diesem Deal zustimmen können."

„Wie b-bitte?"

„Das ist ein Test, John. Er will herausfinden, ob wir loyal sind. Schöner Trick, Mr. Applegate. Mich würde nur interessieren, ob Sie diese Charakterprobe mit oder ohne Zustimmung Ihres Mandanten machen."

„Mr. Brown, das ist kein Test, sondern das Angebot für einen Deal."

Alan und John verschlug es die Sprache. Als Erster hatte sich Alan wieder gefangen.

„Ich weiß nicht, was ich davon halten soll. Entweder ist es ein Test, Mr. Applegate. Und dazu gehört ja auch, dass Sie das abstreiten. Oder es ist Ihr voller Ernst. Dann sind Sie ein Verbrecher, ein Krimineller. Was, sagten Sie, war Ihr Urgroßvater? Staatsanwalt oder so ähnlich. Der würde sich dann im Grabe umdrehen. Also was ist die Wahrheit? Uns können Sie nichts vormachen."

„Gentlemen, es ist ein echter Deal, den ich Ihnen vorschlage."

„Wenn das so ist, Mr. Applegate, verliere ich jede Achtung vor Ihnen. Das ist ein Schurkenstück! An Dreistigkeit nicht zu überbieten! Wir werden Ihren Mandanten sofort darüber informieren."

„Ich bin mir der Möglichkeit durchaus bewusst, dass Sie Mr. Raszinsky informieren. Aber seien Sie versichert, dass der Mandant gegen unsere Kanzlei niemals etwas unternehmen wird oder kann. Dafür haben wir zu viel Material, das die amerikanischen Finanz- und Justizbehörden interessieren würde."

„Sie sind ein Dreckskerl! Verlassen Sie den Raum!"

„Sir, ich folge Ihrer Bitte, Mr. Brown, aber lassen Sie mich noch etwas sagen: Es gibt drei Aspekte, die Sie bitte in Erwägung ziehen wollen. Erstens: Mr. Raszinsky meint es absolut ernst. Er hat mit seinem Leben endgültig abgeschlossen. Sie handeln in seinem Sinne, wenn Sie Ihre Zustimmung geben. Zweitens: Der Plan, den mein Mandant verfolgt, ist praktisch nicht durchführbar. Eine Entschädigung der Opfer in großem Stil würde über kurz oder lang in der Öffentlichkeit bekannt werden. Es würden Ermittlungen staatlicher Stellen drohen, an denen niemand Interesse haben kann. Ich habe Mr. Raszinsky auf diese Konsequenzen eindringlich hingewiesen. Aber er wollte nichts davon hören. Drittens: Jeder von uns kann die Opfer aus seinem Anteil entschädigen. Ganz so, wie mein Mandant es wünscht."

„Raus, Mr. Bermudas, raus!"

Alan zeigte auf die Tür. John schloss sich der Geste an.

„Selbstverständlich ziehe ich mich zurück, Gentlemen. Ich gehe davon aus, dass Sie den Deal annehmen werden. Rufen Sie mich bitte an, sobald Sie Ihre Entscheidung getroffen haben. Dann können wir alles Weitere regeln."

Der Besucher legte seine Visitenkarte auf Johns Nachttisch. Dann verließ er das Zimmer, ohne sich noch einmal umzusehen. Die beiden schauten ihm fassungslos hinterher. Alan saß aufrecht im Bett.

„Riechst du den Schwefel, John?"

FÜNFZEHN

33 Jahre später

Grand-Bermuda, am 17.8.2022, um 16.00 Uhr

Das Flugzeug ist im Anflug auf den International Airport der Bermudas. Aus dem Fenster kann Nick auf die Insel schauen. Auf das Meer. Er sieht die unterschiedlichen Farben. Tiefblau, türkisblau, dann wieder ganz hell. Korallenriffe, Sandstrände. Über die ganze Insel verstreut sieht er perlweiße Häuser, umgeben von sattgrünen Gärten und Anlagen. Ein Paradies, nicht nur für Steuerflüchtlinge, denkt er und spürt das Kribbeln des Touristen. Wieder der Gedanke an Jason. Der sollte an seiner Stelle in der Maschine sitzen.

Doreen hat recht. Die Faktenlage bei „Hurricane" ist dünn. Wird er vor Ort mehr herausfinden? Falls nicht, auch kein Weltuntergang. Dann gibt es eben keine zweite Karriere. Nicks Plan ist, so viel wie möglich über das große Luxusappartement zu erfahren, das Williams immer wieder nutzt. Die Wohnung Nr. 3 in der Anlage an der South Street. Jedenfalls, wenn die Rodriguez die Wahrheit gesagt hat. Und wer verbirgt sich hinter der ominösen Firma „Hillary LLC", der die Wohnung gehört? Ist es Williams selbst? Nick wird sich etwas einfallen lassen müssen. Wie wäre Jason vorgegangen?

Die Einreise verläuft schnell und problemlos. Vom Airport aus fährt er mit einem Mietwagen knapp vierzig Minuten zum Fairmont-Hotel in Southampton. Jason hatte es für sich herausgesucht. Eine Luxus-Herberge. Für Nick ist sie eigentlich zu teuer. Aber er will auf den Spuren des Freundes wandeln. Der wäre niemals in einem billigen Schuppen abgestiegen. Von seinem Zimmer aus kann Nick auf das Meer schauen. Vor ihm liegt der Golfplatz des Hotels. Er ruft Doreen an, um sie an den Eindrücken teilhaben zu lassen.

„Liebes, es ist fantastisch hier. Ich stehe auf dem Balkon und blicke in ein Paradies. Ich vermisse dich."

„Ich dich auch. Ich hoffe allerdings nicht, dass alles nur ein Vorwand ist, um alleine Ferien zu machen", sagt Doreen mit einem Lachen. Dann wird sie ernst.

„Nick, sei bitte vorsichtig. Bei allem, was du tust. Denk an die Warnung von Margret. Ich hätte wirklich nichts dagegen, wenn du nur ein paar Tage Urlaub machst. Und sonst gar nichts."

„Ich liebe dich, Schatz."

Am nächsten Morgen frühstückt er als einer der Ersten. Dann fährt er zur South Street. Sonne, wolkenloser Himmel, ein Sommerhit im Radio. Gute Laune beim Radio-Moderator. „Another nice day in Bermuda", wünscht er den Hörern. Nick parkt den Mietwagen in einer Nebenstraße. Von dort geht er zu Fuß zur Wohnanlage. Hinter hohen Hecken sieht er das Gebäude. Ein vornehmer Komplex, strahlend weiß, wie alle Häuser auf der Insel. Die Preise für die Wohnungen, so hat er recherchiert, liegen zwischen vier und fünf Millionen Dollar. Er setzt sich auf eine Mauer gegenüber der Einfahrt und wartet. Irgendwann muss jemand mit dem Wagen herausfahren. Zwei Stunden sitzt er dort, spielt mit seinem Handy. Der Investigativ-Job erfordert Geduld. Soll er aufgeben? Dann endlich sieht er, was er erhofft hat. Das große Gittertor zur South Street fährt zurück. Ein Mini kommt heraus, am Steuer eine junge Frau. Bevor das Tor wieder schließt, geht er hindurch. Ohne Eile, mit einer unauffälligen Selbstverständlichkeit nähert er sich dem Gebäude. Die Eingangstür ist verschlossen. Rechts von der Tür eine Sprechanlage, daneben eine Tafel aus Messing, auf der die einzelnen Appartements aufgeführt sind. Bei der Wohnung Nr. 3 fehlt der Name. Nick atmet durch, klingelt bei Appartement Nr. 5. „Moniz" steht dort. Er hört eine weibliche Stimme.

„Ja bitte?"

„Entschuldigen Sie, mein Name ist Robertson. Dan Robertson. Ich war gerade mit einem Makler hier, der mir eine Wohnung zum Kauf angeboten hat. Jetzt wollte ich mich etwas umhören, weil ich wirklich interessiert bin. Hätten Sie mal Zeit für ein ganz kurzes Gespräch? Wenn es Ihnen jetzt nicht passt, gerne auch zu einem anderen Termin."

Zunächst keine Antwort. Stattdessen summt die Tür. Er kann sie aufstoßen.

„Kommen Sie hoch. Zweiter Stock."

Das klappt besser als erwartet. Er fühlt sich wie ein Drogenhund, der Witterung aufgenommen hat. Das Treppenhaus ist ein Rondell. Auf seinem Weg geht er an der Wohnung Nr. 3 vorbei. Kein Namensschild! Die Tür des Appartements Nr. 5 ist geöffnet. Eine junge Frau steht dort. Sympathisch, blond, Sommersprossen.

„Sie wollen unser Nachbar werden? Mein Name ist Monica Moniz. Kommen Sie rein. Welche Wohnung wollen Sie denn kaufen?"

„Psst!" Nick legte seine Hand auf den Mund. „Das Maklerbüro hat mir gesagt, ich müsse Stillschweigen bewahren."

Er staunt über sein schauspielerisches Talent.

„Dann lassen Sie mich raten. Es ist die Nr. 11. Der Eigentümer ist verstorben, und die Erben haben kein Interesse. Schöne Wohnung mit einem tollen Blick. Ich habe dem alten Herrn manchmal etwas aus dem Supermarkt mitgebracht."

Ms. Moniz bittet Nick herein. Er steht in einer Traumwohnung. In einem riesigen Wohnraum mit Designermöbeln und raumhohen Glasfenstern. Der Blick auf den Strand und den Atlantik ist imposant. Es ist windig. Das Meer ist aufgewühlt. Wie er selbst, aber das darf er sich nicht anmerken lassen.

„Sie haben es wunderschön hier", sagt Nick.

„Die Wohnung, die Sie kaufen, ist genauso schön. Man muss sich nur die Möbel des alten Herrn wegdenken. Die sind etwas altmodisch. Es ist traurig, dass er gestorben ist. Ich mochte ihn sehr."

Das angebotene Getränk lehnt Nick ab. Im Gespräch erfährt er viel über die Anlage. Die Eigentümer sind die meiste Zeit nicht da, nutzen die Wohnungen nur wenige Wochen im Jahr. Kein einziges Appartement wird an Touristen vermietet. Nick hat eine Idee.

„Wie ist es mit der Reinigung, Ms. Moniz? Der Aspekt kommt meistens zu kurz, wenn man eine Wohnung kauft. Gibt es genug zuverlässige Hilfen?"

„Da sagen Sie das Richtige, Mr. Robertson. Wir haben lange suchen müssen, bis wir eine zuverlässige Frau gefunden haben. Jetzt haben wir eine sehr gute Kraft."

„Darf ich fragen, ob Ihre Hilfe auch für andere Wohnungsbesitzer putzt? Würde sie das auch für mich tun?"

„Das könnte ich mir vorstellen, Mr. Robertson. Sie ist schon in mehreren Wohnungen in der Anlage tätig. So haben wir sie auch bekommen."

Sie putzt in mehreren Wohnungen? Auch Nr. 3? Für einen Anfänger macht er seine Sache gut.

„Hätten Sie etwas dagegen, Ms. Moniz, wenn ich mit ihr mal Kontakt aufnehme?"

„Das können Sie gerne tun. Bei dem alten Herrn hat sie aber nicht geputzt. Der hatte eine andere Reinigungskraft."

Nach einer guten Stunde verlässt Nick die auskunftsfreudige

Ms. Moniz. In der Hand hält er einen Zettel mit der Anschrift und Telefonnummer einer Esmeralda Gomez. Er weiß: Die Chance, dass ausgerechnet diese Frau auch die Nr. 3 betreut, ist nicht übermäßig groß. Aber so klein auch wieder nicht. Noch am selben Abend sucht er die Frau auf. Sie wohnt im Außenbezirk von Hamilton. In einem einfachen, aber gepflegten Haus. Weiß, wie alle Gebäude. Nick trifft sie alleine an. Ihre Familie ist offenbar ausgeflogen. Wieder spielt er den kaufinteressierten Mr. Robertson. Er bezieht sich auf das Gespräch mit Ms. Moniz.

„Ms. Gomez, würden Sie auch bei mir arbeiten, wenn ich ein Appartement in der Anlage kaufe?"

„Welches ist es denn?"

„Darf ich noch nicht verraten."

„Ist ja auch egal. Natürlich arbeite ich auch für Sie, Sir. Ich nehme vierhundertfünzig Dollar im Monat. Dann ist alles tipptopp. Das wäre dann meine fünfte Stelle in der Anlage, je mehr, desto besser. Ich bin wirklich darauf angewiesen. Wissen Sie, ich muss das machen. Allein unsere Miete hier kostet eintausendfünfhundert Dollar. Das Leben wird für uns unbezahlbar. Die verdammten Millionäre auf der Insel machen die Preise kaputt."

Die einfachen Leute können einem leidtun, denkt Nick. Sie müssen schuften, um über die Runden zu kommen. Andere haben hier ein Luxusleben. Als die Frau kurz in die Küche geht, schaut er sich im Zimmer um. Zwei verschlissene Sofas, ein Tisch, am Fenster eine altmodische, vergilbte Gardine, braune Vorhänge. An den Wänden kleine gerahmte Bilder, völlig asymmetrisch aufgehängt. Kinderfotos. Sein Blick fällt auf eine Schranktür. Ein Zettel klebt dort. Offenbar eine Art Arbeitsübersicht. Nick tritt näher heran. Wohnungen mit Nummern und Uhrzeiten. Er ist wie elektrisiert: „Nr. 3, Donnerstag 9–13 Uhr." Bingo! Das Glück des Tüchtigen! Esmeralda Gomez ist genau die Person, die er sucht. In Gedanken zwinkert er Jason zu. Nick fühlt den Adrenalinstoß, den Entdeckungen dieser Art bei Investigativen wohl immer auslösen. Als die Frau zurückkehrt, wechselt er noch ein paar Worte, dann verabschiedet er sich. Wenn er die Wohnung kauft, will er sich bei Ms. Gomez melden. Die Sache fängt an, ihm richtig Spaß zu machen.

Am nächsten Morgen, einem Donnerstag, fährt Nick erneut zur Anlage. Schon beinahe routiniert erreicht er das Treppenhaus und die Wohnung Nr. 3. An der Tür betätigt er die Klingel. Er wartet eine ganze Weile. Dann wird die Tür einen Spalt geöffnet. Esmeralda Gomez.

„Sie schon wieder, Sir. Wie kommen Sie denn hierher?"

„Ich habe mich noch einmal mit der Maklerin getroffen. Zufällig habe ich Ms. Moniz gesehen, die mir sagte, dass ich Sie vielleicht hier in der Wohnung antreffe. Dürfte ich mal ganz kurz hereinkommen? Leider habe ich gestern Abend vergessen, Sie etwas zu fragen", sagt Nick.

Die Gomez zögert, macht dann aber die Tür ganz auf.

„Kommen Sie rein. Sir. Ist ja eh keiner hier. Was gibt es denn noch?"

Nick geht durch den Flur in den Wohnbereich. Das ist noch mal eine Steigerung gegenüber der Wohnung von Ms. Moniz. Luxus pur. Kostbare Bilder, Skulpturen, exquisite Möbel. Die Handschrift teurer Innenarchitekten.

„Ms. Gomez, ich habe noch einen wichtigen Punkt vergessen. Wenn ich Sie engagiere, muss das bei den Behörden gemeldet werden? Wissen Sie, ich bin ein gründlicher Mensch. Und diese Frage hat mich seit gestern Abend beschäftigt", schwindelt Nick.

„Guter Mann, das müssen Sie entscheiden. Manche machen es so, manche anders. In dieser Wohnung zum Beispiel bekomme ich offizielles Geld. Der Mann ist irgendein hohes Tier und will alles korrekt haben. Also bekomme ich monatlich das Geld überwiesen.

Mir ist es aber lieber, wenn bar gezahlt wird. Ms. Moniz will das auch so. Sonst muss ich es angeben und noch was abführen. Es ist doch ein Witz. Uns kleinen Leuten auf der Insel knöpft man das Geld ab, den Großen stopft man es in den Hintern."

„Gut, dann weiß ich Bescheid. Kümmern Sie sich auch dann um die Wohnungen, wenn der Eigentümer nicht da ist?"

„Ja, natürlich, die Leute hier sind Amerikaner. Sie kommen nur in den Schulferien, weil sie Kinder haben. Dann bin ich fast jeden Tag da, um aufzuräumen und zu reinigen. Sonst, wenn die Wohnung leer ist, reicht es einmal in der Woche. Wie jetzt."

„Dürfte ich wohl einmal die Toilette benutzen?", fragt Nick, will noch mehr von der Wohnung sehen.

„Ja, sicher. Geradeaus durch den Flur."

Nick geht langsam durch das Foyer. An der Wand ein Foto der Familie Williams. Alle in Taucheranzügen, strahlende Gesichter. Nick macht Handy-Aufnahmen. Für ihn ist klar: Niemand, der eine Wohnung ausschließlich für die Ferien mietet, zahlt jeden Monat eine Reinigungskraft. Oder ist berechtigt, ein privates Familienfoto aufzuhängen. Kein Zweifel: Dem Gouverneur gehört diese Wohnung. Jetzt muss er nur noch klären, was es mit der Firma „Hillary LLC" auf sich hat. Er kommt gut voran. Jason wäre zufrieden.

Nick ahnt nicht, was in nicht einmal 24 Stunden passieren wird.

SECHZEHN

Der nächste Tag

Hamilton, am 19.8.2022, um 11.30 Uhr

Jeff Burnus ist der im Register eingetragene Direktor der Firma „Hillary LLC“, Anwalt in einer Kanzlei, die sich AWS Law Limited nennt. Nick hat einen Termin vereinbart. Ein Haus in der Front Street, der Hauptstraße von Hamilton. Die Fassade ist alt und verspielt, wie bei allen anderen Gebäuden auch. Eine Zeitreise, direkt in die britische Kolonial-Epoche. Jetzt sitzt Nick in einem Konferenzraum. Dicke Teppiche, antike Möbel und wertvolle Originalgemälde. Bestimmt kein Ort, an dem profane Verkehrsunfälle oder erbitterte Rosenkriege diskutiert werden, denkt Nick. Hier dürften die Stimmen leise, die Summen schwindelerregend und die Transaktionen diskret sein.

Den Termin hat Nick ohne Probleme erhalten. Geld anlegen, Offshore-Gesellschaft gründen, mehr musste er nicht sagen. Diesmal nannte er sich Mr. Smith. Sollte der Anwalt im Internet nach ihm suchen, wird er keinen Erfolg haben. Langsam gefällt es Nick, in fremde Rollen zu schlüpfen. Er überlegt. Was hat er bisher über die Wohnanlage an der South Street erfahren? Ein Trick von Doreen, und schon war es gelungen, von der zuständigen Behörde in

Hamilton Grundbuchauszüge der Immobilie zu erhalten. Sie hatte vorgegeben, ein Klient benötige die Unterlagen. Zu ihrer eigenen Überraschung kam in wenigen Tagen die Rechnung der Behörde, danach der Auszug. Alle Appartements gehören unterschiedlichen Eigentümern. Anonymen Gesellschaften, aber auch Privatpersonen. Die Firma „Hillary LLC“ ist seit fünf Jahren Eigentümer der Wohnung Nr. 3.

Die Tür geht auf. Burnus! Er begrüßt Nick von oben herab. Ein Mann in den mittleren Jahren. Schütteres Haar. Die Gesichtszüge grob, die Mimik arrogant. Er trägt den Arbeitskittel aller Business-Anwälte, einen dunkelblauen, eng geschnittenen Anzug, ein weißes Hemd mit auffälligen, goldenen Manschettenknöpfen und eine dezente Seiden-Krawatte. Seine Visitenkarte schiebt er wortlos über den Tisch.

„Oh, leider habe ich meine eigene Karte im Hotel vergessen“, entschuldigt sich Nick. „Ich reiche Ihnen meine Daten per Mail nach.“

„Sie möchten eine Offshore-Gesellschaft gründen, Sir. Wie sind Sie auf unsere Kanzlei gekommen?“

„Über eine Empfehlung aus meinem Golfclub, Mr. Burnus.“

„Von wem?”

„Mein Bekannter macht immer so ein Geheimnis daraus. Ich werde ihn bitten, dass er Sie in den nächsten Tagen anruft und ein gutes Wort für mich einlegt.“

Kein überzeugender Auftritt. Nick fragt sich, ob der Anwalt schon Verdacht geschöpft hat. Er ist erleichtert, als Burnus seinen Standardtext herunterbetet. Der Tonfall erinnert an einen Sprechcomputer. Der Inhalt ist so spannend wie die Gebrauchsanweisung für eine Espressomaschine. Gründung einer Treuhandgesellschaft, Steuerfreiheit, Höhe der Kanzlei-Honorare. Dann die Frage nach der finanziellen Gewichtsklasse des vor ihm sitzenden Mr. Smith.

„Welchen Betrag möchten Sie investieren? Wir benötigen einen Nachweis Ihrer Bank, bevor wir tätig werden. Die Behörden hier verlangen das für die Eintragung."

Jetzt muss Nick Punkte machen, um den schwachen Auftritt von soeben auszubügeln.

„Ich denke in der ersten Tranche an eine Summe bis zu fünf Millionen Dollar", antwortet er.

Pokerface von Burnus.

„Haben Sie eine bestimmte Präferenz für die Geldanlage?", fragt er.

Das ist eine Steilvorlage.

„Ja, als Erstes möchte ich eine Wohnung hier auf der Insel erwerben."

„Eine bestimmte?"

„Es geht um ein Appartement in der Anlage in Warwick, South Street."

„Schöne Anlage."

„In der Tat. Der Makler hat mir eine Wohnung angeboten, die mir zusagt, wobei mir die Nachbarwohnung noch besser gefällt."

„Da kann ich nichts für Sie tun. Wir sind Anwälte, keine Makler."

„Vielleicht können Sie doch helfen, Mr. Burnus. Das Appartement, das mir besser gefällt, gehört einer Gesellschaft, deren Treuhänder Sie sind. Es ist die Wohnung Nr. 3."

Die Augenbrauen des Anwalts heben sich.

„Das Appartement Nr. 3 steht nicht zum Verkauf", sagt Burnus mit scharfer Stimme.

„Auch nicht, wenn ich ein sehr gutes Angebot mache?"

„Nein!"

Der Anwalt scannt Nick mit einem eiskalten Blick.

„Gut, dann habe ich wenigstens Klarheit, Mr. Burnus", sagt Nick.

Die Stimmung ist umgeschlagen. Burnus hat offenbar jede Lust auf weitere Konversation mit Mr. Smith verloren. Er schiebt Nick wortlos einen Stapel Unterlagen mit Details über Offshore-Gesellschaften über den Tisch. Dann steht er auf. Ein klares Zeichen zum Gehen.

„Ich werde den Finanznachweis meiner Hausbank umgehend vorlegen", sagt Nick.

Burnus zeigt keine Reaktion. Er öffnet die Tür, gibt Nick wortlos die Hand und verschwindet. Nick steht allein auf dem Flur. An der Wand das Foto eines älteren Herrn. Es ist alt und leicht vergilbt. Ein würdevoller Mann, steifes Jackett, viele Orden, ein Hemd mit Stehkragen, gezwirbelter Schnurrbart. Darunter ein kleines Messingschild: Sr. Robert Applegate, General Staatsanwalt im Dienste Seiner Majestät, King George V., Kronkolonie Bermudas 1911–1927 (Gründer der AWS Law).

Nick schaut nicht hin. Er verlässt das Gebäude und geht in das Parkhaus. Dann fährt er über die Harbour Road und die Middle Road zurück zu seinem Hotel. In seinem Zimmer legt er sich aufs Bett und zieht ein Fazit. Gestern war seine Performance besser, und viel Neues hat er nicht entdeckt. Immerhin: Die Reaktion von Burnus hat ihm verraten, dass er auf der richtigen Spur ist. Bei der Wohnung Nr. 3 sank die Stimmung auf den Gefrierpunkt. Nur: Ein Beweis für die Bestechung von Williams ist das nicht. Jasons Job ist verdammt hart.

Um sich abzulenken, will er mit Doreen telefonieren. Besetzt. Vermutlich führt sie eines ihrer langen Gespräche mit Kate, ihrer Tante aus Redwood City. Nick schläft ein. Als er nach einigen Stunden wach wird, sieht er einen Briefumschlag, der unter der Tür durchgeschoben wurde. Er springt auf und öffnet das Kuvert. Auf einem seltsam beschichteten Zettel steht in großen Druckbuchstaben:

MR. GARCIA/SMITH, DENKEN SIE AN J. PARKER. HALTEN SIE SICH RAUS. DAS IST DIE ERSTE UND LETZTE WARNUNG!

Nick starrt auf das Papier. Ein Schock. Sein Unterkiefer zuckt nach vorne. Ihm wird heiß. Er öffnet die Balkontür, geht nach draußen und lehnt sich an das Geländer. Auf seiner Stirn bildet sich Schweiß. Der Puls läuft davon. Minutenlang starrt er auf das tiefblaue Meer. Die Hitze ist noch drückender. Der Horizont scheint zu wackeln. Dann geht er zurück in das Zimmer. Aus der Minibar holt er sich eine Dose Heineken, um sich zu beruhigen.

Seine Gedanken rotieren. Jason wurde ermordet! Margret hatte recht! Wer steckt dahinter? Brown, Williams? Ein Senator, ein Gouverneur? Zu unwahrscheinlich. Aber wer dann? Burnus muss seine Finger im Spiel haben. Nur er kennt Mr. Smith. Doch wie kam man so schnell auf seinen richtigen Namen und auf das Hotel? Die Dose mit dem Bier ist leer. Er nimmt sich eine zweite.

Mit den unteren Zähnen reibt Nick an seiner Oberlippe, schiebt den Kiefer von einer Seite zur anderen. Bisher haben sich seine Recherchen wie ein Detektiv-Spiel angefühlt. Wie ein Trainee-Programm für auszubildende Redakteure. Unterhaltsam, kribbelnd, aber insgesamt ungefährlich. Dieser Peitschenknall hat alles verändert. Der Ernstfall ist eingetreten, alarmierend und lebensbedrohlich. Wer auch immer der Absender ist, man will auf jeden Fall verhindern, dass er weitermacht. Und schreckt offenbar vor nichts zurück. Was soll er tun? Doreen informieren? Die Polizei einschalten?

Die Dimension ist viel größer, als er sich vorgestellt hat. Das ist die Handschrift eiskalter Profis. Und er? Ein Anfänger, ganz allein. Ein Mann mit Pfeil und Bogen gegen High-Tech-Krieger. Ein ungleicher Kampf. Die Ruhe, die Erfahrung, die Abgeklärtheit von

Jason hat er nicht. Doreen sagt immer, er sei ein nervöses Hemd. Eine Weile sitzt er auf dem Bett, wie paralysiert. Dann rafft er sich auf, fährt mit dem Aufzug hinunter zur Rezeption und fragt, wer den Briefumschlag für ihn abgegeben hat. Irgendein Taxifahrer oder ein Bote, sagt die Dame. Er habe gesagt, man möge Herrn Garcia den Brief sofort zustellen. Dann sei er sofort wieder gegangen. Genauer beschreiben könne sie den Mann nicht.

Für 19 Uhr hat Nick einen Tisch im White Horse in St.-George's bestellt. Er beschließt, daran festzuhalten. Das Essen ist gut, der Ausblick auf den Hafen malerisch. Doch genießen kann er keines von beidem. Seine Nerven flattern. Neben ihm, auf dem freien Stuhl, sitzt die Angst. Soll er sich hemmungslos betrinken? Die hübsche Kellnerin fragt ihn, ob er ein zweites Glas Rum Swizzle, den typischen Cocktail auf den Bermudas, trinken möchte. Er reißt sich zusammen. Ein klarer Kopf ist wichtig.

Mit dem Wagen fährt er zurück zum Hotel. Die Nacht ist klar. Nur wenige Autos sind unterwegs. Von der Straße aus kann er den Atlantik sehen. Der Vollmond steht über dem dunklen Ozean. Sein silbernes Licht spiegelt sich im ruhigen Wasser. Bilder ganz nach seinem Geschmack. Unter normalen Umständen würde er anhalten, auf das Meer schauen und Doreen anrufen. Er ist ein Romantiker, mehr als seine Freundin. Doch für die malerische Stimmung hat er diesmal keinen Sinn. Immer wieder schaut er ängstlich in den Rückspiegel. Zum Glück sieht er kein Fahrzeug, das ihn verfolgt. Wenigstens eine kleine Beruhigung.

Sein Entschluss steht fest. Er hört auf! Schluss mit „Hurricane". Keine Frage: Die Drohung ist absolut ernst gemeint, sein Leben gefährdet. Schon am nächsten Tag will er zurückfliegen, keinen Tag länger auf der Insel bleiben. Recherchieren, schnorcheln, golfen. Nichts davon geht mehr. Keine weitere Herausforderung des Schicksals! Nur wenn er abreist, gibt er das Signal: Er hat verstanden.

Im Hotel geht er sofort auf sein Zimmer. Auf dem langen Korridor seiner Etage schaut er sich ängstlich um. Dann schließt er die Tür von innen ab. Er öffnet den Safe, in den er zuvor den Zettel gelegt hat. Sicher ist sicher: Er will noch ein Handy-Foto machen. Vielleicht kann das mal wichtig werden. Als er das Papier in die Hand nimmt, erkennt er, was es mit der seltsamen Beschichtung auf sich hat. Die Nachricht auf dem Zettel ist nicht mehr da. Sie hat sich aufgelöst, ohne irgendeine Spur zu hinterlassen.

Wieder bildet sich Schweiß auf der Stirn. Der Mund ist trocken. Wie gelähmt betrachtet er das leere Blatt in seiner Hand.

SIEBZEHN

Eine Woche nach Nicks Rückkehr

Mission Viejo, am 26.8.2022, um 8.15. Uhr

Nick ist seit einigen Tagen zurück in Mission Viejo. Doreen und er sitzen in ihrer Küche und frühstücken. Durch die großen Fenster haben sie einen Panoramablick in den Garten. Hinter den hohen Bäumen zieht die Morgensonne herauf. Eine friedliche Stimmung umgibt ihr Haus. Auf dem Rasen stolziert eine schwarze Krähe. Normalerweise schauen beide um diese Zeit nach draußen und erfreuen sich an den ersten Sonnenstrahlen des Tages. Oft stellen sie sich vor, wie sie hier mit ihren Kindern sitzen werden. Heute aber interessieren sie die Bilder im TV. Der Sender CNN berichtet von dem Parteitag, der gestern Abend an der Ostküste stattfand. Kathleen Immelman wurde zur Präsidentschaftskandidatin ihrer Partei nominiert. Im Gespann mit ihrem Running Mate Alan Brown. Zusammenschnitte der Reden werden gezeigt. Unter dem tosenden Beifall der Halle erklärt Immelman, dass sie die erste Präsidentin in der Geschichte der USA sein wird. Im Hintergrund schwenken Delegierte große Plakate. „Immelman for President“ und „Immelmann-Brown“. Die Kameras fangen Bilder euphorisch jubelnder Menschen ein. Bunte Luftballons fliegen zum Hallendach.

Es folgt ein Interview mit dem Senator Brown. Er sei unglaublich dankbar für seine Nominierung. Amerika bekomme mit Immelman eine Präsidentin, die Großes für das Land und die Welt leisten werde. Dass er, Brown, ihrem Team angehören dürfe, sei eine Ehre und mache ihn stolz. Während seines Statements blitzen pausenlos die weißen Zähne auf.

Nick steht auf, geht zum Herd und nimmt sich noch etwas Rührei aus der Pfanne.

„Diese Grinse-Katze ist nicht überzeugend", sagt er.

„Wie meinst du das?", fragt Doreen.

„Er ist ein Darsteller. Echte Emotionen sehen anders aus."

„Ich habe ihn aber schon mal emotional erlebt."

„Bei dir, Liebling, zeigt jede Gefühle", lacht Nick und gibt seiner Freundin einen Kuss.

Er fühlt sich unwohl, hat Gewissensbisse. Als er von seinem Ausflug auf die Bermudas zurückgekehrt ist, hat er Doreen die Drohung verschwiegen. Lange hat er mit sich gekämpft. Einerseits ist sie belastbar. Viel mehr als er selbst. Andererseits geht es um Leben und Tod. Vielleicht wäre sie wütend geworden, hätte ihm Vorwürfe gemacht. Immerhin war sie von Anfang an gegen seine Recherchen. Womöglich würde sie darauf bestehen, die Polizei einzuschalten. Das würde ihn aber erst recht gefährden. Schweren Herzens hat sich Nick für eine Notlüge entschieden. Er hat Doreen erzählt, dass er „Hurricane" aufgeben will. Der Job liege ihm nicht. Kein Bock auf trockene Recherchen.

Das allererste Mal ist er Doreen gegenüber nicht aufrichtig gewesen. Das hängt wie ein Mühlstein an seinem Hals. Eine Belastung, die er kaum schultern kann. Aber was soll er machen? Er will seine Freundin schonen, ihr die Ängste ersparen, unter denen er selbst leidet. Bei jedem Auto, das ihm folgt, zuckt er zusammen. Sobald ein fremder Wagen durch ihre ruhige Wohnstraße fährt, ist er in Alarmstimmung. Doreen hat ihn fest umarmt und geküsst, als sie von seinem Entschluss gehört hat. „Ich liebe dich, du hast die richtige Entscheidung getroffen", hat sie ihm ins Ohr geflüstert. In diesem Moment hat er sich noch mehr geschämt.

Im Fernsehen diskutieren Journalisten. Warum ausgerechnet Alan Brown als Vize? Kein Mann für schwarze und junge Wähler, meint einer. Nicht seine Aufgabe, erwidert eine andere. Brown hat Geld und sieht blendend aus. Das politische Profil hat Immelman.

„Wenn die Leute wüssten, wie Brown Senator geworden ist", sagt Nick.

„Man wird es nie erfahren, nachdem der neue Star am Himmel des investigativen Journalismus seinen Dienst schon wieder quittiert hat."

„Liebling, manchmal kommt die Wahrheit durch wundersame Zufälle ans Licht."

„Das wäre zu wünschen. Aber weißt du was? Ich kann demnächst allen Leuten sagen, dass der Vizepräsident ein guter Freund meines Vaters war. Wer kann das schon?"

„Und ich kann behaupten, dass er auf eine windige Weise Karriere gemacht hat."

„Nee, kannst du nicht, mein Lieber. Der Beweis ist nicht geführt."

Doreen steht auf, gibt Nick einen Kuss und verlässt das Haus. Nick bleibt sitzen und verfolgt noch eine Zeit lang die Berichterstattung über den Parteitag. Schon wegen seiner Radio-Sendung muss er informiert sein. Nach der Sendung studiert er sorgfältig die Online-Ausgaben der Zeitungen. Die Washington Post meldet, dass die Super-Pacs der Kandidatin Immelman achthundert Millionen Dollar eingenommen haben, nachdem Browns Kandidatur feststand. Eine Rekordsumme, die es noch nie gegeben hat. Ein neues Feld für Spekulationen. Doch sofort zügelt er seine Fantasie.

Das Thema soll ihn nicht mehr interessieren. Er ist raus aus der Sache.

Der Raum, in dem Nick sitzt, liegt an der Straßenseite. Er ist eines ihrer künftigen Kinderzimmer. Um diese Zeit ist die Ensenada Lane wie ausgestorben. Die Ausnahme bilden zwei

Handwerker, die an dem Haus gegenüber irgendwelche Umbauten vornehmen. Nick hat gehört, dass die Eigentümer des Hauses

verkauft haben und ausgezogen sind. Er beobachtet einen der Männer, der mit langsamen Schritten um das Gebäude herumgeht. Der Fleißigste scheint er nicht zu sein.

Auf die Idee, dass im Inneren des Hauses Richtmikrofone mit hochmoderner Technik aufgestellt sind, kommt Nick nicht. Wie sollte er auch? Die empfindlichen Geräte können die kleinsten Vibrationen an den Wänden eines nahegelegenen Gebäudes registrieren. Werden in dem Nachbarhaus Gespräche geführt, ist ein leistungsstarker Computer darauf programmiert, die Schwingungen wieder in Schall umzuwandeln. Auf diese Weise kann man durch Wände hören.

Die Entscheidung Nicks, das das Projekt „Hurricane" aufzugeben, ist längst an fremde Ohren gelangt. Die Täter schicken ihm ein unsichtbares Lächeln. Aber wird es von Dauer sein?

ACHTZEHN

33 Jahre zurück

San Francisco, nach dem 18.7.1989

Die Stimmung von Alan und John hatte sich auf eine seltsame Weise verändert. Zunächst waren sie sich einig gewesen. Sie mussten Ray auf der Stelle informieren. Dem Typen von den Bermudas, diesem Gangster im Stehkragen, musste das Handwerk gelegt werden. So schnell wie möglich wollten sie dem Freund von der Treulosigkeit des Mannes berichten. Er sollte dann selbst entscheiden, ob er ihn feuern würde oder nicht. Doch dafür mussten sie Ray erst einmal sprechen. Für sie war es ein Rätsel. Seit fast vier Wochen lagen sie hier. Und kein einziger Besuch von Ray. In letzter Zeit hatte er gar nicht mehr angerufen, und sie selbst hatten ihn nicht erreicht.

„Das ist merkwürdig", hatte Alan gemeint. „Er müsste doch zu Hause sein und an seinem Fenster sitzen."

„Vielleicht ist er s-sauer auf uns, weil wir seinen Vorschlag abgelehnt haben."

Dann geschah etwas Eigenartiges. Von Tag zu Tag wurden die Freunde nachdenklicher, in sich gekehrter. Genauer gesagt: Alan wurde es, und John schloss sich ihm an. Stundenlang lagen sie in ihren Betten, ohne auch nur ein einziges Wort zu wechseln. Sie starrten die Decken ihres Zimmers an, abwesend, in Gedanken versunken. Grace, die aufmerksame Stationsschwester, bemerkte den Stimmungswandel. „Fühlen Sie sich nicht wohl?“, fragte sie. Doch selbst in diesem Moment waren sie kaum ansprechbar. Nicht einmal die Scherze mit der stets verlegenen Gracia Patricia kamen ihnen über die Lippen.

Alan war auf eine gedankliche Reise gegangen. Seinen Kumpel John hatte er mitgenommen, indem er ein paar Bemerkungen über sein neues, aufregendes Kopfkino gemacht hatte. In ihren Träumen führten sie ein Leben mit einer halben Milliarde Dollar. Es fühlte sich gut an. Mehr noch: Sie waren überwältigt. Vor ihnen lag eine Welt, die sie nicht kannten. Nach und nach ließen sie ihre Fantasie von der Leine. Sie bewegten sich in einem Wunderland.

Alan wähnte sich als stolzer, neuer Besitzer der Philadelphia Eagles. Der Football-Mannschaft, für die er schon als Kind geschwärmt hatte. Für siebzig oder achtzig Millionen Dollar konnte er das Team bestimmt kaufen. Dann würde er den Coach seiner Wahl verpflichten, die richtige Mannschaft zusammenzustellen. Er würde die Eagles wieder zu nationalem Ruhm führen. Drei Jahre war es her, dass sie das Super-Bowl-Finale erreicht, aber den Sieg gegen die Oakland Raiders verpasst hatten. Diese Schmach würde er tilgen. Die neuen Triumphe der Eagles wären mit seinem Namen verbunden.

John liebte den Segelsport. Er war in York aufgewachsen, einem kleinen Ort an der Küste von Maine. Dort hatte er früh mit kleinen Jollen begonnen. Später hatte er an großen Regatten teilgenommen. Dabei hatte ihn auch die Konstruktion der Boote interessiert. In seiner Nachbarschaft hatte es eine kleine Werft gegeben, die ihn magisch angezogen hatte. Mit einer halben Milliarde Dollar im

Rücken konnte er seinen Lebenstraum verwirklichen: mit einer eigenen Yacht, ganz nach seinen Plänen gebaut, den berühmten America's Cup gewinnen. Wie es der berühmte Dennis Conner aus San Diego zweimal hintereinander geschafft hatte.

Die beiden lagen in ihren Betten, aber in ihren Gedanken waren sie woanders. Alan stand in großen Sportarenen, umjubelt von den Massen. John sah sich mitten auf dem stürmischen Ozean, dann auf dem Siegerpodest, wo er stolz den Auld Mug, den begehrten Wanderpokal des America's Cup, entgegennahm. Sie redeten nur noch gelegentlich. Und wenn, mischte sich etwas Neues in ihre Stimme.

„Meinst du, Ray bekommt seine Lebensfreude noch mal zurück?"

„Ich weiß es nicht, Alan, aber dafür braucht er b-bestimmt die besten Ärzte."

„Er hat doch gesagt, dass er schon bei den besten war. Und die haben nichts bewirkt."

„Dann ist er v-vielleicht unheilbar krank. Solche Fälle soll es geben."

„Wenn es so ist, würden wir ihm auch nicht mehr helfen können."

Der unermessliche Reichtum, von dem sie träumten, hatte sie um den Verstand gebracht. Vor allem Alan. Er bewegte sich nur noch an den Hot-Spots der Society. Malibu, Palm Springs, Aspen. Schöne Frauen, Villen, riesige Fuhrparks, Privatjets. Hübsche Stewardessen, immer bereit, jeden Wunsch zu erfüllen.

Eines Morgens, nach dem Frühstück, wurde Alan konkret. Ihm war klar: Für das Leben im Luxus mussten sie zwei Stufen nehmen. Zunächst mussten sie auf Rays Vorschlag eingehen, den sie bisher so entrüstet abgelehnt hatten. Hatten sie hierzu erst einmal Ja gesagt, konnten sie sich mit der Offerte von Mr. Bermudas beschäftigen. Alan tastete sich vorsichtig an den ersten Schritt heran. Den zweiten anzusprechen, traute er sich noch nicht.

„John, ich habe noch mal nachgedacht. Ray ist in einer seelischen Zwangslage und setzt seine Hoffnung ganz auf uns. Sollten wir ihm da nicht helfen und seine Bitte erfüllen?"

„Meinst du w-wirklich, Alan?"

„Denk mal nach, John: Ray fühlt sich besser, wenn er weiß, dass wir sein Vermächtnis – oder wie man es nennen will – akzeptieren."

„Frei, um sich umzubringen? Das kann nicht d-dein Ernst sein, Alan?"

„Ist das wirklich unsere Verantwortung, John? Es ist sein Wunsch, sein fester Wille. Müssen wir das nicht respektieren? Manchmal kann man Dinge nicht ändern. Du sagst selbst, dass es Krankheiten gibt, die nicht heilbar sind."

„Ich weiß nicht, Alan."

John schüttelte den Kopf.

Einige Stunden blieben beide stumm. Nach einer ganzen Weile räusperte sich Alan.

„Was meinst du, John? Sollen wir Ray zusagen?"

John merkte, dass es um mehr ging als nur darum, Rays Bitte zu erfüllen.

„Alan, meinst d-du etwa, dass wir mit einem Verbrecher wie Applegate zusammenarbeiten sollten?"

Damit war das Unsagbare ausgesprochen, das Tabu gebrochen. John hatte zwar nur eine Frage gestellt, aber die reichte Alan. Nun konnte er viel offener argumentieren.

„Warum eigentlich nicht, John? So unrecht hat dieser Bermudas-Typ gar nicht. Der Plan von Ray ist nicht zu Ende gedacht. Es gibt Risiken, die er offenbar nicht überblickt."

„Welche d-denn?"

„Hat er doch gesagt, dieser Applegate. Die ersten Entschädigungen, die gezahlt werden, bleiben nicht geheim. Dann geht eine Klagewelle los, die ganze Geschichte läuft aus dem Ruder. Und wir hängen da plötzlich mittendrin. Das will dieser Typ verhindern."

„Aber d-och nicht auf solche Weise. Indem er seinen Klienten hintergeht."

„Man könnte es auch anders beurteilen, John. Der Mann macht uns ein Angebot. Damit können alle zufrieden sein. Ray, weil er endlich eine Lösung gefunden hat. Der Treuhänder sowieso, weil er seinen Anteil bekommt. Und wir? Was wir bekommen, ist mehr als genug, um daraus Entschädigungen zu zahlen. So, wie es Ray möchte. Aber auf eine diskrete Weise, verstehst du? Ohne feste Regeln, was bestimmt auch seine Vorteile hat. Wir müssten kein schlechtes Gewissen dabei haben. Je länger ich darüber nachdenke, desto mehr Sinn macht das Ganze. Dieser Applegate scheint doch ein ziemlich schlaues Kerlchen zu sein."

NEUNZEHN

33 Jahre später

San Clemente, am 28.8.2022, um 13.30 Uhr

„Es ist schon das dritte, Nick."

Doreen kann es nicht leiden, wenn Nick Bier wie Wasser in sich hineinkippt. Natürlich, nach der fast zweistündigen Fahrradtour von Mission Viejo nach San Clemente hat er Durst, aber muss er den mit so viel Alkohol stillen? Sie weiß nicht, dass er sein schlechtes Gewissen bekämpft.

„Ein Richter rechnet nicht, Schatz."

„Ich bin keine Richterin, sondern Anwältin."

Nick und Doreen haben einen Tisch im Outdoor-Bereich des beliebten Fisherman's ergattert. Die Schirme auf der Pier flattern im frischen Sommerwind. Nebenan sitzt eine skandinavische Familie mit zwei Kindern. Der Junge weint, weil er von seiner älteren Schwester geärgert wird. Doreen macht ein paar lustige Grimassen. Aber der Kleine schluchzt noch mehr. Mit verklärtem Blick schaut sie die beiden Kinder an. Sie freut sich auf ihre eigenen. Nick beobachtet die Surfer, die unweit der Pier auf die passende Welle lauern. Bis vor wenigen Jahren stand er selbst auf dem Surfbrett. Meistens in Laguna Beach, aber einige Male war er auch hier in St. Clemente. Inzwischen hat er die Lust daran verloren. Es ist zwar ein irres Gefühl, auf der Welle zu gleiten und sie durchzustehen. Aber der Spaß ist immer nur von kurzer Dauer. Das Warten nimmt unendlich viel Zeit in Anspruch.

„Wann fährst du nach San Diego?", fragt Nick.

„Übermorgen. Ich bleibe dann eine Nacht dort."

Doreen hat ihren Plan geändert. Sie will John Forrestal nicht mehr in Virginia besuchen, sondern in San Diego. Vor einigen Tagen erhielt sie einen Anruf von Forrestal.

„Ich mache Urlaub in Kalifornien, Ms. Cunningham. Im Hotel Del Coronado. Wie wäre es, wenn wir uns d-dort treffen?", schlug er vor.

„Im Del? Umso besser. Da wollte ich immer schon mal hin. Außerdem muss ich nicht fliegen, sondern kann mit dem Wagen kommen", sagte Doreen.

Sie liebt den alten Billy-Wilder-Film, der in dem Hotel gedreht wurde. Mit Jack Lemmon, Tony Curtis und der Monroe. Unzählige Male hat sie ihn schon gesehen. Endlich kann sie den Original-Schauplatz kennenlernen.

„Das Hotel würde mich auch interessieren", meint Nick.

„Sagt der junge Mann, der soeben seinen Trip auf die Bermudas hinter sich hat", lacht Doreen.

Dann wird sie wieder ernst.

„Nick, irgendwie kommt mir dieser Forrestal seltsam vor."

„Warum?"

„Er wirkt aufgeregter als ich. Und dann hat er noch etwas gesagt."

„Was denn?"

„Man kann dem Schicksal nicht entkommen. Das klingt doch geheimnisvoll. Findest du nicht?"

„Vielleicht. Frag ihn, was er meint."

„Das genau habe ich vor."

Beim Wort Schicksal muss Nick wieder an Jason denken. Dessen Schicksal hat darin bestanden, es mit den Falschen aufgenommen zu haben. Außer den Tätern selbst ist er wohl der Einzige, der auf der Welt weiß, dass Jason tatsächlich umgebracht wurde. Darf er wirklich schweigen? Muss er es nicht wenigstens Margret sagen, damit sie die Polizei informieren kann? Aber dann hätte er ein Problem. Er müsste auch Doreen informieren. Nick schaut auf die Wellen des Pazifiks. Einer der Surfer legt einen perfekten Wellenritt hin. Nein, sagt er sich. Er hat sich nicht falsch verhalten. Es fehlt ihm schließlich jeder Beweis. Soll er der Polizei von einer Drohung berichten, die verschwunden ist, die durch Chemikalien einfach unsichtbar geworden ist? Jeder halbwegs normale Cop würde an seinem Verstand zweifeln.

ZWANZIG

2 Tage später

Mission Viejo, am 30.8.2022, 15 Uhr

Doreen hat nur halbtags in der Kanzlei gearbeitet. Um 15 Uhr setzt sie sich in ihren weißen Hyundai-SUV und startet den Ausflug nach Dan Diego. Nick verabschiedet sie auf der Ensenada Lane, winkt ihr lange nach. Wenig später ist sie schon auf der Interstate 5, Richtung Süden. Ihr Ziel: das Luxus-Hotel Del Coronado. Sie hat gute Laune und freut sich auf den Abend. Was wird Forrestal ihr von Ray erzählen?

Doreen kommt gut voran. Nach über einer Stunde passiert sie die Ausfahrt 26, La Jolla Parkway. Hierher macht sie mit Nick oft Tagesausflüge, um sich die Robben anzuschauen. Je näher sie San Diego kommt, desto größer wird die Blechlawine. Dann Stop and Go. Rechts von ihr ragen die Hochhäuser von San Diego Downtown in die Höhe. Doreen mag die Stadt. Sie ist übersichtlicher, sauberer als der Moloch Los Angeles.

Nun biegt sie auf die 75 ab. Die Coronado Bridge befährt sie ungern. Sie ist nicht schwindelfrei. Zwar kann sie am Steuer nicht sehen, wie hoch das Bauwerk die Bucht überspannt. Aber sie kann es fühlen. Ihr wird mulmig. Ein Radiosender soll sie ablenken.

Bei ABB hört sie einen Talk über Krypto. Über die Zukunft ohne Geld. Angeblich der Segen für alle. Ein Schutz vor Inflation, sagt ein Experte. Endlich wird es keine schleichende Enteignung mehr geben. Ist das wirklich so? Doreen ist skeptisch. Auf der Brücke geht es wieder abwärts. Sie atmet durch und schaltet wieder auf Musik um.

Nach kurzer Zeit hat sie das Hotel erreicht. In der Einfahrt ein Boy, der ihr die Wagentür öffnet. Er stutzt und hat den Gesichtsausdruck, den Doreen zu gut kennt. Die Leute glauben, in ihr einen Star zu erkennen. Aber sie wissen nicht, wen. Nur der kleine SUV verbreitet keinen Glanz. Doch neuerdings machen viele Promis aus Hollywood auf Understatement. Doreen lächelt dem rätselnden Boy freundlich zu. Sie reicht ihm den Schlüssel und geht zur Rezeption.

Ihr Blick wandert durch die hohe Halle. Edles, dunkles Holz, wohin sie schaut. Eine wunderschöne Kassettendecke, mächtige Holzpfeiler mitten im Raum, ein dominanter Kronleuchter. Die Atmosphäre warm und einladend. Das Hotel ist noch viel beeindruckender, als sie sich vorgestellt hat. Ihr Ausflug hat sich jetzt schon gelohnt. Eine junge Frau checkt ihre Reservierung.

„Ms. Cunningham, herzlich willkommen im Del. Mr. Forrestal hat uns gebeten, Ihnen diese Aufmerksamkeit zur Begrüßung zu überreichen."

„Oh, danke."

Irritiert nimmt Doreen das Präsent entgegen. Es ist mit einer kunstvollen Schleife versehen. Ein Tuch? Aus einem kleinen Kouvert nimmt sie eine Karte. Dort steht in einer gestochenen Handschrift:

Liebe Doreen (so darf ich hoffentlich die Tochter meines lieben Freundes Ray nennen?),

hatten Sie eine gute Anreise? Ich sitze um 19.30 Uhr ganz

rechts an der Bar und kann es kaum erwarten, Sie endlich persönlich kennenzulernen.

Ihr John Forrestal.

Doreen entfernt das Papier. Tatsächlich, ein sündhaft teures Seidentuch von Hermes. Warum macht Forrestal ihr ein so üppiges Geschenk? Schließlich war sie es, die um das Treffen gebeten hat.

Noch einmal schaut sie sich im Foyer um. Ein wirklich imposantes Strandhotel, ganz im Stil der viktorianischen Zeit. Sie hat gegoogelt: Es ist das älteste und größte Holzgebäude Kaliforniens. Vielleicht hätte Nick doch mitfahren sollen. Der Gedanke, dass sie ihn an diesem Abend noch sehen wird, kommt ihr nicht.

EINUNDZWANZIG

Derselbe Tag

San Diego, am 30.8.2022, um 19.30 Uhr

Für den Abend hat Doreen ein schwarzes Midi-Kleid mit halblangen Ärmeln gewählt. Als sie die Bar betritt, zieht sie die Blicke aller Gäste auf sich. Sie bleibt im Eingangsbereich stehen und schaut sich um. Riesige Kristallleuchter, dunkle Möbel, große Spiegelwände. Feudale Atmosphäre. An der langen Holztheke ein einzelner Hotelgast. Doreen registriert seinen interessierten, bewundernden Blick. Das muss Forrestal sein. Sie mustert ihn in Sekundenschnelle. Um die sechzig, etwas füllig, Glatze und eine Hornbrille. Das Gesicht sonnengebräunt, aber auch gerötet. Er trägt einen hellen Leinenanzug, dazu ein weißes, offenes Hemd und ein buntes Einstecktuch. Beim Anblick von Doreen löst er sich von seinem Barhocker und geht auf sie zu.

„Ich bin John Forrestal, und Sie m-müssen Ms. Cunningham sein."

Seine Kurzatmigkeit ist nicht zu überhören.

„Nein, für Sie bin ich das nicht", sagt Doreen.

Ihre Miene ist todernst. Der Mann erschrickt. Sein Gesicht wird rot. Eine Weile hält sie den strengen Blick. Dann lacht sie.

„Ich bin Doreen. So wollen Sie mich doch nennen. Geht aber nur, wenn ich John zu Ihnen sagen darf."

Johns Gesichtszüge entkrampfen. Er erwidert das Lachen. Auf diese Lockerheit ist er nicht vorbereitet. Bildhübsche Frauen sind oft distanziert. Doreen ist das Gegenteil.

„Ich freue mich, wenn Sie m-mich John nennen."

Er führt sie an die Bar.

„Da haben Sie m-mich ganz schön verunsichert, Doreen."

„Habe ich das, John? Sorry, das wollte ich nicht. Aber ich mag Unsicherheit bei Männern. Wissen Sie, ich bin Anwältin. Da habe ich es oft mit Typen zu tun, die sich ihrer Sache ganz sicher sind. Das kann ich nicht ausstehen."

John ist überrascht. Die junge Frau ist nicht nur schön. Sie ist offenbar auch intelligent. Vor allem ist sie herzlich.

„Möchten Sie einen Aperitif, Doreen? Einen Prosecco oder vielleicht auch einen Negroni?"

„Einen Prosecco gerne. Den gönne ich mir, weil ich die Coronado Bridge geschafft habe. Sie müssen wissen, ich bin nicht schwindelfrei. Sagen Sie, wie läuft Ihr Urlaub? Sind Sie das erste Mal hier?"

„Nein, ich bin Stammgast. Ich liebe d-das Hotel mit seinem alten Charme und dem knarrenden Holz. Some like it hot. Irgendwie ist die Zeit seit den D-dreharbeiten stehengeblieben. Man meint, die Tür geht auf, und die Monroe oder der Curtis kommen rein. Aber heute – wenn ich das sagen darf – wäre selbst Marylin die Nummer Zwei."

Doreen überhört sein Kompliment.

„Vielen Dank für das schöne Tuch. Aber Sie sollen mich nicht beschenken. Die Bitte um ein Gespräch kam doch von mir."

„Nur eine Kleinigkeit."

„Kleinigkeit? Ich frage nicht, wie dann Ihre normalen oder üppigen Geschenke aussehen."

Das Gespräch kommt schnell in Gang. Doreen erzählt von Nick, ihrem Job und ihrem Haus in Mission Viejo. John von seiner Villa in Richmond und viel von seinem Hobby, dem Hochsee-Segeln. Er berichtet von den gescheiterten Anläufen, den America's Cup zu gewinnen. Beiden ist klar, dass die Unterhaltung nur ein Vorgeplänkel ist. Sie sind wegen Ray hier. Doreen hofft in der ruhigen, entspannten Atmosphäre auf mehr Informationen, als der äußerst gefragte Alan Brown ihr geben konnte.

Sie spürt, dass John nervös ist und das zu verbergen sucht. Er hat hastig zwei Negroni getrunken. Mit dem einen, den er bestimmt schon vorher hatte, sind es also schon drei, rechnet Doreen. Was er tagsüber getrunken hat, kann sie sich nur vorstellen.

Nach einer Weile führt John seinen Gast in das Restaurant. Er hat einen Tisch auf der Terrasse mit Blick auf den Pazifik reservieren lassen. Neugierige Blicke begleiten sie.

„Die rätseln jetzt. Affäre oder Tochter?", flüstert Doreen, stößt John an und lacht.

„Leider keins von beidem", erwidert John.

Über dem Pazifik glüht die rote Abendsonne. Das wäre nach Nicks Geschmack, denkt Doreen. Sie ist da immer etwas nüchterner als ihr Freund. Aber der Blick von der Terrasse fesselt auch sie. Warum planen sie ihre Hochzeit auf Maui, wenn es doch in der Nähe diese traumhafte Location gibt? Alle könnten mit dem Auto kommen. Sie will die Idee mit Nick besprechen. Der Kellner kommt und nimmt die Bestellung auf. Als er sich entfernt hat, kommt Doreen endlich auf ihr Anliegen.

„Erzählen Sie mir was von meinem Vater, John! Wie war er?"

Doreen ist voller Erwartungen. Endlich wird der Schleier gelüftet, der über dem kurzen Leben ihres Erzeugers liegt. Warum hat sich Ray umgebracht? Konnte das damals wirklich niemand verhindern? Was hat es mit dem Schicksal auf sich, dem man nicht entgehen kann? Sie blickt in Johns Augen – und zuckt zusammen. Hinter den dicken Gläsern der Brille sind seine Pupillen extrem geweitet. Als ob er gerade etwas sieht, das ihn schaudern lässt. Ist es das Bild des toten Ray, das auch sie ständig verfolgt? John braucht lange, bis er antwortet. Dabei scheint er sich regelrecht zu quälen.

„M-man sieht, dass Sie seine Tochter sind, Doreen. Sie haben seine Augen, s-seinen Mund. Mir ist fast so, als ob er m-mich in diesem Moment s-selbst … anschaut."

Er beugt sich vor, aber auf eine sehr unnatürliche Art. Plötzlich fällt sein Oberkörper vollständig nach vorne. Mit einem dumpfen Geräusch landet sein Kopf auf dem Tisch

„John, was ist los? Antworten Sie, John!", schreit Doreen.

Sofort springt sie auf, läuft auf seine Seite, hebt seinen Kopf. John atmet nicht mehr. Sie fühlt seinen Puls. Nichts! Die Gäste an den anderen Tischen schauen erschrocken herüber. Einige stehen auf, eilen herbei.

„Ist hier ein Arzt?", ruft Doreen.

Die Antwort wartet sie nicht ab. Sie hievt John von seinem Stuhl, legt ihn auf den Boden und bringt ihn in die Rückenlage. Dann kniet sie sich neben ihn, öffnet sein Hemd, beginnt sofort mit der Herz-Druck-Massage. Durchgestreckte Arme, mit beiden Händen den Brustkorb bearbeiten. So hat sie es im Kurs für Erste Hilfe gelernt. Im Rhythmus von „Staying Alive" immer wieder fest durchdrücken. Fünf bis sechs Zentimeter tief. Doreen hört Johns Rippen knacken. Sie erschrickt, aber sie überwindet sich. Das muss sie in Kauf nehmen. Es geht um sein Leben.

„Ich bin Zahnarzt", meldet sich ein Gast.

„Lassen Sie mich erst mal weitermachen. Gleich können Sie übernehmen. Hat jemand den verdammten Rettungsdienst alarmiert?", ruft sie in die Runde der fassungslosen Gäste.

„Ja, der Notdienst kommt sofort", hört sie.

Doreen pumpt unentwegt. Sie gibt alles. Sekunden werden zu Stunden. Einige starren auf die Szene, andere können nicht hinsehen und haben sich abgewendet. Der füllige Mann rücklings auf dem Boden, sein Gesicht weiß wie eine Wand, daneben die hübsche Frau im Cocktailkleid. Kniend, ihren ganzen Körper einsetzend, die schwarzen Haare wippend. Eine Dame betet. John zeigt immer noch keine Reaktion. Doreen kämpft, atmet schwer. Kann sie den Tod vertreiben, oder hält er sein Opfer fest? Am Horizont wird die Sonne vom Pazifik verschluckt. Ein schlechtes Omen?

Der Blick von Doreen ist auf Johns Gesicht gerichtet. Sie macht unaufhörlich weiter. Eine Atemspende traut sie sich nicht zu, also beschränkt sie sich auf die Herzmassage. Hundert Stöße pro Minute, das ist die Regel. Daran hält sie sich. Ihre Kraft, ihre Energie versetzen die Umstehenden in Erstaunen. Mehrfach wollen Gäste sie ablösen, aber sie schüttelt nur den Kopf.

Dann, nach unendlich langen sieben Minuten, die Erlösung. Johns Kreislauf ist wieder da. Das Herz schlägt.

„John", ruft sie. „Sagen Sie etwas! Können Sie mich hören?"

John sagt nichts. Sein Bewusstsein ist noch nicht zurück. Aber die Hauptsache ist, er lebt. Doreen wischt sich mit dem Handrücken über die Stirn. Die Anspannung der Gäste löst sich.

In diesem Moment kommen die Sanitäter. Einer von ihnen hält den einsatzbereiten Defibrillator in der Hand.

„Nicht mehr nötig", sagt Doreen. „Der Patient atmet wieder."

Sie kniet immer noch. Dann erhebt sie sich, völlig erschöpft. Die Frau, die gebetet hat, schließt sie in ihre Arme. Andere gratulieren ihr. Doreen nimmt alles wie durch einen Schleier wahr. Sie sinkt auf einen Stuhl und beobachtet die Pfleger, die John für den Abtransport ins Krankenhaus vorbereiten. Der Hotelmanager kommt und bringt Doreen ein Glas Wasser. Er bedankt sich für ihren unglaublichen Einsatz. Ein Sanitäter kommt und spricht Doreen an.

„Sind Sie eine Angehörige des Patienten?"

„Ms. Cunningham ist Gast des Hauses und hat uneigennützig geholfen", sagt der Manager. „Wenn Sie Fragen zu dem Patienten haben, wenden Sie sich bitte an mich."

„Danke", flüstert Doreen.

Etwas später ruft sie Nick an. In ruhigen Worten berichtet sie ihm alles.

„Schatz, würdest du bitte kommen?"

„Bin schon unterwegs, Liebling."

ZWEIUNDZWANZIG

Derselbe Tag

Mission Viejo, am 30.8.2022, um 21.00 Uhr

Nick läuft nach draußen, steigt in seinen schwarzen BMW. Auf der Interstate 5 ist um diese Zeit wenig Verkehr. So wird er die Strecke von Mission Viejo bis San Diego in gut eineinhalb Stunden schaffen. Kaum sitzt er am Steuer, ruft er Doreen wieder an.

„Liebes, dass du viele Talente hast, wusste ich. Aber dass du Rettungssanitäterin bist, hast du mir verschwiegen. Ich bin stolz auf dich."

„Ich weiß selbst nicht, wie ich das geschafft habe. Irgendwie lief alles automatisch ab."

„Wo ist Forrestal jetzt?"

„Sie haben ihn in das Sharp Hospital gebracht. Ganz in der Nähe vom Del."

„Und – haben die Ärzte irgendwas gesagt? Gibt es Prognosen?"

„Ärzte waren nicht hier, nur Sanitäter. Einer von ihnen sagte, dass man sieben Minuten ohne Bewusstsein schadlos überstehen kann. Es hängt von vielen Faktoren ab. Besonders vom Allgemeinzustand. Da sieht es aber nicht so gut aus, wenn du mich fragst."

„Warum nicht?"

„Er wirkte nicht wie der Gesündeste. Kurzatmigkeit, hoher Blutdruck, Übergewicht. Auf jeden Fall zu viel Alkohol. Und das ist nur das, was man direkt sieht."

„Hat Forrestal Angehörige? Wurden die schon benachrichtigt?"

„Sie haben wohl noch niemanden erreicht. Der Hotelmanager, Mr. Wolff, ist sehr nett. Er weicht nicht mehr von meiner Seite und trägt mich auf Händen. Hat mir auch einiges über John erzählt."

„Was denn?"

„Dass er schon häufig Gast hier war. Und dass er ständig Besuch von Damen hatte. Immer andere. Alle jung und gut aussehend."

„Dann passt du ja in sein Beuteschema. Konnte Forrestal dir noch irgendetwas über deinen Dad berichten?"

„An der Bar war er ziemlich gesprächig, leider nicht, was meinen Vater angeht. Ich weiß jetzt aber auf jeden Fall, wie schwer es ist, den America's Cup zu gewinnen. Im Restaurant habe ich nur noch erfahren, dass ich Ray ähnlich sehe."

„Dass dein Erzeuger ein hübscher Bursche war, ist nicht so abwegig."

Gegen halb elf kommt Nick am Hotel an. Das Gebäude ist beleuchtet wie ein Königspalast. Doch Nick nimmt die prächtigen Lichter nicht wahr. Er hat nur Augen für Doreen. Sie steht vor der großen Eingangstür zur Halle und wartet auf ihn. Neben ihr ein Mann in einem dunklen Anzug. Offenbar der Manager. Doreen ist wunderschön. Sie trägt immer noch das schwarze Kleid. Ihr Gesicht hat einen leichten Glanz. Kein Wunder, denkt Nick. Nach siebenhundert Stößen zur Lebensrettung. Er springt aus seinem Wagen und nimmt sie in den Arm, als hätten sie sich seit Monaten nicht gesehen. Nick gibt Doreen einen langen Kuss und streicht ihr zärtlich über die Wangen. Dann begrüßt er den Manager, den Doreen ihm vorstellt.

„Mr. Wolff hat sich um mich gekümmert, Nick."

„Garcia? Etwa von Garcia Weekly?", fragt Wolff.

„Ja, das bin ich."

„Dann kenne ich Sie vom Radio, Mr. Garcia. Ich verfolge immer Ihre Sendung. Jeden Mittwoch um 18 Uhr bin ich im Büro und höre zu."

„Ich wusste nicht, dass wir so tief im Süden noch Hörer haben. Kommen Sie doch selbst mal zu mir, Mr. Wolff. Ich lade Sie ein. Hotelmanager haben eine Menge zu erzählen. Dazu noch die spezielle Geschichte Ihres Hauses."

Wolff lacht.

„So alt bin ich auch wieder nicht, dass ich die Monroe noch erlebt habe. Aber eine Lebensretterin im kleinen Schwarzen, das hatten wir noch nie. Was Ms. Cunningham heute geleistet hat, ist großartig."

„Erste-Hilfe-Kurs, mehr nicht", sagt Doreen.

„Sie können mir gerne den Schlüssel Ihres Wagens geben, Mr Garcia. Ich könnte mir vorstellen, dass Sie noch eine Kleinigkeit essen möchten. Die Küche hat um diese Zeit schon geschlossen. Aber für Sie beide wird der Koch eine Ausnahme machen."

„Gute Idee", meint Nick.

Mr. Wolff geleitet sie auf die Terrasse und zieht sich diskret zurück. Als Doreen an den Tischen vorbeigeht,erheben sich einige der verbliebenen Gäste und applaudieren. Es ist ihr unangenehm. Sie lächelt verlegen und macht eine beschwichtigende Geste.

„Ich komme mir vor wie der unbekannte Lover eines Hollywood-Stars", flüstert Nick.

Er nimmt Doreen in den Arm und küsst sie in den Nacken.

„Die sind im Bett eine Granate und sonst brav wie ein Lamm", sagt Doreen. „Kriegst du beides hin?"

„Seit wir uns kennen", sagt Nick.

„Vielleicht gilt der Sonder-Applaus ja auch dem Rekordtempo, in dem ich in diesem Hotel meine Männer wechsele“, lacht Doreen.

“Some like it hot, passt ja zum Setting”, sagt Nick grinsend.

Sie setzen sich. Der Kellner teilt mit, was die Küche um diese späte Zeit noch leisten kann. Als sie allein sind, schildert Doreen noch einmal, was sie seit dem Vorfall erlebt hat.

„Die Polizei war hier und hat Fragen gestellt. Auch die Security vom Hotel. Aber die waren sehr nett. Dafür hat Mr. Wolff gesorgt.“

„Was wollte die Polizei?“

„Ich denke, es ist Routine, dass die Cops bei Vorfällen dieser Art kommen. Aber sie waren penetrant. Wollten unbedingt wissen, in welcher Beziehung ich zu Forrestal stehe. Ich habe ihnen gesagt, das geht sie nichts an. Es ist ja keine Ermittlung. Einer hat immer weiter gebohrt. Er hat mich wohl für eine Professionelle aus San Diego gehalten. Dem Typen habe ich meinen Anwaltsausweis vor den Latz geknallt und eine saftige Predigt über anwaltliche Schweigepflicht gehalten, die er so schnell nicht vergessen wird.“

In diesem Moment kommt Mr. Wolff noch einmal zurück.

„Ms. Cunningham, ich möchte Sie nur kurz unterrichten, dass wir das Handy von Mr. Forrestal immer noch nicht gefunden haben.“

Doreen nickt lächelnd. Als sich Wolff entfernt, wirft Nick Doreen einen fragenden Blick zu.

„Was meint er?“

„Nachdem Forrestal ins Krankenhaus gebracht wurde, wollten sie seine persönlichen Sachen sichern. Laptop, Handy, Unterlagen und so weiter, um sie eventuell in die Klinik zu bringen, falls er wach wird und danach fragt. Aber das Handy war nicht in seinem Zimmer.“

„Vielleicht hatte er es in seiner Hosentasche?“

„Kann ich mir nicht vorstellen, aber soll uns auch egal sein, Schatz."

Doreen spürt, wie sie müde wird. Nach dem Essen möchten beide schnell auf ihr Zimmer. Mr. Wolff hat ihnen angeboten, die Nacht in einer der Suiten zu verbringen. Natürlich auf Kosten des Hauses. Als sie aufstehen, kommt eine junge Frau aus dem Service und bringt Nick ein helles Jackett.

„Sorry, aber das ist nicht meins", sagt Nick.

„Das ist von John", ruft Doreen. „Sie haben es ihm vorhin abgenommen."

Nick nimmt das Sakko entgegen und fischt aus der Seitentasche ein Samsung-Galaxy heraus.

„Da ist es doch, das gute Stück", sagt er. „Gibt es Finderlohn?"

„Hast du doch schon. Eine Nacht im Del. Dazu mit mir."

Nick greift in die Innenseite des Sakkos. Dort fühlt er ein dünnes, weiches Papier und nimmt es an sich.

„Was tust du? Leg es wieder zurück."

„Du weißt doch, Liebling, Journalisten können ihre Neugier nicht zügeln."

Nick schaut sich den Fund an.

„Sieh mal einer an!", ruft er.

„Was ist, Liebling?"

Nick wedelt mit dem Papier.

„Liebes, hier sehe ich, was Forrestal dir schenken wollte. Einen Scheck über drei Millionen. Den hast du wirklich verdient."

„Nick, bitte! Steck das wieder zurück. Was weiß ich, warum der Mann mit so einem Scheck herumläuft. Vielleicht wollte er die Rate für sein neues Schiff bezahlen, oder etwas Ähnliches."

„Ok, Liebes, mache ich. Aber jedenfalls muss der Gute sehr durcheinander gewesen sein. Ein Jackett mit drei Millionen gibt man normalerweise nicht an der Garderobe ab. Wir müssen das

Hotel darauf hinweisen, wie wertvoll das Sakko ist."

Nick schiebt das Papier in das Innenfutter. Dann aber nimmt er es noch einmal heraus und macht ein Foto mit seinem Smartphone davon.

„Lass das bitte, Nick. Lösche das!"

„Das mache ich morgen früh. Einmal möchte ich mit so viel Geld unter dem Kopfkissen schlafen."

Ob das eine gute Idee ist?

DREIUNDZWANZIG

Der nächste Tag

Mission Viejo, am 31.8.2022, um 13.30 Uhr

Nick sitzt an seinem Schreibtisch. Er ist allein im Haus. Vom Fenster seines Arbeitszimmers schaut er auf die Ensenada Lane. Sie liegt ruhig in der prallen Sonne. Schon seit Tagen herrschen im Süden Kaliforniens Temperaturen von weit mehr als vierzig Grad. Im Haus gegenüber sieht er immer noch Handwerker. Die neuen Eigentümer lassen sich mit dem Einzug Zeit, denkt Nick.

Vor ein paar Stunden saß er noch auf der Terrasse des Del. Die Nacht in der luxuriösen Suite konnten beide nicht genießen. Doreen und er fielen sofort aufs Bett und schliefen ein. Das Frühstück am nächsten Morgen entschädigte sie. Ein üppiges Buffet, der traumhafte Blick auf den Strand und die Palmen. Nick lief barfuß über den Sand zum Wasser, um ein paar Fotos von dem berühmten Rondell mit den roten abgestuften Dächern und den kleinen Gauben zu machen. Jeder Cineast kennt das Motiv, dank der kultigen Strandkorb-Szene zwischen Marilyn Monroe und Tony Curtis. Doreen schlug vor, im Del zu heiraten. Aber er findet Hawaii romantischer.

Mr. Wolff, liebenswürdig wie am Abend zuvor, begrüßte sie wie

VIPs. Er betonte noch einmal, dass die beiden Gäste des Hotels seien. Das sei man Doreen als Dank für ihren fantastischen Einsatz schuldig. Forrestal, so berichtete der Manager, sei leider immer noch ohne Bewusstsein. Aber sein Kreislauf sei stabil. Man müsse abwarten, hätten die Ärzte gesagt. Das Hotel habe seine Schwester in Maine ausfindig gemacht. Sie sei bereits auf dem Weg nach San Diego.

„Sollen wir zum Krankenhaus fahren?", fragte Nick.

„Nein", antwortete Doreen. „Wir sind ja keine Angehörigen, und so gut habe ich ihn gestern auch nicht kennengelernt. Jedenfalls fände ich es unangebracht, wenn ich an seinem Bett sitzen und seine Hand halten würde."

„Für drei Millionen, die er dir schenken wollte, kann man das erwarten."

„Hör auf damit, Nick. Du hast mir versprochen, das Foto von dem Scheck zu löschen."

„Ja, mache ich auch."

„Vergiss es nicht. Tue mir bitte den Gefallen."

Doreen fuhr nach dem Frühstück direkt nach Irvine in die Kanzlei, wieder mit riesigem Respekt vor der Bay Bridge. „Du schaffst das. Wer Leben retten kann, kommt auch über diese Brücke", beruhigte Nick sie. Er selbst machte noch einen ausgiebigen Spaziergang durch die Seitenstraßen des Hotels. Danach, ohne Eile und Stress, die Fahrt zurück nach Mission Viejo.

Jetzt, zu Hause, will er sich um die Vorbereitung seiner Sendung kümmern. Auf den heutigen Gast freut er sich besonders. Ein Behindertensportler aus San Capistrano. Bei den letzten Paralympics holte er die Bronzemedaille im Para-Badminton. Um sich mit dem Sportler auseinanderzusetzen, schaut Nick YouTube-Videos des Badminton-Wettbewerbs. Er muss im Thema sein. Aber immer wieder schweift er ab. Der Scheck fällt ihm ein. Doreen ist die Anwältin im Haus. Wenn sie sagt, das Handy-Foto muss gelöscht werden, dann will er das auch tun. Schon seltsam, denkt er, dass jemand mit einem Papier über diese Summe herumläuft. Aber es geht ihn wirklich nichts an. Doreen hat recht. Nick öffnet das Foto auf seinem Smartphone noch, um es zu löschen. Sein Finger schwebt schon über dem „Löschen"-Symbol. In diesem Moment kommt die Neugier. Einfach löschen, ohne zu schauen? Er ist Journalist, und ein gesundes Interesse ist schließlich Teil seiner Berufs-DNA. Statt es zu löschen, vergrößert Nick das Foto und betrachtet es genauer. Erst erkennt er nichts Ungewöhnliches. Dann sieht er etwas, das seinen Atem stocken und seinen Puls verrückt spielen lässt. Er springt auf. Das kann er nicht glauben!

Der Scheck über drei Millionen US-Dollar ist auf eine Bermuda-Bank bezogen. Aber das ist nicht der Umstand, der ihn fassungslos macht. Es ist der Stempel des Ausstellers. Nick schaut immer wieder hin. Ist das möglich? Die Anwaltskanzlei AWS Law Limited, Hamilton, hat das Papier ausgestellt. Der Stempel ist gut lesbar. Die Unterschrift allerdings nicht. Womöglich ist es der Name von Mr. Burnus, denkt Nick. Solche Zufälle gibt es doch nicht! Ein Scheck, den ausgerechnet die Anwälte ausgestellt haben, mit denen er erst vor wenigen Tagen gesprochen hat und die ohne jeden Zweifel in die Korruptionssache Williams verstrickt sind. Und in die Ermordung seines Freundes Jason! Minutenlang sitzt Nick wie erschlagen an seinem Schreibtisch und starrt den Scheck an. Gedanken fluten seinen Kopf.

Als er sich ein wenig gesammelt hat, greift er zu einem leeren Blatt. Auf die linke Seite, mittig, malt er einen Kreis mit den Buchstaben AWS. Dann zeichnet er rechts oben einen weiteren Kreis mit den Namen Williams/Brown. Die beiden Kreise verbindet er mit einem geraden Strich. Darüber notiert er Appartement-Nr. 3 / Wert 4 bis 5 Mio USD. Nun einen dritten Kreis, unten rechts, in den er den Namen Forrestal schreibt. Er zieht eine gerade Linie von oben nach unten, die die Namen Brown und Forrestal miteinander verbindet. Neben die Linie setzt er das Wort Buddies. Schließlich noch ein Strich unten, zwischen die Kreise AWS, links, und Forrestal, rechts. 3 Mio USD fügt er hinzu. Er betrachtet das Dreieck! Einen Moment überlegt er, dann schreibt er in großen Worten „Bermuda-Dreieck“ über die Skizze. Aber es fehlt noch etwas. Er greift erneut zum Stift, setzt das Wort „Rätselhaftes“ davor.

Wie würde der große Jason Parker auf die Entdeckung reagieren? Immer, wenn der Freund Zusammenhänge verstehen wollte, stellte er die Frage nach der Wahrscheinlichkeit. Wie wahrscheinlich ist es, dass das Zusammentreffen mehrerer Tatsachen auf reinem Zufall beruht? Er versucht, die Lage wie Jason zu analysieren. Die Kanzlei AWS belohnt den Gouverneur mit einer Immobilie im Wert von mindestens vier Millionen Dollar. Nutznießer der Korruption: Senator Alan Brown. Dieselbe Kanzlei stellt einen Scheck über drei Millionen Dollar aus. Begünstigter: John Forrestal, der alte Buddy des Senators. Würde Jason an einen Zufall glauben?

Für Nick ist klar: Es wird höchste Zeit, Doreen über alles zu informieren. So schwer ihm das auch fällt.

VIERUNDZWANZIG

Der nächste Tag

Mission Viejo, am 1.9.2022, um 18.00 Uhr

Doreen bringt warme Burritos mit, die sie in dem kleinen Taco-Restaurant an der Kreuzung Alicia Parkway/Trabuco-Road gekauft hat. Heute ist „Taco Thursday". Die Burritos sind an diesem Tag besonders günstig. Nick und Doreen setzen sich zu einem improvisierten Abendessen auf ihre Garten-Terrasse. Nick holt eine Dose Coors Light aus dem Kühlschrank. Doreen trinkt stilles Wasser. Vom Nachbargrundstück auf der Westseite kommt ein süßlicher Geruch herüber. Geld für Gras können wir uns sparen, sagt Nick jedes Mal dazu.

„Ich habe mit Wolff vom Del telefoniert. Forrestal liegt immer noch im Koma", berichtet Doreen.

„Und ich habe das Foto von dem Scheck nicht gelöscht."

Nick atmet tief ein und schaut Doreen an. Ein fragender Blick der Freundin. Dann soll er es nachholen, denkt sie. Warum spricht er überhaupt darüber?

„Du wirst nicht glauben, wer den Scheck ausgestellt hat", sagt Nick.

„Wer denn?"

Doreen klingt angespannt.

„Die Kanzlei, die die Wohnung von Williams auf den Bermudas als Treuhänder verwaltet. Mit der ich gesprochen habe. AWS Law Limited!"

„Und?"

„Solche Zufälle kann es nicht geben."

Nick steht auf, läuft in sein Arbeitszimmer und kommt mit zwei Papieren wieder. Mit dem Ausdruck des Handy-Fotos und seiner Skizze „Rätselhaftes Bermuda-Dreieck". Doreen schaut sich die Blätter aufmerksam an, überlegt eine ganze Weile. Dann hebt sie den Kopf. Sie hat den skeptischen Gesichtsausdruck, mit dem sie häufig auf gewagte Theorien ihres Journalisten-Freundes reagiert.

„Sicher, das ist schon ein seltener Zufall. Aber was ist daran verdächtig? Die AWS ist eine Kanzlei, die auf den Bermudas eine Wohnung verwaltet. Na und? Ob sie dabei in etwas Illegales verwickelt ist, wissen wir nicht. Und dass sie auch Forrestal als Klienten hat? Dafür kann es viele Gründe geben."

Nicks Kopf liegt schief. Nur die Rose in der Hand fehlt. Doreen spürt, dass er etwas Besonderes auf dem Herzen hat.

„Liebling, ich muss dir etwas beichten."

Doreen schiebt ihren Teller zur Seite.

„Was denn?"

„Ich habe dir etwas verschwiegen."

„Da bin ich gespannt."

„Ich weiß inzwischen sicher, dass Jason ermordet und Williams bestochen wurde."

„Wie bitte?"

Nick erzählt alles, was ihm auf den Bermudas widerfahren ist. Doreens Mund ist geöffnet. Ein paar Mal hält sie die linke Hand vor ihr Gesicht. Dann minutenlanges Schweigen. Nick ist die Verkörperung des schlechten Gewissens. Sein Kopf liegt immer noch schief. Die leichte Abendbrise riecht süßlich.

„Das hättest du mir sagen müssen."

„Liebling, ich wollte dich nicht beunruhigen."

„Das ist kein Grund, so etwas zu verschweigen."

„Stimmt. Ich möchte mich bei dir entschuldigen. Es ist das erste Mal, dass ich dir etwas nicht erzählt habe. Das wird sich nicht wiederholen."

„Das hoffe ich stark, Nick."

Nick steht auf, stellt sich hinter Doreens Rücken und nimmt sie in den Arm. Dann gibt er ihr zärtlich einen Kuss in den Nacken.

„Ich denke", sagt er, „dass ich außer Gefahr bin. Offenbar sind sie nicht mehr hinter mir her."

„Hm … Vermutlich hast du recht. Aber die Frage ist, ob wir nicht trotzdem die Polizei informieren müssen. Oder das FBI", sagt Doreen.

„Das habe ich auch schon überlegt. Aber was für Beweise haben wir? Einen Drohbrief, den es nicht mehr gibt. Ein paar Handy-Fotos aus einer Luxuswohnung. Einen Scheck für einen Privatmann, der im Koma liegt. Ich frage dich als Anwältin. Reicht das?"

„Nein, zu wenig, um eine richtige Ermittlung zu starten. Womöglich würden die uns sogar schief anschauen. Wir belasten immerhin Politiker in höchsten Ämtern. Die haben immer einen Bonus. Hast du das beschichtete Papier noch?"

„Ja."

„Wenigstens etwas. Vielleicht kann man da etwas rekonstruieren."

„Doreen, was machen wir jetzt? Sollen wir weitere Beweise sammeln, damit wir der Polizei etwas Belastbares anbieten können?"

„Wie soll das gehen? Außerdem wäre das viel zu gefährlich.

Wenn alles stimmt, sind da absolute Profis am Werk, die jeden Schritt beobachten."

In den letzten Stunden hat Nick viel nachgedacht. Jason hat seine Arbeit oft mit Sprüchen aus Western-Filmen kommentiert. Einer ist Nick besonders in Erinnerung geblieben. „Nur wer sich trotz Todesangst noch einmal in den Sattel schwingt, zeigt echten Mut." Das geht ihm nicht aus dem Kopf. Muss er wieder aufs Pferd, um die Mörder des Freundes zu finden? Wer soll das Geheimnis des Bermuda-Dreiecks lösen, wenn nicht er? Sicher, die Warnung der Täter war eindeutig. Aber auch Jason war mutig. Und er ist sein Vorbild. Es ist ihm ein Gedanke gekommen.

„Doreen, im nächsten Monat ist das Jahrestreffen der Radio-Talker in Washington. Da will ich hin, weil der Sender Innovation erwartet. Von dort aus sind es nur zwei Stunden mit dem Amtrak nach Richmond."

„Was willst du in Richmond? Forrestal ist doch gar nicht da."

„Das weiß ich, aber ich könnte ein paar Auskünfte über ihn einholen. Wie er so lebt, ob er Geld braucht, ob er Kontakte zu den Bermudas hat. Vielleicht gibt es Anhaltspunkte, warum ihm die AWS solche Summen schickt. Wenn wir dann eine Verbindung zum Projekt ‚Hurricane' finden, könnten wir damit zur Polizei gehen."

„Dann recherchierst du schon wieder. Und begibst dich in Lebensgefahr."

„Nicht zwangsläufig. Auf den Bermudas laufen Pit Bulls herum. Das ist wahrscheinlich so ein Hotspot für die Täter. Eine Art Kommando-Zentrale. Von dort müssen sie die Wohnung eines korrupten Gouverneurs abschirmen. Aber Richmond in Virginia? Es ist kaum anzunehmen, dass der Boden da auch vermint ist."

„Darauf würde ich mich nicht verlassen. Pit Bulls gibt es überall. Vergiss nicht, dass du vermutlich ganz genau observiert wirst,

Nick. Warum willst du das tun? Denk doch mal pragmatisch. Wir beide haben gar nichts davon. Keinen Vorteil, nur Risiken! Und was für welche!“

„Doreen, Jason ist ermordet worden. Ich bin der Einzige, der davon weiß. Da kann ich doch die Mörder meines alten Freundes nicht einfach davonkommen lassen. Nicht, wenn ich solche Hinweise habe. Du als Anwältin müsstest mich verstehen.“

„Das tue ich ja. Aber sag mir bitte, was willst du in Virginia konkret erreichen?“

„Wie gesagt. Ich will etwas mehr finden, was wir dann der Polizei präsentieren können.“

„Was denn, Nick? Was willst du finden? Du hast überhaupt keinen Ansatzpunkt. Und jeder, der dich observiert, weiß ganz genau, dass du wieder rumschnüffelst. Du ignorierst die Warnung dieser Leute. Und was dann passiert, das haben sie dir ja unmissverständlich mitgeteilt.“

„Wenn sie mich beschatten, wissen sie nur, dass ich zum Kongress fahre. Na und? Und von da mache ich mit dem Amtrak einen Abstecher nach Richmond. Da schöpft niemand Verdacht. Ich verspreche dir: Wenn ich nichts finde, höre ich damit auf. Aber einen Versuch lass mich bitte noch mal machen. Das bin ich Jason einfach schuldig.“

„Schatz, Gerechtigkeit für Jason ist gut, aber er würde nicht wollen, dass du deswegen dein Leben riskierst.“

„Bitte sag Ja, Doreen!“

Nicks Kopf liegt wieder schief. Doreen überlegt lange. Sie kennt ihren Freund. Er kann zum Quälgeist werden, wenn er etwas unbedingt will. Manchmal ist es besser, wenn man nachgibt.

„Nur wenn du ganz vorsichtig bist und mir versprichst, sofort aufzuhören, wenn du dort nichts gefunden hast.“

„Danke, Schatz, ich werde ganz vorsichtig sein.“

Nick steht auf, nimmt Doreen in den Arm und gibt ihr einen langen Kuss.

„Danke, Schatz, ich werde ganz vorsichtig sein."

Die High-Tech-Geräte auf der anderen Seite der Ensenada Lane reagieren nicht. Gespräche können sie nur aufzeichnen, wenn sie in geschlossenen Räumen geführt werden.

FÜNFUNDZWANZIG

33 Jahre zurück

San Francisco, am 11.8.1989, um 12.00 Uhr

Grace schwebte. Es war etwas geschehen, was sie erhofft, aber niemals ernsthaft erwartet hatte. Alan war gekommen, als sie allein im Schwesternzimmer gestanden hatte. Wie er sie telefonisch erreichen könne, hatte er mit einem verschmitzten Lächeln gefragt. Ihre Reaktion spontan, fast mechanisch. Sie hatte die Nummer auf einem Zettel notiert. Röte war immer noch über ihr Gesicht gehuscht, aber auch das Lächeln einer heimlichen Siegerin. Nun stand sie zusammen mit allen Schwestern auf dem Flur, um die beiden Unfallpatienten zu verabschieden. Auch wenn alle froh waren, dass die beiden endlich nach Hause konnten. Es lag ein Hauch von Trennungsschmerz in der Luft. Das Personal und die Patienten hatten sich aneinander gewöhnt. Mehr noch: Ärzte und Schwestern hatten tagelang um das Leben von Alan und John gerungen. Daraus war eine Nähe erwachsen. Alan und John hatten kleine Parfümflaschen als Dankeschön für jede Schwester besorgt. Danach gab es herzliche Umarmungen. Sogar die strenge Oberschwester, die sie immer gemaßregelt hatte, wurde gedrückt.

Mit den Koffern machten sich die Freunde auf den Weg zum Fahrstuhl. Sie schauten sich einige Male um, winkten den Schwestern zu. Vor dem Eingang des Hospitals stand ein Taxi, das sie nach San Mateo fuhr. Der Weg führte über die 101. Endlich sahen sie, nach über sieben Wochen, etwas anderes als die Klinik und den Park. Das Häusermeer flog an ihnen vorbei. Sie schauten auf die Bucht von San Francisco und auf das azurblaue Wasser. Das Leben hatte sie wieder. Und sie hatten einen Plan. Sie wollten Rays Angebot annehmen. Den Entschluss hatten sie nach langen Diskussionen gefasst. Genauer gesagt: Alan hatte entschieden, und John war ihm gefolgt. Und, was noch entscheidender war, sie wollten dem Angebot des Treuhänders nähertreten, das sie anfänglich so verteufelt hatten.

„Wir müssen mit ihm hart verhandeln", hatte Alan gemeint. „Der unverschämte Kerl kann doch kein ganzes Drittel fordern!"

Gab es moralische Bedenken gegen den Plan? Nein, Alan war inzwischen überzeugt. Auf die Einwände von John hatte er zunehmend gereizter reagiert. Als das Taxi von der 101 abbog, ging John das letzte Gespräch darüber durch den Kopf. Alan hatte ihn regelrecht abgebürstet.

„Alan, ich weiß nicht, ob wir wirklich d-das Richtige tun", hatte John gesagt.

„Das weiß man nie, John, wir handeln einfach nur pragmatisch. Was ist dabei, wenn wir unserem guten Freund einen Wunsch erfüllen? Es ist nicht unsere Sache, was er daraus macht. Vielleicht ist er am Ende so befreit, dass er die Depressionen vergisst und seine Entschädigungen selbst in die Hand nimmt. Vielleicht lebt er dann länger als wir. Dann hätten wir ihm mehr geholfen als diese teuren Seelenklempner."

„Aber d-du hast selbst gesagt, dass wir hinter Rays Rücken mit dem Treuhänder nicht etwas anderes vereinbaren können, als er möchte."

„Es gehört mehr Mut dazu, seine Meinung zu ändern, als an ihr festzuhalten. Du hast den Typen gehört. Rays Plan hat verdammte Risiken. Sobald wir die ersten Entschädigungen aus dem Treuhandvermögen gezahlt haben, tauchen gierige Opferanwälte auf, die das ganze Geld beschlagnahmen. Oder irgendwelche Staatsanwälte. Ist das etwa in Rays Sinn?"

„Ja, aber wir müssen d-doch mit Ray darüber reden?"

„Das hat unser Mr. Bermudas ja schon versucht, aber ohne Erfolg. Wenn der ihn nicht überzeugen kann, schaffen wir das auch nicht. Ray ist stur. Sieh es mal so: Bei unserer Lösung sind alle zufrieden. Ray hat ein gutes Gefühl. Der Treuhänder seinen Anteil. Und wir können, falls Ray wirklich etwas passiert, seinen Willen viel besser erfüllen. Wir können diskreter entschädigen. Mit eigenem Geld. Da sind wir nicht so gebunden und haben mehr Freiheiten. Die brauchen wir dann auch."

„Ich weiß n-nicht, Alan."

„Aber ich! Wir halten uns an den Plan von Ray, wir nehmen ja nur kleine Korrekturen vor. Er kann das im Moment gar nicht beurteilen, so sehr, wie er im Tunnel ist. Ray ist mit sich und seiner Krankheit beschäftigt. Da ist es besser, wenn wir für ihn mitdenken."

„Alan, er hat d-doch feste Vorstellungen von dem, was wir bekommen sollen. Wir können uns d-doch nicht einfach darüber hinwegsetzen."

„Er ist geizig, John. Die fünfzehn Millionen sind ein Witz. Denk an die Verantwortung, die er uns übertragen will. Da ist es nur recht und billig, wenn wir ein paar Änderungen vornehmen."

„Ich würde d-das anders nennen, Alan."

„Weißt du was, John, du nervst einfach. Hör endlich auf, den Moralapostel zu spielen. Ich kann es nicht mehr hören."

Das war eine neue Seite von Alan, eine, die John beunruhigte.

Seitdem hatte er zu dem Thema geschwiegen. Er war dem Freund nicht gewachsen. Aber vielleicht hatte der ja auch recht. Bisher hatte er sich immer auf Alan verlassen können. Warum nicht auch diesmal? Außerdem, wenn er ehrlich war: So schlimm war die Aussicht auf fünfhundert Millionen Dollar auch nicht. Die Vorstellung war einfach zu verlockend. Er, John Forrestal aus Maine, beim America's Cup, mit einer eigenen, selbst konstruierten Yacht. Warum sollte er die Sache nicht vertrauensvoll in Alans Hände legen?

Das Taxi fuhr durch ruhige Wohnstraßen. Die Mittagssonne brannte vom Himmel. Sie bogen in den Springfield Way ein, sahen schon von Weitem ihr Haus. Vor genau sieben Wochen und zwei Tagen waren sie von hier aus zu ihrem Ausflug nach San Diego aufgebrochen. Es kam ihnen vor wie eine Ewigkeit. Die beiden Fahnen hingen müde von den Masten. Der rote VW-Käfer stand nicht in der Einfahrt. War Ray etwa nicht zuhause? Sie bezahlten den Taxifahrer, nahmen ihre Koffer und gingen zur Eingangstür. John hatte den Schlüssel dabei. Im Haus stürmten sie nach oben.

„Ray, bist du da?", rief Alan. „Wir sind von unserer Tour zurück! Hat ja ein bisschen länger gedauert, wie du weißt!"

Nichts. Alan klopfte an Rays Zimmertür, dann öffnete er sie. Die Freunde verschlossen ihre Zimmer nie. Das Fenster war zu, das Bett gemacht, die Luft stickig.

„Wo ist er d-denn?", fragte John.

„Keine Ahnung, vielleicht hat er irgendwo eine Nachricht hinterlassen."

Sie gingen hinunter in die Küche. Auf dem Tisch lag ein Zettel. Daneben standen zwei Flaschen Champagner.

„Bin auf dem Campus", stand auf dem Papier. „Schön, dass ihr wieder da seid, Ray."

Alan und John schauten sich an. Ray den ganzen Tag auf dem Campus? Das kannten sie nicht von ihm.

„Heute Abend müssen wir mit ihm reden", sagte Alan.

Dann sahen sie den Pool. Sie warfen ihre Klamotten auf den Boden und sprangen nackt ins Wasser. Wie hatten sie das in den letzten Wochen vermisst! „Partytime", rief Alan, ging zum Telefon und rief seine Kumpels vom Football-Team an. „Kommt rüber, bringt die Mädels mit. Das Wiedersehen muss gefeiert werden." Alan und John fuhren mit dem Taxi zum Trader Joe's und besorgten Getränke. Schon um 18 Uhr war das Haus voller Leute. Alkohol floss in Strömen. Stoff wurde verteilt. Musik dröhnte durch den Garten. Immer wieder New Kids On The Block. Die Gäste tanzten wild. Im Pool lautes Grölen und Kreischen. Erst fielen die Kleidungsstücke, danach alle Hemmungen. Gefühle und Ekstase. Bis zum Höhepunkt. Sogar auf der Terrasse. Auch die Gastgeber beendeten das mönchische Leben der letzten zwei Monate.

Ray war nicht dabei. Er rief Alan und John vom Campus aus an und sagte, er gehe abends ins Kino. Die Freunde redeten auf ihn ein. An ihrem ersten Abend müsse er mit ihnen feiern. Ins Kino könne er ein anderes Mal gehen. Aber er blieb stur. Er habe schon eine Karte gekauft, und das Feiern werde man an einem anderen Tag nachholen. Das war seltsam. Doch Alan und John waren zu abgelenkt, um lange darüber nachzudenken. Es war kurz vor Mitternacht, als Ray nach Hause kam. Er bahnte sich den Weg durch die Partygäste. Alan und John saßen am Pool, beide schwer angeschlagen. Stürmische Umarmungen. Die Freunde torkelten und lallten. Eine geordnete Konversation war nicht möglich. Das Gespräch musste warten.

SECHSUNDZWANZIG

33 Jahre später. Im Amtrak

Washington, D. C./Richmond, am 5.10.2022, um 16.30 Uhr

Nick hat Mühe, wach zu bleiben. Das monotone Rattern, das rhythmische Schaukeln des Amtrak lassen ihn immer wieder einnicken. Der Zug hat das imposante Gebäude der Union Station Washington, D. C. um 14.50 Uhr pünktlich verlassen. Für 17.35 Uhr ist die Ankunft in Richmond Main Street geplant. Von der Landschaft Virginias ist wenig zu sehen. Die alte Bahnstrecke wird von hohen Bäumen, Hecken und Sträuchern gesäumt. Und wenn die Aussicht einmal frei ist, gibt es kaum Spannendes zu sehen. Kein Vergleich zum schönen Orange County, denkt Nick. Aber aus touristischen Gründen fährt er nicht nach Virginia. Er hat drei Tage lang am Jahreskongress der Radio-Talker in der Hauptstadt teilgenommen. Dabei hat er alte Kontakte aufgefrischt und neue geknüpft. Nick hat niemanden gesehen, der ihn dort beschattet hat. Auch auf dem Bahnhof ist ihm keiner gefolgt, glaubt er. Sein Handy hat er zur Vorsicht ausgeschaltet. Wird er in Richmond etwas mehr über Forrestal erfahren? Oder sollte Doreen wieder einmal recht behalten, und der kurze Ausflug würde sich als Nullnummer erweisen? Die Angst hat er inzwischen verdrängt. Er sitzt wieder im Sattel, beweist den Mut des Western-Helden.

In Washington hat er mit einem Kollegen aus Virginia gesprochen. Wie kommt er an Informationen über John Forrestal, einen Mann aus Richmond? Ein paar Telefonate, dann die Spur. Ein pensionierter Redakteur der Lokalzeitung hat vor Jahren mal etwas über Forrestal recherchiert. Niemand hat es gedruckt, darüber ist der Mann heute noch sauer. Der Termin mit dem Ruheständler war schnell gemacht. Nick ist zufrieden. Doreen hat bezweifelt, dass er irgendeinen Ansatz für Nachforschungen findet. Aber es geht doch. So schlecht ist er als Spürhund gar nicht. Was hat der Rentner wohl recherchiert? Etwas, was auf „Hurricane" hindeutet? Er ist gespannt.

In den letzten Wochen hat er sich mit Forrestals Lebensweg befasst. Nicht nur mit seinem, sondern auch mit dem seines Kumpels Alan Brown. Was haben die beiden nach ihrem Jura-Studium so angestellt? Die Entdeckungen waren erstaunlich.

Forrestal früh als Unternehmer unterwegs. Ein Kauf von Firmen aller Art. Mit welchem Geld? Ein Sammelsurium aus unterschiedlichen Branchen. Darunter eine Gesellschaft aus Minnesota, die Messgeräte für die Reinheit von Wasser hergestellt hat. Außerdem ein Zementwerk in Indiana. Aber offenbar hatte nichts davon großen Erfolg. Die Firmen wurden liquidiert oder verkauft. Immer still und heimlich, wie es aussieht. Schließlich hatte Forrestal in Richmond ein großes Büro- und Geschäftshaus gebaut. Das Durigo Plaza, vermietet an einen Versicherungskonzern und an eine internationale Kanzlei. Dafür muss er einen Haufen Geld investiert haben. Der Bau war ins Stocken geraten, lange Zeit eine Bauruine. Weiterbau und Fertigstellung erst nach Jahren.

Wie war das alles möglich? Warum konnte Forrestal nach dem Studium sofort als Unternehmer beginnen, ohne Erfahrung und, wie es aussieht, auch ohne familiäre Hilfe? Bei Brown sah es ähnlich aus. Er hatte aus dem Stand in Kalifornien ein ganzes Wohnviertel errichtet. Später hatte er, wie am Fließband, Shopping-Malls gebaut und Anteile an Firmen gekauft. Eine Zeit lang war er sogar Besitzer der Philadelphia Eagles gewesen. Bei ihm scheinen die Projekte glatter gelaufen zu sein als bei Forrestal. Er steht immerhin an zwölfter Stelle der reichsten Menschen des Landes. Das Geld muss auf der Straße liegen, denkt Nick. Er moderiert seine Radiosendung. Doreen ist Anwältin. Sie plagen sich mit den Zinsen für ihre Hypothek herum. Warum kauft er nicht einfach ganze Firmen, baut, verdient ein Vermögen? Scheint ja ein Kinderspiel zu sein. Irgendwann kam ihm ein Gedanke. Hat der rasante Aufstieg der beiden womöglich etwas mit Ray Raszinsky zu tun, Doreens Erzeuger? Der war ein schwerreicher Mann, wie Doreen von ihrer Mutter weiß. Sollte er sein Vermögen an die beiden Freunde vererbt haben? Ein Erbe, das eigentlich Doreen zustehen müsste?

Der Zug reduziert jetzt sein Tempo. Es ist 17.32 Uhr. Richmond Main Street ist fast erreicht. Nick sieht die Bürotürme der Stadt, nimmt seine Reisetasche und geht zu einer der Türen. Beim Einfahren in die Station hört er das laute, alles übertönende Hupen des Amtrak. Als Nick aussteigt, schlägt ihm brüllende Hitze entgegen. Er sieht sich um. Auf dem Bahnsteig herrscht ein buntes Treiben. Der Boden wird ausgebessert. In der Luft ein strenger Teergeruch. Menschen, die scheinbar ziellos durcheinanderlaufen. Die Menschen sind hier anders drauf, merkt er sofort. Er war noch nicht häufig in den Südstaaten.

Um Punkt 20 Uhr sitzt Nick im Grapevine, einem griechisch-italienischen Restaurant in der Innenstadt. Den Tipp für das Lokal hat er vom Hotel bekommen. Der Concierge hat für ihn einen Platz an der Theke reserviert. Darauf hat er bestanden, denn er will auf keinen Fall das TV-Duell der beiden Running Mates verpassen. Senator Brown gegen den Gouverneur aus Arizona. Wie wird sich Brown gegen einen echten Politikprofi verkaufen? Von seinem Platz hat Nick einen freien Blick auf den Monitor. Brown sieht blendend aus. Er könnte für die Rolle gecastet worden sein, denkt Nick. Der Senator schlank. Eng geschnittener, grauer Anzug, weißes Hemd und eine hellblaue Krawatte. Mit seinem blonden Schopf und dem sonnengebräunten Teint wirkt er wie ein Beau aus St. Barth oder Malibu. Die beiden Kontrahenten könnten unterschiedlicher kaum sein. Der Gegenkandidat ist dick und hat dunkle, fettige Haare. Lange, ungeschnittene Augenbrauen. Große Poren auf der Haut, nur mühsam mit Schminke kaschiert. Der Mann ist auf Krawall gebürstet.

„Wie will dieser Kandidat, wenn es darauf ankommt, die Interessen der Nation vertreten? Er muss das politische Geschäft erst noch lernen. Darauf kann niemand warten", poltert der Gouverneur.

„Senator Brown, Sie haben die Vorwürfe gehört. Mangelnde Erfahrung. Was sagen Sie?", fragt die attraktive Moderatorin.

Der lächelt. Mit der Sprache seines Körpers signalisiert er Überlegenheit. Ganz der Chef, der seinem überforderten Mitarbeiter einen Fehler verzeiht.

„Gouverneur, Sie sollten wissen, dass jeder, der ins Weiße Haus einzieht, lernen muss. Das würde auch für Sie gelten. Und was das Tempo des Lernens angeht, so werde ich es mit Ihnen aufnehmen können. Ich habe viele Freunde in Arizona. Die sagen mir, dass Sie die wirklichen Probleme Ihres Staates bis heute nicht begriffen haben."

„Son of a bitch!", ruft ein stämmiger Typ an der Theke, der die Debatte mit grimmigem Gesicht verfolgt. Offenbar ein radikaler Parteigänger des Mannes aus Arizona. Nick beschließt, sich besser nicht einzumischen. Er widmet sich den Fettucine Alfredo und dem Merlot, den er immer auf Empfehlung von Jason bestellt. Die Debatte geht noch eine halbe Stunde weiter. Nick hat den Eindruck, dass Brown der klare Punktsieger ist. Er meistert die Sachthemen besser als erwartet. Zwar wirkt er auf Nick gekünstelt, aber er dominiert das Gespräch. Nicks Sitznachbar teilt seine Ansicht offensichtlich nicht. Sein unerschöpfliches Arsenal von Schimpfwörtern ist beeindruckend, geradezu rekordverdächtig.

In der Nacht, im Hotel, wacht Nick auf. Er hatte einen Alptraum, ist schweißnass. Jason und Brown. Ein Kampf zwischen den beiden. Brown ein Riese, Jason ein Zwerg. Der ruft immer wieder nach Hilfe, schreit nach Nick. Voller Verzweiflung. Aber er kann nichts machen, ist gefangen im Meer, kämpft gegen Wellen. Auch Margret ruft nach ihm. Jason ist verloren. Ein blitzendes Messer in der Hand von Brown. Dann wurde er wach. Nick nimmt ein Bier aus dem Kühlschrank und setzt sich auf einen der Sessel. Minutenlang starrt er vor sich hin. Soll er vom Pferd absteigen? Reitet er in sein Verderben? Die Ruhe seiner Freundin hat er nicht, erst recht nicht die von Jason. Er leert die Flasche. Sein Puls beruhigt sich. Das Treffen mit dem Rentner will er auf jeden Fall abwarten. So kurz vor dem Ziel kann er nicht aufgeben. Das ist er Jason schuldig.

Beim Frühstück im Hotel ist Nick wieder ruhiger. Am späten Vormittag nimmt er ein Taxi nach Brookland Park, einem Vorort im Norden der Stadt. Er hält vor einem in die Jahre gekommenen Wohnhaus. Die Farbe blättert von den Außenwänden. Im kleinen Vorgarten herrscht Wildwuchs. Nick geht zur Haustür, vor der ein altes, verschmutztes Fliegengitter hängt. Die Klingel ist laut, schrill, unangenehm. Nach einer Weile hört er eine dunkle Stimme.

„Sind Sie der Typ, der schnüffeln will?"

„Ja, Mr. Brenson, der bin ich. Nick Garcia. Wir haben telefoniert."

Langsam öffnet sich die Tür. Floyd Brenson, der ehemalige Lokalreporter, ist um die siebzig Jahre alt. Er hat große Augenringe, ist unrasiert. Sein vergilbtes T-Shirt weist Flecken auf. Die grauen Haare ungekämmt, die Zähne gelb. Nick bemerkt eine leichte Alkoholfahne.

„Kommen Sie rein", sagt Brenson.

Nick registriert, dass der Mann – trotz seines ungepflegten Äußeren – ihn mit wachen Augen mustert. Das Wohnzimmer hat schon bessere Tage gesehen. Auf dem Sofa ein benutztes Hemd, geöffnete Packungen von Medikamenten und alte Zeitungen. Ein Teller mit Resten und zwei volle Flaschen Miller Genuine Draft auf dem Tisch. An der Decke ein großer Ventilator, der vergeblich versucht, Bewegung in die stickige Luft zu bringen.

„Sie müssen entschuldigen. Aber meine Hilfe ist krank. Früher hat meine Frau den Haushalt gemacht, aber sie ist jetzt in einem Pflegeheim."

Brenson zeigt auf den einzigen Sessel, auf dem keine Sachen liegen.

„Setzen Sie sich."

Er greift zu einer der beiden Bierflaschen und reicht sie Nick.

„Mein Lieblingsbier", sagt Nick.

Brenson nimmt die andere Flasche, trinkt einen großen Schluck und wischt sich mit dem Handrücken über den Mund.

„Junger Mann, ich bin Floyd."

„Nick."

„Was haben Sie mit Forrestal zu tun, Nick? Er soll krank sein, habe ich gehört."

„Floyd, ich bin ein Kollege und recherchiere ein paar alte Vorgänge aus den Achtziger- und Neunzigerjahren, in die Forrestal involviert war. Da interessiert mich einfach mal, wie er hier in Richmond heute so lebt."

„In Vorgänge involviert? Warum so kryptisch? Sie wollen sagen: Es geht Sie einen Scheißdreck an, warum ich komme. Was ja auch stimmt."

„Es würde etwas weit führen ..."

„Hören Sie, was Sie mir auch erzählen, es spielt keine Rolle. Warum auch? Wenn Sie etwas gegen den Playboy in der Hand haben, kann mir das nur recht sein. Hatte viel Ärger wegen ihm."

„Was für einen Ärger, Floyd?"

„Nicht so ungeduldig."

„Sorry."

„Forrestal ist hier in der Gegend vor etwa zwanzig Jahren aufgetaucht. Woher er sein Geld hatte, wusste niemand. Er kaufte sein großes Haus, gab Partys und war ein beliebter Spender. Da war er sofort überall dabei. Edgar-Allan-Poe-Museum, Rotary Club. Sie wissen schon. Er erzählte den Leuten immer was vom America's Cup. Hat eine Menge getrunken und hatte viele Frauen. Verdammt gutaussehende Frauen. Woher die immer kamen, ist mir ein Rätsel. Wahrscheinlich käuflich. Ein George Clooney ist er nicht. Aber er wird von den Männern hier beneidet."

„Sie sagten am Telefon, Sie hätten ihn um ein Haar erledigt, Was meinten Sie?"

„Habe ich auch. Wissen Sie, ich war mein Leben lang nur ein kleiner Lokalredakteur. Einbrüche, Jubiläen, Charity-Veranstaltungen. Das waren so meine Themen. Ein kleiner Mann für kleine Geschichten. Die braucht jede Zeitung. Interessiert die Leute mehr, als was drüben in der Hauptstadt passiert. Deshalb verkauft man die Abos. Aber das gibt ja keiner zu. Vor allem nicht die Klugscheißer aus dem politischen Ressort. Weiß ja nicht, was Sie beruflich machen."

„Radio. Eine Talk-Sendung."

„Radio? Also Quatschen, leichte Unterhaltung! Sorry, geht

nicht gegen Sie. Aber zurück zu Forrestal. Vor einigen Jahren blieb er Firmen und Handwerkern Geld schuldig. Am Ende ging es um riesige Summen. Er baute damals das Durigo Plaza und zahlte einfach keine Rechnungen mehr. Ich hab ’ne wunderschöne Story draus gemacht. War ja mein Ressort. Und wäre der absolute Knaller gewesen. Sogar der Staatsanwalt hätte einschreiten müssen. Der Verleger hat mich zurückgepfiffen. Keine Freigabe des Artikels. Ohne jede Begründung. Können Sie sich das vorstellen, junger Mann? Einfach basta, wird nicht gedruckt.“

Brenson schlurft zum Kühlschrank. Er geht stark gebeugt, nimmt zwei weitere Flaschen GMD heraus und stellt sie auf den Tisch.

„War alles sauber recherchiert, aber landete im Müll. Hat mir damals viel Ärger eingebracht. Beim Chef und bei den Handwerkern. Als in der Zeitung nichts kam, meinten die, ich wäre bestochen worden. Ich musste meine Schnauze halten. Konnte ja nicht den Verleger in die Pfanne hauen.“

Nick nimmt die zweite Flasche. Brenson fährt fort.

„Die Firmen haben dann alle gegen Forrestal prozessiert. Das Gericht wurde mit Klagen bombardiert. Der Bau lag sehr lange still. War Stadtgespräch, aber unsere Zeitung berichtete einfach nicht darüber. Das konnte sie, weil sie die einzige hier ist. Stattdessen haben sie den verdammten Blödsinn geschrieben, den der Typ und seine Anwälte dem Verleger eingesungen haben. Die Statik müsste neu berechnet werden. Alles nur Ausreden. Die Kohle fehlte, weil Forrestal sich übernommen hatte.“

„Aber das Durigo ist doch gebaut worden“, sagt Nick.

„Ja. Ob Forrestal den Jackpot geknackt hat oder die Mafia angepumpt hat? Ich weiß es nicht. Er war auf einmal wieder flüssig. Die ganzen Firmen bekamen ihr Geld. Und ich noch mal einen dicken Einlauf vom Chef. Was für ein Idiot ich sei. Wir hätten uns eine saftige Klage einfangen können. Der ganze Verlag wäre dabei draufgegangen. Und so weiter. War keine schöne Sache. Aber ich hätte nie gedacht, dass sich dafür heute noch irgendein Schwein interessiert."

Nick überlegt. Kam das Geld von den Bermudas?

„Das interessierte Schwein sitzt vor Ihnen", sagt er zu Brenson.

„Sorry für das Schwein. Weiß ja nicht, warum Sie Ihre hübsche Nase da reinstecken. Aber wenn Sie noch mehr über den Typen wissen wollen, sprechen Sie mit seinem früheren Fahrer. Der wohnt immer noch hier in Richmond. Ist nicht gerade gut auf ihn zu sprechen."

Nick erfährt, dass Forrestals früherer Chauffeur Elvis Kimmel heißt und im Country Club of Virginia arbeitet. Als pedantischer Lokalreporter hat Brenson die Mobilnummer von Kimmel aufbewahrt. Er ruft ihn an und drückt die Lautsprechertaste, damit Nick mithören kann.

„Elvis, hier ist Floyd. Wie geht es?"

„Floyd? Floyd Brenson?"

„Ja, genau der."

„Lange nichts gehört. Alles in Ordnung bei Ihnen?"

„Na ja, wie es einer ausrangierten Lokomotive so geht. Sie staubt vor sich hin. Ich will es kurz machen, Elvis. Hier sitzt ein Journalist aus Kalifornien, der sich für Ihren Freund Forrestal interessiert. Ich habe gesagt, da ist er bei Ihnen genau richtig."

„Warum interessiert er sich für ihn?"

„Das wird er Ihnen selbst sagen. Kann er morgen zu Ihnen kommen?"

„Er kann jederzeit in den Club kommen. Soll sich am Eingang auf mich berufen."

„Kann ich 'ne Runde Golf spielen?", ruft Nick.

„Normalerweise nur Mitglieder. Aber es ist zurzeit nicht viel los. Da können Sie spielen. Fragen Sie im Pro-Shop nach mir“, sagt Kimmel.

Nick bedankt sich bei Brenson für die Vermittlung des Kontakts, trinkt noch eine weitere Flasche MGD und verabschiedet sich.

Am Abend macht er noch einen langen Spaziergang durch den Fan District. Danach lässt er den Tag in einem italienischen Restaurant ausklingen. Viel hat er über Forrestal nicht erfahren. Außer, dass ihm mal das Geld ausging und er am Ende wieder flüssig wurde. Nick ist gespannt. Fahrer sind immer dicht dran.

SIEBENUNDZWANZIG

Der nächste Tag

Richmond, am 7.10.2022, um 10.55 Uhr

Das Taxi hält vor dem großen Gittertor, das den Weg zum Country Club versperrt. Über die Sprechanlage meldet sich eine Dame. „Ich bin mit Mr. Kimmel verabredet“, sagt Nick. Das Gate öffnet sich, und der Taxifahrer setzt seinen Fahrgast vor dem Clubhaus ab. Es ist ein großes, weißes Gebäude mit mächtigen Säulen vor dem Eingangsbereich, typisch für die Architektur der Südstaaten. Nick hat sich über den Club informiert. Man muss die stolze Summe von einhunderttausend Dollar auf den Tisch legen, um Mitglied zu werden. Als er das Foyer betritt, sieht er gerahmte Fotos honoriger Männer. Offenbar sind es die Clubpräsidenten früherer Jahre und Jahrzehnte. Die große Eingangshalle ist leer. Ein leichter Geruch von Bohnerwachs liegt in der Luft. Auf der rechten Seite des Raumes der Pro Shop. Er geht hinein und fragt nach Mr. Kimmel. Der kommt schnell. Ein mittelgroßer, schlanker Mann. Auf dem Revers seines blauen Jacketts ist ein kleines Schild befestigt, das ihn als 1. Co-Manager ausweist. Kimmel trägt eine Brille mit Goldrand. Dunkle Haare mit leichten Grautönen, im Undercut geschnitten. Ein freundliches Gesicht, von einem gepflegten, offenbar gefärbten Bart bedeckt. Besonders auffallend: seine strahlend weißen Zähne, ein teures Investment, das er gerne zeigt. Nick stellt sich mit seinem Namen vor.

„Ich habe noch zu tun, Mr. Garcia. Daher schlage ich vor, dass Sie erst einmal eine Runde Golf spielen, wenn Sie mögen. Danach können wir in Ruhe sprechen."

„Gerne, aber offen gestanden, ich weiß nicht, ob ich mir das Golfspiel hier überhaupt erlauben kann."

„Wissen Sie, wir lassen grundsätzlich keine Fremden auf der Anlage spielen, nur Gäste unserer Clubmitglieder. Ich trage Sie als meinen Gast ein und gebe Ihnen einen Sondertarif. Zurzeit werden einige Bahnen repariert. Da kann ich eine Ausnahme machen. Sie können sich hier im Shop Schläger leihen. Und vielleicht auch noch ein Paar Schuhe. Dann sehen wir uns nach Ihrem Spiel."

Kimmel gibt der Dame einige Anweisungen und entfernt sich. Nick wird wie ein VIP behandelt. Er bekommt einen Schlägersatz, Schuhe und einen Handschuh. Sogar den Schlüssel für ein Golfcart. Dann spielt er neun Löcher. Er ist weit und breit der einzige Spieler. Die Hitze macht ihm zu schaffen, aber er genießt den anspruchsvollen Kurs. Einmal im Jahr sind die PGA-Profis hier, um eines ihrer Turniere zu spielen: Es gelingen ihm zwei Birdies. Er ist sehr zufrieden mit sich. Golferisch hat sich der Ausflug nach Richmond schon gelohnt, denkt er. Als er wieder im Clubhaus ist, macht er sich im holzgetäfelten Locker-Room frisch. Der Co-Manager erwartet ihn bereits, führt ihn in die leere Bar und bittet ihn an einen der Tische. Nick bedankt sich und lobt die Anlage.

„Den guten Forrestal hat's schwer erwischt", sagt Kimmel. „Ich habe gehört, dass er schon seit Wochen im Koma liegt."

„Ja, das ist richtig, Mr. Kimmel."

„Mr. Garcia, Sie interessieren sich als Journalist für Forrestal?

Ich wusste gar nicht, dass er so wichtig ist. Für welche Zeitung schreiben Sie?"

„Ich bin freier Journalist, und ich schreibe über den möglichen künftigen Vizepräsidenten Brown. Da bin ich auch auf seinen alten Studienfreund Forrestal gestoßen."

„Brown? Ja, der war mal hier. Ich habe ihn gefahren. Damals wusste ich nicht, wer er war. Aber jetzt ist er auf allen Plakaten. Mir war nicht bekannt, dass die beiden zusammen studiert haben."

„Sie waren gemeinsam in Stanford. Was haben Brown und Forrestal denn so gemacht, als Brown ihn besucht hat?"

„Das weiß ich nicht, Mr. Garcia. Ich war nur der Fahrer. Aber irgendetwas Wichtiges hatten die zu besprechen. Ich kann mich erinnern, dass sie ein, zwei Tage mit ernsten Gesichtern herumliefen. Das kannte ich von Forrestal so gar nicht. Floyd hat Ihnen wohl schon gesagt, dass ich sauer auf meinen alten Boss bin. Was ihm jetzt passiert ist, tut mir leid. Ich wünsche ihm, dass er bald wieder auf die Beine kommt. Aber persönlich will ich mit dem Mann nichts mehr zu tun haben."

„Darf ich Sie fragen, warum?"

„Das dürfen Sie. In Richmond wissen es sowieso die meisten. Ich war jahrelang sein Angestellter. Angefangen habe ich bei ihm, als er die Probleme mit dem Durigo Plaza hatte. Brenson war damals sein Todfeind. Forrestal hat es geschafft, dass nie etwas Negatives über ihn in der Zeitung stand. Dafür hasst Floyd ihn heute."

„Das habe ich gemerkt. Aber warum sind Sie denn sauer auf ihn?"

„Er war im Grunde ein guter Chef. Immer großzügig und hatte Verständnis für alles. Aber dann ist etwas passiert, das nicht zu entschuldigen ist. Ich bin dahintergekommen, dass er mit meiner Freundin geschlafen hat. So was tut man nicht. Da bin ich konsequent. Ich habe sofort gekündigt und meine Partnerin aus der

Wohnung geschmissen. Beide sind dann hinter mir hergelaufen und wollten mich umstimmen. Es täte ihnen leid. Der Alkohol, das Übliche. Forrestal hat mir sogar 'ne Menge Geld geboten, damit ich weitermache. Aber nicht mit mir! Zum Glück habe ich über einen Freund hier im Club einen guten Job gefunden. Und Forrestal ist bei uns nicht Mitglied, so dass ich ihn nicht mehr sehen muss."

„Und wie haben Sie Brenson kennengelernt?"

„Der rief mich an, als sich die Story in Richmond herumsprach. Er wollte vielleicht noch mal was über Forrestal hören."

„Mich würde interessieren, wie Forrestal wieder flüssig geworden ist, nachdem am Plaza so lange nicht weitergebaut wurde. Hat Brown ihm das Geld gegeben?"

„Das weiß ich nicht, Mr. Garcia. Ich war ja nur für seinen Fahrzeugpark zuständig. Für den Maybach, den F 40 und die anderen Autos. Aber ich war nicht sein Buchhalter. Zu mir hat er immer gesagt: „Don't worry, Elvis. Die nötigen Mittel werde ich schon beschaffen. Ich habe einen Roman geschrieben, für den gibt es viel Geld. Plötzlich ist er dann wirklich wieder flüssig geworden."

„Hat er denn einen Roman veröffentlicht?"

„Habe ich nie gehört."

„Mr. Kimmel, wissen Sie, ob Ihr Chef Kontakte zu den Bermudas hatte?"

„Bermudas? Es gab einen Typen, der mit Forrestal befreundet war. Den musste ich einige Male nach Washington zum Flughafen bringen und wieder abholen. Ich glaube, er ist auf die Bermudas geflogen."

„Können Sie sich noch an andere Leute erinnern? Hat Forrestal Besucher von den Bermudas empfangen?"

„Nein, daran kann ich mich nicht erinnern. Aber ich musste jedes Jahr nach Washington fahren, um einen Gast abzuholen, der aus Las Vegas kam. Er hat mir immer was mitgebracht. Netter Kerl, aber nicht sehr redselig. Er blieb für zwei oder drei Tage, und ich musste ihm die Gegend zeigen."

„War das ein Business-Mann?", fragt Nick.

Kimmel lacht.

„Nein, das war ein ganz einfacher Kerl. Passte eigentlich gar nicht zu Forrestal. Er hat mir erzählt, dass er irgendwo in der Nähe von Las Vegas in einer Trailer-Siedlung lebt. Keine Ahnung, warum er regelmäßig kam. Hatte wohl irgendwas mit Geld zu tun. Jedenfalls musste ich den Chef immer zu seiner Bank fahren, wenn er da war."

„Zur Bank, was machte er dort?"

„Mr. Garcia, wie ich schon sagte, ich war nur sein Fahrer. Sagen Sie, sind Sie wirklich Journalist, oder sind Sie eine Art Detektiv? Ihre Fragen kommen mir – sorry – sehr speziell vor."

Nick fragt sich, ob er seinen sympathischen Gesprächspartner einweihen soll. Aber er verwirft den Gedanken. Das Ganze ist zu lang, zu kompliziert. Der Tod von Jason, ohne Beweis für den Mord. Die Drohung auf den Bermudas, plötzlich nicht mehr da. Der Scheck über drei Millionen, für einen schwerreichen Mann auch nicht so ungewöhnlich. Kimmel würde viele Fragen haben. Er beschließt, an seiner Story festzuhalten.

„Nein", sagt er. „Ein verdeckter Ermittler bin ich nicht. Neben meiner Radio-Sendung mache ich Auftragsarbeiten für Printmedien. Wie jetzt die Story über Brown und seinen Buddy Forrestal. Sorry, wenn ich zu viele Fragen stelle. Das ist leider eine schlechte Angewohnheit."

Kimmel gibt sich mit der Erklärung zufrieden. Sie sprechen noch über dies und das. Nick verabschiedet sich.

„Elvis, schöner Name", sagt er, tippt auf Kimmels Namensschild.

„Sie sind nicht der Einzige, der das sagt. Meine Mama war ein großer Elvis-Fan. Und ich bin an dem Tag geboren, als er gestorben ist. Nur singen kann ich leider nicht."

Nick bedankt sich für die Auskünfte und die Gastfreundschaft.

„Ein Taxi müssen Sie nicht bestellen. Ich möchte noch einen kleinen Gang durch die Umgebung machen."

„Das ist gut, da können Sie auch die Villa von Forrestal sehen. Sie ist keine fünfzehn Minuten von hier entfernt, in der Stratford Crescent", sagt Kimmel.

„Ist mir bekannt. Genau das will ich mir anschauen", erwidert Nick. „Dann kann ich wenigstens ein Foto von seinem Haus machen, damit mein Auftraggeber sieht, dass ich vor Ort war."

Wenig später läuft er durch die vornehme Carry Street. Auch hier hängen bunte Wahlplakate. Die Kandidatin Immelman, noch amtierende Außenministerin, authentisch und vertrauenswürdig. Der Schönling Alan Brown, wie einer, der sich als Staatsmann nur verkleidet hat. Nicks Interesse gilt aber nicht den Plakaten, sondern den prachtvollen Häusern. Breite Auffahrten, gepflegte Vorgärten, angelegt wie Parkanlagen. Er biegt ab in die Stratford Crescent, eine Seitenstraße mit noch edleren Gebäuden. Die Nr. 5207 ist die Villa von Forrestal. Auf der Rasenfläche eine prächtig gewachsene Lebenseiche. Ein großer Schattenspender. Dahinter ragt ein traumhaft schönes Herrenhaus im georgianischen Baustil hervor. Eine edle Haustür, mit strahlend weißen Ornamenten umrandet. Die Fassade ist aus hellem Sandstein. Ein Dach aus hellgrauem, glänzendem Schiefer mit geschwungenen Gauben. Man wartet regelrecht auf den britischen Lord, der im Türrahmen erscheint. Nick überlegt. Soll er einfach mal klingeln? Vielleicht kommt er zwanglos mit dem Personal ins Gespräch und kann einige Fragen stellen. Mittlerweile hat er gelernt, dass man auf Zufälle setzen muss. Aber Doreen hat ihn gewarnt. Zweifelnd steht er in der großen Einfahrt.

Er trifft seine Entscheidung, will Mut zeigen. Ganz im Sinne von Jason. Entschlossen geht er auf die Haustür zu und drückt die Klingel. Ein dezenter Gong. Eine Frau öffnet, um die fünfzig Jahre alt. Resolut, dunkle Haare, mit strengem Knoten und einem gequälten Mienenspiel. Sie schaut Nick beim Sprechen gar nicht an.

„Endlich kommen Sie! Pünktlichkeit ist wohl nicht Ihre Stärke. Die Polizei hat diesmal alles so liegen lassen, wie sie es beim Einbruch gefunden haben. Anders als beim ersten Mal. Da war ja alles schon aufgeräumt, als Sie kamen. Gehen Sie am besten direkt nach oben!"

Mit einer gebieterischen Geste deutet sie an, Nick möge die Treppe nehmen. Dann dreht sie sich um und will in dem Parterre des Hauses wieder verschwinden.

„Entschuldigen Sie Ma'am, aber ich glaube, Sie verwechseln mich."

Jetzt mustert ihn die Frau von oben bis unten. Ihr Blick ist geradezu feindselig.

„Kommen Sie nicht von der Versicherung?"

„Nein. Ich möchte Mr. Forrestal sprechen."

„Das geht nicht. Was wollen Sie von ihm?"

„Ich habe ihn in San Diego kennengelernt, Ma'am. Er sagte, ich solle mal vorbeikommen, wenn ich in Virginia bin. Was ich hiermit tue."

„Sie können Mr. Forrestal nicht sprechen. Er ist krank und nicht hier."

„Oh, das tut mir leid. Ich hoffe, nichts Ernstes. Kommt er bald wieder?"

„Ich gebe Fremden keine Auskünfte."

Der Hausdrachen schlägt die Tür zu. Nick dreht sich um und geht langsam zur Straße zurück. Den Unterkiefer hat er ausgefahren wie eine weit geöffnete Schublade. Ein glatter Rauswurf, aber einer mit Information. Zwei Einbrüche. Hat das etwas zu bedeuten? Sein Blick fällt auf die Lebenseiche. Was für ein Baum! Dass in der Krone eine Videokamera versteckt ist, kann er nicht erkennen. Ihre Bilder werden zu einem Kastenwagen gesendet, der in einer der kleinen Seitenstraßen steht. Jeden Abend kommt ein Mann, der die Aufnahmen des Tages auswertet. Normalerweise eine langweilige Routine, weil vor Forrestals Haus in dieser Zeit kaum etwas passiert. Aber heute ist es anders. Vor dem Beobachter liegt ein Foto von Nick. Seine Blicke wechseln vom Monitor zum Foto, vom Foto zum Monitor. Kein Zweifel, denkt er. Das ist ein und dieselbe Person. Er ruft seinen Auftraggeber an.

ACHTUNDZWANZIG

6 Tage später

Laguna Beach, am 13.10.2022, um 11.30 Uhr

Nick ist aus Virginia zurück. Er befährt die Canyon Road Richtung Laguna Beach. Zweimal in der Woche schwimmt er jeweils eine gute Stunde im Pazifik. Das ist besser als die Quälerei im Gym. Doreen ist das Schwimmen im offenen Meer zu riskant. Daher geht Nick immer dann zum Strand, wenn seine Freundin in der Kanzlei arbeitet. Meistens fährt er gegen 11 Uhr nach Laguna Beach und ist mittags schon wieder zurück. Manchmal besucht er noch einen Taco-Laden und eine Eisdiele. Heute will er seine übliche Runde drehen und dann ziemlich schnell wieder nach Hause fahren. Er will noch einiges für den Sender aufarbeiten. Das hat er zumindest vor. Im Meer formen sich dunkle Schatten, aber davon ahnt er nichts.

Vor wenigen Tagen landete Nick mit dem Flieger in Los Angeles. Doreen holte ihn mit ihrem Wagen am Flughafen ab. Für die Rückfahrt übernahm Nick das Steuer. Kaum waren sie auf der 405, erzählte er von seinen Erlebnissen. Seine Freundin fühlte sich bestätigt. Keine wirklich neuen und hilfreichen Erkenntnisse. Weder zu Forrestal noch zu dessen Geldquelle auf den Bermudas. Nichts im Gepäck, was auf eine Verbindung von Forrestal zur Korruptionssache Williams oder zu dem Mord an Jason hindeutet.

„Man muss die Fakten sehen, Liebling. Da ist nichts Zählbares dabei. Die Mörder von Jason wirst du so nicht finden“, sagte sie.

„Aber ein Freund von Forrestal ist auf die Bermudas geflogen.“

„Das meinst du nicht im Ernst, Nick. Viele Leute fliegen auf die Bermudas. Du wolltest die Frage klären, warum er Geld von den Bermudas bekommt. Und – hast du was entdeckt?“

„Nein.“

„Siehst du. Dass sein Bau lange stillgestanden hat und er dann wieder flüssig wurde, was heißt das? Es bringt dich nicht weiter. Vergiss das Ganze.“

„Vielleicht hast du recht. Bei Forrestal ist einiges mysteriös. Aber mehr werde ich wohl nicht herausfinden.“

„Das sehe ich auch so. Sieh es mal so: Der Scheck von den Bermudas ist reiner Zufall. Forrestal ist ein schlichter Mandant deiner neuen Anwaltsfreunde aus dem Steuerparadies.“

„Du meinst, ich habe es wieder vermasselt?“

„Gar nichts hast du vermasselt. Die Spur ist einfach nur kalt. Und du hast mir fest versprochen, dass du aufhörst, wenn in Richmond nichts herauskommt. Stehst du zu deinem Wort?“

„Glaubst du, dein Freund ist ein Wortbrecher? Aber sag mir: Ist es normal, dass in diesem Land Journalisten umgebracht werden und nichts passiert?“

„Nick, bist du da jetzt raus oder nicht?“

„Ja, endgültig. Das ist versprochen. Zufrieden?“

„Ich liebe dich.“

Doreen umarmte Nick, überhäufte ihn mit Küssen, so dass er fast mit einem Fahrzeug auf der Parallelspur kollidiert wäre.

„Für diese Leidenschaft hat sich der Verzicht schon gelohnt“, lachte er.

Verzicht, das Stichwort! Die Täter hätten es hören sollen. Aber das konnten sie nicht. Im SUV von Doreen hatte sie keine elektronischen Ohren.

Nick ist inzwischen in Laguna Beach angekommen. Langsam fährt er am Main Beach vorbei. Plakate kündigen an, dass der Senator Alan Brown heute Nachmittag eine Rede im Coachella Valley hält. Schade, denkt Nick, das ist zu weit, um schnell mal hinzufahren. Es hätte ihn interessiert, den Mann einmal live zu erleben. Nach allem, was er über ihn recherchiert hat. Sogar geträumt hat er schon von ihm. Er steuert seinen BMW in eine Seitenstraße und parkt ihn in der Nähe des Heisler Parks. Dann streift er sein weißes T-Shirt ab und schnallt den wasserdichten Gürtel um, in den er die Kartentasche und den Autoschlüssel steckt. Sein Handy legt er in das Handschuhfach. Auf seinen Flip-Flops geht er hinunter zum Picnic Beach. Von hier aus läuft er immer ins Wasser. Es ist viel ruhiger als am Main Beach, und man kann ungestört weit hinausschwimmen. Doreen bittet ihn ständig, mit dem Schwimmen im Meer aufzuhören. Aber den Gefallen kann er ihr nicht tun. Schließlich ist er ausgebildeter Rettungsschwimmer und weiß genau, wie man sich in brenzlichen Situationen verhalten muss.

Es sind nur wenige Badegäste am Picnic Strand. Auf den Gedanken, dass er beobachtet wird, kommt Nick nicht. Er versteckt die Flip-Flops unter einem Strauch. Dann geht er über den warmen Sand ins Meer. Das Wasser hat für die Jahreszeit noch eine angenehme Temperatur. Mit energischen Schwimmzügen entfernt er sich vom Ufer. Jetzt ist er mit sich und der Natur allein. In diesen Momenten fühlt er sich ganz klein. Er wünscht allen Politikern, vor allem den Despoten der Welt, dass sie einmal diese Erfahrung machen. Dass sie Demut vor der Natur bekommen und nicht glauben, sie seien der Mittelpunkt des Planeten. Nach einer Weile ist er gut sechshundert Meter vom Strand entfernt. Immer noch schwimmt er auf das Meer hinaus. Von unten spürt er kälteres Wasser. Das ist wohltuend. Man sagt, es sei gefährlich, wenn man von der Unterströmung erfasst und hinausgetrieben wird. Einige Male ist es so gewesen, aber er ist immer besonnen geblieben. Man muss schräg zur Strömung schwimmen und die Kontrolle behalten. Heute will er noch etwas weiter hinaus, sich dort etwas treiben lassen und dann umkehren. Er schaut zurück, sieht das bunte und hektische Treiben am Main Beach. Eine Dunsthaube liegt über dem Ort. Das Meer riecht nach Salz. Es ist windstill. Nick genießt diese Momente. Er hat das Gefühl, sich mit jedem Schwimmzug weiter von den banalen Dingen des Alltags zu lösen. Einige hundert Meter weiter schaukelt ein großes Motorboot.

Freunde warnen ihn oft vor Haien. Aber seit seiner Schulzeit schwimmt er hier, und noch nie hat er eine Hai-Attacke erlebt. Außerdem weiß er, wie man sich verhalten muss. Ruhig bleiben, nicht zappeln oder hastig die Flucht ergreifen. Alles tun, damit der Raubfisch nicht aufmerksam wird. Für einen Augenblick stutzt er. Täuscht er sich? Ein Widerstand am Fuß? Hier draußen? So weit weg vom Strand? Seine Blicke gehen nach unten, aber er kann nichts entdecken. Dann muss er sich getäuscht haben. Um neue Energie zu tanken, wechselt er vom Brustschwimmen zum Kraulen. Seine Gedanken schweifen zum Projekt „Hurricane“, zum Drei-Millionen-Scheck. Doreen hat recht. So wichtig es ist, dass der Mord an Jason gesühnt wird. Aber er ist nicht der Mann, den das Schicksal dazu berufen hat. Im Grunde kann er froh sein, dass die Täter ihn gewarnt haben. Sie halten ihn – im Gegensatz zu dem erfahrenen Jason – offenbar für ein Leichtgewicht, das schon mit einer einfachen Drohung abgeschreckt werden kann. Und da liegen sie ja nicht falsch.

Schon wieder etwas an seinem Bein. Diesmal an dem anderen. Einbildung? Nein, es gibt keinen Zweifel. Irgendetwas, irgendjemand zieht an seinen Füssen. Ein Hai? Der Ernstfall? Er pumpt seine Lunge voll mit Sauerstoff. So viel er aufnehmen kann. Dann taucht er ab, um zu schauen. Konzentriert und ruhig blickt er sich unter Wasser um. Dann der Schock! Er erkennt die Umrisse zweier dunkler Gestalten, die sich an seinen Füssen zu schaffen machen. Sie versuchen, ihn in die Tiefe zu ziehen. Lautlos, ohne Spuren.

Nick sammelt alle Kräfte und tritt nach unten. Ein gezielter Schlag gegen den Schädel einer der Taucher. Mit einer Wucht, dass dieser seinen rechten Fuß loslässt. Ein zweiter harter Tritt trifft den Unterleib des anderen, der seinen linken Knöchel fest umklammert. Wieder ein Treffer. Beide Beine sind frei. Mit dieser harten Gegenwehr haben die Angreifer nicht gerechnet. Nick spürt, dass er sich verletzt hat, aber das Adrenalin lässt ihn kaum Schmerzen empfinden. Nach einem kurzen Moment der Überraschung haben sich die Angreifer wieder gefangen. Erneut der Griff nach seinen Beinen. Nick bewegt sich so schnell er kann. Die Hände der Männer rutschen ab. Jetzt ist er oben, reckt den Kopf aus dem Wasser. Er zieht den Sauerstoff gierig und keuchend ein. Weg von hier, Richtung Ufer. Aber er ist im Nachteil. Die Schwimmer unter Wasser sind schneller. Noch einmal umklammern sie seine Beine. Wieder tritt Nick um sich, taucht ab, zwei Schläge gegen die Taucher. Diesmal rechnen sie mit seiner Gegenwehr, lassen nicht mehr los. Nick ahnt, dass er verloren ist. Panik erfasst ihn. Alles ist sein Fehler, sein verdammter Fehler! Er hätte auf Doreen hören müssen, auf Margret. Die Strafe für den Leichtsinn, die Neugier. Er hat mit dem Leben gespielt – und verloren. Seine Füße, gefangen in Schraubstöcken.

NEUNUNDZWANZIG

33 Jahre zurück

San Francisco, am 12.8.1989, um 16.00 Uhr

Der Ocean Beach war voller Menschen. Kinderstimmen, Kreischen, Lachen, dazwischen das rhythmische Schlagen der Brandung. In der Luft lag Strandgeruch: Salz, Sand und Sonnencreme. Einige von Alans und Johns Freunden spielten in der Nähe Volleyball. Die beiden selbst waren zu kraftlos, um sich zu beteiligen. Außerdem hatten sie einen schweren Kopf. Die Party am Vorabend hatte es gezeigt. Sie waren noch nicht wieder die Alten. Irgendwann waren sie eingeschlafen, so dass ihre Gäste alleine weitergefeiert hatten. Am Morgen war das Haus das reinste Schlachtfeld gewesen. Erst am späten Mittag hatten sie alle Spuren der Nacht beseitigt und die Räume wieder bewohnbar gemacht.

„Heute Abend müssen wir mit Ray sprechen", sagte Alan.

„Ray hat sich seltsam v-verhalten."

„Warum?"

„Er ist heute Nacht s-sofort nach oben in sein Zimmer gegangen, obwohl er bei dem Krach bestimmt nicht schlafen k-konnte."

„Das hat mit seinem Zustand zu tun."

„Heute m-morgen ist er zur Uni gefahren, das war noch nie der Fall. Meistens hat er den ganzen Tag im Haus gesessen."

„Bei dem Chaos blieb ihm nichts anders übrig als zu flüchten. Da lagen noch halbnackte Leute herum und haben gepennt."

„Irgendwie k-kommt mir das alles seltsam vor. Alan, denk daran, er hat uns nicht ein einziges Mal besucht."

„Der Junge ist krank, und da gelten ganz andere Maßstäbe, John."

Alan stand auf und lief zum Wasser, John hinterher. Sie warfen sich in die Brandung. Was für ein Gefühl! Davon hatten sie in den letzten Wochen geträumt. Nach und nach kamen auch die Volleyballspieler, die ihr Turnier beendet hatten. In den Wellen begannen die anderen eine wilde Rauferei, an der sich Alan und John zu ihrem Bedauern noch nicht beteiligen konnten. Johns geschultes Auge sah am Horizont eine Dreißig-Meter-Jacht. Bald würde er alle Buddies auf das eigene Boot einladen, dachte er. Aber sofort verbot er sich solche Gedanken. Man durfte sich nicht auf etwas freuen, was gleichzeitig den Tod des Freundes bedeutete. Seltsam, dachte John, dass Alan offenbar anders darüber dachte.

Als Ray gegen 19 Uhr mit dem Fahrrad vom Campus kam, saßen Alan und John auf der Terrasse des Hauses. Alan stand auf, ging in die Küche und holte drei Flaschen Anchor Steam aus dem Kühlschrank.

„Ray, was ist los mit dir?", fragte Alan.

„Was meinst du, Alan?"

„Du kommst zu nachtschlafender Zeit von der Uni. Um diese Zeit sitzen da nur noch angehende Nobelpreisträger."

„Ihr habt euch ja in letzter Zeit ziemlich rar gemacht. Da musste ich mich ja beschäftigen."

Die drei lachten. Ray stieß mit seiner Flasche gegen die von

Alan und John. Er war viel besser drauf als vor dem Unfall. Gut gelaunt, voller Energie.

„Ich wusste schon, Jungs, weshalb ich nach San Diego nicht mitgekommen bin."

„Mit d-dir wäre das nicht passiert, Ray."

„Wie geht es dir denn so, Ray?", fragte Alan.

„Ich freue mich, dass ihr wieder da seid. Ihr müsst entschuldigen, dass ich nicht ins Krankenhaus gekommen bin. Aber ich habe mich mit dem Studium etwas abgelenkt, und abends war ich immer zu müde. Dann habe ich gehört, dass es euch besser geht, und ich wusste, dass ihr bald wieder hier sein werdet."

„Ray, ich meine etwas anderes. Du weißt doch, wovon ich rede."

„Du meinst meine Psyche? Zum Glück geht es mir deutlich besser."

„D-das ist ja eine t-tolle Nachricht", rief John.

Er strahlte. Seine Emotionen waren echt. Alan verzog keine Miene. Ohne auf die Worte von Ray einzugehen, sprach er sein Thema an.

„Ray", sagte Alan. „John und ich wollten etwas mit dir besprechen. Wir hatten in den letzten Wochen ja viel Zeit, über deinen Vorschlag nachzudenken. Um es kurz zu machen: Wir möchten dir sagen, dass wir grundsätzlich mit deinem Plan einverstanden sind. Natürlich haben wir noch eine Menge Fragen, aber helfen möchten wir dir auf jeden Fall. Stimmt's John?"

Ein kurzes, schnelles Nicken von John. Alan beobachtete das Mienenspiel von Ray. In seinem Gesicht sah er keine Regung. Sonderbar, dachte Alan. Eigentlich müsste man ihm die Erleichterung doch ansehen. Eine Weile sprach niemand. Dann antwortete Ray.

„Jungs, ich freue mich, dass ihr Verständnis für mich habt. Aber ich habe mir in letzter Zeit auch Gedanken gemacht. Ich finde, dass man Freundschaften nicht ausnutzen sollte. Die eigenen Probleme muss man ganz alleine lösen. Und dann noch etwas: Ich merke, dass es mir besser geht und ich die Dinge ohne fremde Hilfe regeln kann. Die Entschädigungen werde ich wohl selbst in die Hand nehmen. Also sollten wir alles vergessen. Es war keine so gute Idee von mir, und das ist mir zum Glück rechtzeitig klar geworden. Nicht zuletzt durch eure Reaktion an dem Abend. Schwamm drüber! Meinen Treuhänder habe ich letzte Woche schon informiert. Das Ganze hat sich erledigt. Depressionen kommen, und zum Glück gehen sie manchmal auch wieder! Entschuldigt bitte, dass ich euch mit meinen Sorgen überhaupt behelligt habe. Ihr habt ja genug mit euch selbst zu tun gehabt."

John strahlte und nahm Ray in den Arm.

„Das ist die b-beste Nachricht überhaupt", sagte er.

Auch Alan erhob sich und drückte Ray.

„So gefällst du uns! Ich wusste immer, dass du das wieder hinkriegst."

Es wurde noch ein langer Abend. Mit reichlich Bier, vielen witzigen Geschichten und allem, was man sich unter Freunden zu vorgerückter Stunde gerne mitteilt. Doch Alan, sonst immer tonangebend, war wesentlich stiller als sonst. Ray und John waren zu abgelenkt, um es zu bemerken.

DREISSIG

33 Jahre später

Laguna Beach, am 13.10.2022, um 12.21 Uhr

Ihm bleiben nur noch Sekunden. Er kann den Mund nicht länger geschlossen halten. Die Bewegungen sind schon verlangsamt. Bilder blitzen vor seinen Augen. Er sieht die Eltern, die lange tot sind, und Doreen. Das Ziehen der Taucher ist fest und unerbittlich. Aus der Theorie kennt er den Ablauf: Wenn er den Mund öffnet und Wasser schluckt, kommt die Ohnmacht. Wenige Minuten später der Tod. Nick schließt die Augen und will sich in das Unvermeidliche fügen.

Ist das schon der erste Teil des Sterbevorgangs? Er spürt kein Ziehen mehr an den Füssen. Verliert er die Kontrolle über den Körper? Noch einmal reißt er die Augen auf. Seine Wahrnehmung ist getrübt. Die Taucher sind verschwunden. Nein, sie sind noch da, aber einige Meter entfernt. In ihrer Mitte sieht er undeutlich etwas Helles. Die beiden Gestalten rudern mit den Armen. Das Wasser ist an einigen Stellen dunkel. Seine Beine sind frei.

Mit einem Schlag ist der Überlebenswille zurück. Die unerwartete Chance muss er nutzen. Er benötigt vier, fünf Sekunden, um wieder aufzutauchen. Das durchzuhalten – ohne zu atmen –, ist nahezu unmöglich. Aber Nick ist ein guter Schwimmer, und jetzt ist sein Wille unbändig. Mit allerletzter Kraft erreicht er die Oberfläche. Endlich Luft! Keuchend zieht er den Sauerstoff in seine Lunge. Das Gefühl ist unbeschreiblich. Sofort beginnt Nick, in Richtung Strand zu schwimmen. So schnell er kann. Er weiß, dass die Taucher ihn jederzeit wieder einholen können. Doch diesmal verfolgen sie ihn nicht. Wie mechanisch macht er seine Schwimmzüge, während seine Gedanken noch rasen. Aber sein Körper weiß, was er zu tun hat. Schnell das Ufer erreichen. Mit kraftvollen, gleichmäßigen Bewegungen. Jetzt spürt er die Verletzung am Fuß. Ein Blick nach hinten. Das Motorboot ist nähergekommen. Es ist an der Stelle, an der die Taucher ihn erwischt haben. Wird man ihn einfangen? Nick steigert das Tempo. Wieder schaut er zurück. Das Boot bleibt, wo es ist.

Er versucht, das Erlebte zu verstehen. Kein Zweifel. Ein Hai muss ihm zu Hilfe gekommen sein. Angelockt durch die dunklen Taucheranzüge, durch den Kampf unter Wasser. Vermutlich glaubte der Raubfisch, Robben zu sehen. Die dunkle Färbung des Wassers war Blut. Nick kann es nicht fassen. Sein Lebensretter war ein Hai! Noch einmal blickt er nach hinten. Das Boot ist kleiner geworden. Die größte Gefahr scheint vorüber.

Zügig schwimmt er zum Picnic Beach zurück. Kaum Menschen dort. Er setzt sich in den Sand, fühlt Schmerzen, alles zittert, die Muskeln brennen. Offenbar hat er sich bei seinem Fußtritt eine Zerrung zugezogen. Gemessen an dem Schicksal, das ihm gerade noch gedroht hat, eine Bagatelle. Das Boot ist nur noch ein kleiner Punkt am Horizont. Langsam ordnen sich seine Gedanken. Die Täter, wer auch immer sie sein mögen, haben ihre Drohung wahr gemacht. Offenbar hat man ihn in Virginia beobachtet und will ihn beseitigen. Mit einer Brutalität und Perfektion, die ihn schaudern lässt. Wie ein Schwimmunfall hätte alles aussehen sollen. Vielleicht wollte man auch eine Hai-Attacke vortäuschen. Dann hätte man nach wenigen Tagen seine Leiche gefunden, möglicherweise zerstückelt. Nick malt sich die Schlagzeile aus. Hai tötet Schwimmer vor Laguna Beach! Die Leute reden ein paar Tage darüber und vergessen es wieder. Ein perfekter Mord. Wie bei Jason. Nur dass die Täter diesmal keinen Erfolg hatten.

Für Nick steht fest, dass Forrestal in die Sache verwickelt ist. Man will um jeden Preis weitere Nachforschungen in seinem Umfeld verhindern. Und das, obwohl der Mann zurzeit gar nichts mehr sagen kann. Die Täter werden nicht aufgeben. Sein Leben ist in höchster Gefahr, hängt nur noch am seidenen Faden. Er sitzt im Sand und schaut in den wolkenlosen Himmel. Ein Flugzeug fliegt nach Süden. Erschöpft lässt er sich auf den Rücken fallen. Das monotone Rauschen der Wellen beruhigt ihn. Etwa eine halbe Stunde bleibt er so liegen. Als sich die Verletzung am Fuß bemerkbar macht, richtet er sich wieder auf und betrachtet die Schwellung. Ein ängstlicher Blick auf die anderen Badegäste. Ist ein Mörder unter ihnen? Nein, so sehen sie nicht aus. Familien mit ihren Kindern. Nick holt seine Flip-Flops und geht den Pfad zum Heisler Park hinauf. Als er den Wagen aufgeschlossen hat, greift er zu seinem Handy. Zwei Anrufe von Doreen. Einer vom Sender. Er wählt die Nummer von Doreen.

„Nick, wo warst du?"

„Am Strand, Liebling. Ich habe gechillt."

„Du weißt, dass ich es hasse, wenn du im Meer schwimmst. Ich mache mir ständig Sorgen. Es kann so viel passieren."

„Da hast du recht."

„Mach bitte Schluss damit. Mir zuliebe."

„Das werde ich auch. Wann sehen wir uns? Ich muss dir etwas erzählen."

„Was Schönes, was Schlechtes?"

„Von beidem etwas. Sogar eine Menge."

„Du machst mich neugierig. Dann komme ich in einer Stunde."

„Was hältst du davon, wenn wir uns im Flamingo treffen? Ich habe einen Mordshunger."

„Okay, ich bin um 6 Uhr da."

„Ich liebe dich."

„Ich dich noch mehr."

Nick zwingt sich zur Ruhe, macht noch ein paar Besorgungen. Als er schließlich das mexikanische Restaurant in Laguna Hills erreicht, sitzt Doreen an ihrem Lieblingsplatz, spricht mit der Inhaberin. Er nimmt sie in den Arm und gibt ihr einen Kuss. Die Chefin geht. Doreen setzt die Sonnenbrille ab.

„Was ist das Schöne, von dem du berichten willst?"

„Dass wir uns hier sehen", sagt er.

„Der Meinung bin ich auch, Liebling, aber offen gestanden, nach deiner Vorankündigung hätte ich schon etwas mehr erwartet."

„Ich meine das wirklich ernst."

Nick erzählt Doreen alles. Sie ist fassungslos. Als er seinen Bericht beendet hat, steht sie auf und umarmt ihn. Minutenlang hält sie ihn fest und drückt ihn. Tränen fließen über ihr Gesicht. Sie hat ihm Unrecht getan. Alle Zweifel, die sie bisher an seinen Theorien hatte, sind mit einem Schlag verschwunden. Nick legt seinen Kopf zur Seite.

„Was sollen wir tun, Liebes? Ich habe wahnsinnige Angst."

„Morgen früh gehst du wegen deines Fußes zum Arzt. Einen Invaliden im Haus können wir nicht gebrauchen. Und ich mache danach einen Termin beim FBI in Los Angeles. Sie haben dort eine Außenstelle."

„Werden die uns nicht für Spinner halten? Außer einem geschwollenen Fuß haben wir doch keine Beweise."

„Das stimmt. Aber ich bin Anwältin, und du bist in Orange County nicht ganz unbekannt. Also werden sie uns anhören. Sie werden ein Protokoll machen. Dann sind die Vorgänge erst einmal aktenkundig. Wer weiß, was noch alles passiert. Nick, du bist in Lebensgefahr. Wir brauchen Hilfe."

Nick bewundert Doreen. Sie ist pragmatisch und weiß immer, was zu tun ist. Hätte er nur auf ihre Warnungen gehört. Während er noch in Gedanken ist, telefoniert sie bereits mit dem Field Office des FBI.

„Der Termin steht", sagt sie. „Morgen um 11 Uhr bei einem Agenten Davis. Am Wilshire Blvd. in Los Angeles. Vorher besorge ich dir noch einen Termin beim Orthopäden."

Die Kellnerin bringt die Tacos. Nick stürzt sich mit Heißhunger darauf. Doreen beobachtet ihn. Warum hat sie nicht viel energischer dieses verdammte Räuber- und Gendarm-Spiel unterbunden? Dann wäre nichts passiert. Aber es hilft nichts. Jetzt ist die Situation da, und sie müssen einen kühlen Kopf behalten. Zärtlich legt sie ihre Hand auf Nicks Arm.

„Liebling, wir schaffen das", sagt sie leise, aber bestimmt.

Für einen kurzen Moment fühlt sich Nick besser.

EINUNDDREISSIG

Derselbe Tag

Coachella Valley, am 13.10.2022, um 15.00 Uhr

Knapp sechstausend Menschen haben sich auf dem Gelände des Empire Polo Club im Coachella Valley eingefunden. Die Sonne steht hoch am Himmel, das Licht flimmert. Alle erwarten den Wahlkampfauftritt von Alan Brown, Senator, Frauenschwarm, wahrscheinlich bald Vizepräsident. Busse aus ganz Südkalifornien stehen in der Parkzone. Die Luft vibriert vor Energie, durchsetzt mit dem dumpfen Wummern der Lautsprecher. Eigentlich haben die Organisatoren auf mehr Besucher gehofft. Aber ihre Enttäuschung hält sich in Grenzen. Für sie ist es am wichtigsten, dass der Redner vor einer gut besetzten Tribüne spricht. Das ist für die Fernsehbilder entscheidend.

Vom internationalen Flughafen Palm Springs nähert sich die Wagenkolonne des Senators. Fünf große Fahrzeuge, die von Polizisten auf Motorrädern eskortiert werden. Schwarze Autos, verdunkelte Scheiben. Vorne und hinten Geländewagen, in denen die Leute vom Secret Service sitzen. Zwei Limousinen befördern enthusiastische, junge Mitarbeiter aus dem Wahlkampfteam. In der Mitte der Kolonne fährt ein riesiger, gepanzerter Chevrolet, im klimatisierten Innenraum sitzt der Senator. Das dunkle Sakko seines Anzuges hat er abgelegt, die Beine lässig ausgestreckt, in der Hand eine Dose Cola Zero, neben ihm seine Assistentin. Sie nennt ihm die Namen der örtlichen Funktionäre, die er begrüßen und in seiner Rede erwähnen muss.

Die Kandidatur macht ihm immer mehr Spaß. Kein Vergleich zum Job als Senator. Da muss er sich durch dicke Akten fressen. Das hat ihm noch nie gelegen und wird bald nicht mehr nötig sein. Als Vize wird er an Entscheidungen mitwirken, die die Welt bewegen. Auch zu Kathleen Immelman wird er ein gutes Verhältnis aufbauen. Im Moment ist sie noch reserviert, weil sie jemand anderen für die Position gewollt hatte. Aber das wird sich legen, da ist er sicher. Bisher konnte er noch jeden und jede für sich gewinnen. Warum nicht auch die angehende Präsidentin? Furcht oder Unsicherheit kennt er nicht. Bis auf eine einzige Ausnahme, aber die verdrängt er. So gut es geht.

Das Amt wird ihm Positives bringen. Nur seine Affären könnten schwieriger werden. Der Terminkalender wird randvoll sein, und er wird ständig unter Beobachtung stehen. Dennoch: Er braucht den Sex, den Kitzel. Mit Emily führt er nur noch eine Zweckehe. Die nötigen Freiräume als Vize wird er sich einfach nehmen. Sogar Kennedy hat das geschafft! Und der war Präsident! Schon ein paarmal wurde er als neuer JFK von der Westküste bezeichnet.

Zum Glück hat sich im Wahlkampf keine seiner Frauen öffentlich zu Wort gemeldet. Das hatte er befürchtet. Nicht immer hat er sich ganz fair von den Damen getrennt. Da liegt die übliche Skandaltrilogie nicht fern: Vorwurf des sexuellen Übergriffs, Presse, Schweigegeld. Vor ein paar Monaten hatte er für einen Moment gedacht, jetzt sei es passiert. Eine Anruferin mit einem geheimnisvollen Thema hatte sich gemeldet, um ihn zu treffen. Aber weit gefehlt. Sie war die Tochter von Ray Raszinsky. Er kann es immer noch nicht glauben. Nach über dreißig Jahren die Auflösung. Ray hatte damals eine Freundin, eine heimliche Romanze. Jetzt ist ihm alles klar: Der Grund für Rays plötzliche Verwandlung waren Hormone. Eigentlich ist es so naheliegend. Warum ist er nicht schon damals darauf gekommen? Probleme hat die junge Frau nicht gemacht. Sie wollte nur etwas mehr über ihren Vater erfahren. Den Gefallen hat er ihr gern getan. John wollte sie auch noch treffen. Das hat der jedenfalls am Telefon gesagt. Seltsam, dass er seitdem nichts mehr gehört hat. Normalerweise hätte sein alter Buddy berichten müssen. Aber damit kann Alan sich im Moment nicht beschäftigen. Er braucht seinen Kopf für wichtigere Themen.

Die Kolonne hat den Empire Club erreicht. Die Menschen winken den Fahrzeugen zu. An das Bad in der Menge hat Alan sich schnell gewöhnt. Er bindet seine Krawatte. Mit dem Kamm richtet er das blonde Haar. Die Assistentin flüstert ihm noch einmal die Namen der Frauen und Männer, die er gleich wie uralte Freunde begrüßen wird. Dann wird die Tür des Wagens geöffnet. Von allen Seiten hört er Beifall und Rufe. Alan knipst sein strahlendstes Lächeln an und winkt den Leuten zu. Er schüttelt den lokalen Parteigrößen die Hand. Die Abläufe und Gesten hat er schon seit Wochen drauf, sie laufen automatisch ab. Immer mit beiden Händen zupacken oder – noch besser – eine Hand auf die Schulter des Gegenübers legen. Auf dem Weg zur Bühne mit dem Finger auf eine willkürlich ausgesuchte Person im Publikum zeigen. Dabei herzhaft lachen und so tun, als ob er statt eines Unbekannten gerade einen alten Kumpel in der Menge entdeckt. Das klappt immer und wirkt volksnah.

Alan wird auf die Bühne geleitet. Auch als Redner ist er souveräner geworden. Das Gerüst seiner Ansprache steht. Zunächst beginnt er mit dem Loblied auf die Region. Dort wo er gerade seine Rede hält, ist es immer am schönsten. Die Menschen sind wunderbar. Dann die einstudierte Hymne auf Kathleen Immelman, danach Amerikas Größe beschwören. Schließlich das Programm skizzieren: Steuern runter, die Wirtschaft stärken. Den Chinesen zeigen, wo der Hammer hängt. Die illegale Einwanderung stoppen, die Kriminalität bekämpfen, das Gesundheitssystem wieder richten. Mittlerweile beherrscht er die ganze Litanei. Niemals zu ausführlich werden. Wichtig ist der ständige Hinweis, dass er um die Sorgen der Menschen weiß. Die Reden törnen ihn an. Er wird immer besser. Auch hier in Coachella. Leute, die ihn vor wenigen Monaten noch gar nicht gekannt haben, jubeln ihm zu.

Etwa zwanzig Meter vor den Gittern zur Bühne stehen zwei Männer. Ihre Mienen sind ernst. Sie beobachten alles sehr genau. Einer spricht in sein Smartphone.

„Alles okay", sagt er. „Brown macht eine gute Show!"

ZWEIUNDDREISSIG

Der nächste Tag

Los Angeles, am 14.10.2022, um 11.10 Uhr

Das Wilshire Federal Building ist ein weißes, steril wirkendes Gebäude. Neunzehn Stockwerke hoch. Es sieht aus wie ein großes Krankenhaus. Jede Menge Bundesbehörden sind hier untergebracht. Auch das FBI mit einem Field Office. Nick steuert seinen BMW auf den Besucherparkplatz des Areals. Am frühen Morgen war er noch beim Orthopäden, der eine leichte Bänderdehnung festgestellt und ein Attest ausgestellt hat. Nick und Doreen betreten das Gebäude. Sie durchlaufen die Kontrollen und steigen in den Aufzug. Der FBI-Agent Christopher Davis arbeitet in der siebzehnten Etage. Am Telefon war er äußerst kooperativ. Doreen hat ihm gesagt, dass sie Anwältin sei. Sie und ihr Freund wollten Anzeige erstatten. Davis hat die Zuständigkeit des FBI angesprochen. Es müsse sich um ein Verbrechen mit nationalem Bezug handeln. Die Frage hat Doreen mit Nachdruck bejaht. Ein versuchter Mord in Kalifornien, eine Todes-Drohung auf den Bermudas und eine Bespitzelung in Virginia. Außerdem der Verdacht, dass ein Senatorensitz im Kongress gekauft wurde. Das müsse doch wohl reichen, um sich an das FBI wenden zu können. Wow, hat der Agent nach einer Pause gesagt und ihr sofort den Termin in Los Angeles angeboten.

Doreen und Nick werden von einer Mitarbeiterin durch das Großraumbüro geführt. Die Luft ist schlecht. Auf den Fluren stehen Beamte in Gruppen zusammen. Andere sitzen konzentriert vor ihren Rechnern. Doreen spürt die Männerblicke. Ihre Textilien scheinen von ihrem Körper zu fallen. Agenten sind kein bisschen besser als die Typen auf der Straße, denkt sie. Die Besprechungsräume liegen am anderen Ende der Etage und sind durch große Fenster einsehbar. In einem davon warten sie auf Davis. Nach kurzer Zeit erscheint der schwarze Agent in Begleitung einer jungen Frau, die er als seine Assistentin vorstellt. Der Mann ist um die vierzig und hat ein offenes, sympathisches Gesicht. Das Hemd spannt etwas am Bauch. Der kahle Schädel glänzt ein wenig. Beide sehen überhaupt nicht wie FBI-Leute aus, denkt Nick. Eher wie freundliche Verkäufer in seinem Gartencenter. Doreen präsentiert ihren Anwaltsausweis. Kurze Erläuterungen zu ihrer und Nicks Person.

„Wenn Sie Nick Garcia sind, dann kenne ich Sie“, sagt Davis. „Ich wohne in Costa Mesa und verpasse kaum eine Ihrer Sendungen.“

„Ich wusste gar nicht, dass ich vom FBI abgehört werde.“

„Auch Agenten haben ein Privatleben, Mr. Garcia. Meine Frau hört Sie genauso gerne. Für sie müssen Sie mir gleich noch ein Autogramm geben.“

„Das mache ich gerne. Ich bin dann wohl der Einzige, der keinen Fingerabdruck, sondern ein Autogramm hierlässt.“

„Sagen Sie das nicht, Mr. Garcia. Es waren schon einige berühmte Leute aus Hollywood hier.“

Davis wird ernst.

„Ms. Cunningham, Mr. Garcia, was genau haben Sie erlebt? Bitte schildern Sie es uns.“

Doreen berichtet von ihrer eigenen Geschichte mit Ray Raszinsky, von ihren Treffen mit Brown und Forrestal. Dann erzählt sie von Parkers Projekt „Hurricane“, von seinem mysteriösen Tod und von den Reisen ihres Freundes. Den Zettel mit der verschwundenen Drohung legt sie auf den Tisch. Nick überlässt Doreen das Reden. Als Juristin weiß sie besser, was für die Agenten wichtig ist. Davis ist beeindruckt. Sie bringt die Dinge auf den Punkt. Als es um den Taucherangriff geht, übergibt Doreen das Wort an Nick. Er kann den Vorfall eindrücklicher schildern. Die Beamten hören Nick gebannt zu. Als er geendet hat, schütteln beide ungläubig den Kopf.

„Mr. Garcia, was Sie erlebt haben, ist schier unglaublich. Da sagt man immer, dass Delfine Lebensretter sind, und tut dem Weißen Hai offenbar Unrecht.“

Davis steht auf und stellt sich für einen Moment schweigend vor das Fenster zum weitläufigen Büro. Dann wendet er sich wieder den Besuchern zu.

„Ich kannte Parker. Wir vom FBI haben ihn von Zeit zu Zeit befragt. Er war ein kluger Mann. Eigentlich lag er immer richtig. Sagen Sie, was hat er über die Korruption herausgefunden? Hat er etwas Belastbares ermittelt?“

„Er stand am Anfang seiner Recherchen“, sagt Nick. „Alles, was er bereits herausgefunden hatte, hat mir seine Frau gegeben. Ich kann es Ihnen überlassen.“

„Mr. Garcia, das hilft mir nur, wenn er handfeste Beweise für die Korruption hatte. Und die fehlen offenbar, oder?“

„Ja, Sir.“

Davis setzt sich wieder. Er legt seine Hände auf den Tisch und faltet sie. Dann schaut er seine Besucher an.

„Wenn ich zusammenfasse, dann stelle ich fest: Erstens ein Korruptionsvorwurf gegen den amtierenden Gouverneur und möglicherweise künftigen Vizepräsidenten. Zweitens ein Mordanschlag im offenen Meer, der von einem Weißen Hai als Polizist vereitelt wird. Beweise: ein Zettel, auf dem nichts mehr steht. Ein Attest über eine Bänderdehnung. Und ein Familienfoto des Gouverneurs. Das Ganze nicht etwa von ein paar Spinnern berichtet, sondern von glaubwürdigen Zeugen. Auch für uns ist das keine normale Kost."

Er lacht kurz auf, wird dann aber sofort wieder ernst.

„Der Vorwurf hat Sprengkraft. Aber er kann, wenn ich es richtig sehe, nicht belegt werden."

„Ist der Mordversuch an mir kein Beleg?", fragt Nick.

„Für Sie ja, aber nicht für eine Jury, Mr. Garcia. Clevere Anwälte finden dafür Tausend Gründe, die nichts mit dem Gouverneur oder mit Brown zu tun haben. Nein, der Beweis muss mit harten Fakten geführt werden. Und da wird es dünn. Bei allem Respekt. Wie soll ich mit diesen Fakten gegen den Gouverneur oder den künftigen zweiten Mann des Landes eine Ermittlung starten? Ich würde mein eigenes Grab schaufeln."

„Officer, das verstehen wir", sagt Doreen. „Aber man hat gestern versucht, meinen Freund umzubringen. Deshalb sind wir hier. Nick ist in akuter Lebensgefahr. Da muss uns doch geholfen werden. Die Täter werden weitermachen."

Davis nickt.

„Der Mordversuch ist ganz anders zu sehen als die Korruption. Da haben wir Ihre klare Aussage, Mr. Garcia. Meine Kollegin wird dazu gleich ein förmliches Protokoll aufnehmen. Lassen Sie Ihr ärztliches Attest bitte hier. Wir müssen dann prüfen, ob wir oder ob die Kollegen der kalifornischen Polizei zuständig sind. Aber falls wir das Verfahren führen, werden wir hier selbstverständlich Ermittlungen einleiten. Da aufgrund Ihrer Aussage eine unmittelbare Gefahr für Leib und Leben besteht, können wir auch Überwachungsmaßnahmen anordnen."

„Welcher Art wären die?“, fragt Doreen.

„Wir können regelmäßig eine Streife durch Ihre Wohnstraße fahren lassen. Ihr Haus und Ihre Autos können auf Abhörgeräte untersucht werden.“

„Das würde uns schon einmal helfen, Mr. Davis“, sagt Doreen. „Haben Sie auch privat ein paar Tipps für uns? Wie sollen wir uns verhalten?“

„Ändern Sie Ihre Gewohnheiten. Fahren Sie nicht auf derselben Route zur Arbeit. Vermeiden Sie es, in der Öffentlichkeit alleine zu sein. Telefonieren Sie am besten nur mit einer Prepaid-Karte.“

„Danke, Mr. Davis“, erwiderte Doreen. „Darf ich Sie noch etwas fragen?“

„Das dürfen Sie, Ms. Cunningham. Dafür sind Sie ja hier.“

„Wie sehen Sie die Sache mit Jason? Die Taucher-Attacke auf meinen Freund, die Drohung auf den Bermudas. Das alles ist doch zumindest ein Indiz dafür, dass diese Leute auch Jason auf dem Gewissen haben. Können Sie da keine neuen Ermittlungen aufnehmen?“

„Ganz offen gesagt, sehe ich da keine Möglichkeiten. Erstens waren die Kollegen von der kalifornischen Polizei mit der Untersuchung befasst. Und die haben nichts festgestellt. Und zweitens können wir nur dann ermitteln, wenn wir einen nationalen Zusammenhang sehen.“

„Welchen?“

„Na ja, Sie haben es selbst gesagt. Wir müssen Beweise dafür haben, dass Jason wegen seiner Recherchen über den Gouverneur beseitigt wurde. Weil der Kauf eines Senatorensitzes vertuscht werden sollte. Dann wären wir für Parker zuständig. Sonst nicht.“

„Wann hören wir von Ihnen etwas wegen unserer Bewachung, Mr. Davis?“

„Es kann ein paar Tage dauern. Ich muss die Sache intern besprechen. Dafür ist Ihr Protokoll ganz wichtig, Mr. Garcia."

„Verstehe."

„Ich lasse Sie jetzt mit meiner Kollegin allein. Ihr Autogramm bitte!"

Davis lächelt und reicht Nick ein leeres Blatt.

„Meine Frau heißt Michelle."

Nick schreibt: „Für Michelle, nächste Sendung mit Mr. Wolff, Hotel Del/San Diego, bitte nicht versäumen." Dann unterschreibt er das Papier und gibt es Davis zurück. Der reicht ihnen seine Karte mit einer Handynummer.

„Passen Sie gut auf sich auf. Sobald Ihnen etwas verdächtig vorkommt, rufen Sie mich unter dieser Nummer an. Ganz gleich, um welche Uhrzeit. Versprechen Sie mir das!"

„Ja, Sir", sagen beide. Fast im selben Moment.

DREIUNDDREISSIG

Derselbe Tag

Malibu, am 14.10.2022, um 14.00 Uhr

„So nett die auch sein mögen, Nick. Richtig helfen kann uns das FBI auch nicht. Sie reden dauernd nur über Zuständigkeiten. Davon haben wir nichts."

Nick schaut Doreen sorgenvoll an. Er klappert mit seinem Unterkiefer. Zärtlich nimmt er die Hand seiner Freundin und streichelt sie. Nach dem Termin bei FBI sind sie spontan zum Duke's gefahren. In dem beliebten Restaurant in Malibu haben sie noch einen Tisch bekommen. Durch ein raumhohes Fenster sehen sie auf den Pazifik. Ein kräftiger Wind geht über das Wasser, starke Wellen bäumen sich auf. Das Lokal ist für seine Meeresfrüchte bekannt. Neben den Touristen kommen auch viele Gäste aus Los Angeles. Nick hat wegen seines frühen Arzttermins nicht gefrühstückt. Er hat einen Mordshunger. Trotz des traumhaften Blicks auf das Meer sind beide niedergeschlagen. Nick hat Angst, Doreen Sorgen.

„Ich hätte auf dich hören müssen. Doreen. Und auch auf Margret, ihr habt mich beide gewarnt."

„Margret sollten wir übrigens informieren, Nick. Sie muss wissen, dass ihr Mann umgebracht wurde."

„Das war ihr vom ersten Moment an klar, Liebes.“

Doreen nippt an ihrem Früchte-Cocktail. Ein Gast am Nebentisch starrt sie an. Offenbar ein Tourist, der glaubt, endlich einen der in Malibu lebenden Movie-Stars entdeckt zu haben. Sie ignoriert seine Blicke.

„Nick, lass uns an die Sache mal logisch herangehen. Diese Leute überwachen dich oder auch uns beide. Es ist ihnen bekannt, dass du dort ständig schwimmst. Mit einem Boot und mit Tauchern sind sie im passenden Moment am richtigen Ort. Daraus kann man schließen: Ihr Überwachungssystem ist perfekt. Und sie verfügen über ein großes Budget.“

„Das FBI wäre gut beraten, wenn sie dich einstellen würden. Das kommt mir alles so unwirklich vor. Wie ein Blockbuster über Geheimdienste.“

„Ist aber leider die Realität, Nick, der wir uns stellen müssen. Überleg mal weiter. Die Leute glauben, dass du die Arbeit von Jason fortsetzen willst. Gewarnt haben sie dich, weil sie gemeint haben, du bist Amateur und lässt dich einschüchtern.“

„Vielleicht wollten sie Kosten sparen“, sagt Nick. „Killer dürften teuer sein.“

„Ich weiß nicht, die haben genug Kohle. Aber was hat sie dazu gebracht, ihre Drohung wahr zu machen? Es war dein Ausflug nach Virginia.“

„Doreen, was habe ich denn Besonderes entdeckt?“

„Für diese Typen hat dein Besuch dort gereicht.“

„Wirklich? Ich habe mit einem skurrilen Rentner über vergangene Zeiten gesprochen. Mit einem Chauffeur, der die Treppe raufgefallen ist und einen vornehmen Golfclub managt. Und mit dem Hausdrachen von Forrestal, der Feuer gespuckt hat. Alles kein Grund, dass ich zu Fischfutter gemacht werde.“

„Darauf kommt es denen nicht an, Nick. Diese Leute wollen

etwas verbergen. Es ist nicht wichtig, was du weißt, sondern was du wissen könntest. Sie beseitigen Menschen nicht aus Rache, sondern weil sie ihnen gefährlich werden können."

„Ja, so sieht es wohl aus. Sie tun alles, um eine Recherche von Jason oder von mir zu verhindern."

„Ich denke, dass sie irgendein großes Ziel verfolgen, das nicht gefährdet werden darf. Mach dir mal klar, Nick, dass Brown, wie es aussieht, jetzt Vizepräsident wird."

„Meinst du doch, dass er dahintersteckt?"

„Ich glaube es zwar immer noch nicht, aber alles ist denkbar."

„Das würde ja bedeuten, dass ein Politiker jemanden umbringen lässt, um ins Amt zu kommen."

„Auf dieser Welt ist alles möglich, Liebling."

Zwei Männer haben das Restaurant betreten. Ein Service-Mitarbeiter geleitet sie an einen Tisch in der Nähe des Fensters. Sie sehen aus wie Mafiosi. Kaum haben sie sich gesetzt, richten sie ihren Blick auf Doreen und Nick. Dem rast der Schreck in die Glieder.

„Siehst du die Typen da drüben? Meinst du, sie beschatten uns?", fragt er ängstlich.

„Keine Sorge, die schauen nur mich an. Das spürt man als Frau. Außerdem wird die Bande uns mit Sicherheit viel diskreter observieren. Davon merken wir nichts."

„Ich habe wirklich Angst, Doreen. Was sollen wir machen?"

„Nick, ab jetzt ist es eine Verfolgungsjagd. Wir müssen sie annehmen und cleverer sein."

„Aber wie?"

„Ich werde erst einmal aufschreiben, wie wir unseren Alltag ändern. Auf keinen Fall dürfen wir über das Thema zu Hause sprechen. Wer weiß, ob sie uns nicht schon lange dort abhören. Auch am Telefon sollten wir dazu nichts mehr sagen."

„Das alles ist gruselig."

Nick bläst seine Backen auf, presst die Lippen zusammen und schüttelt mehrfach den Kopf.

„Wir lassen uns nicht fertigmachen", sagt Doreen. „Mein Kampfgeist ist geweckt."

Nick schaut seine Freundin an. Wie sie das wegsteckt! Hätte er doch etwas von ihrem Nervenkostüm! Seine Laune verbessert sich, als der Kellner den Teller mit Fish-Tacos serviert. Wenn Doreen kämpfen will, will er das auch.

VIERUNDDREISSIG

Der nächste Tag

Nördlich des Lake Cachuma, am 15.10.2022, um 13.00 Uhr

„Hai-Attacke? Kommen Sie mir nicht mit so einem verdammten Unsinn. Und wenn, erwarte ich einen Plan B."

Die Stimme des Chefs ist genauso frostig wie sein Blick.

„Ein Hai-Angriff ist ein extrem seltenes Ereignis. Damit kann man wirklich nicht rechnen."

„Bullshit, auch seltene Ereignisse muss man einplanen. Also lassen Sie den jungen Mann beseitigen. Ich erwarte Vollzug spätestens in einer Woche."

„Okay, Boss."

Der Leiter des Sicherheitsdienstes, ein Hüne, hat eine devote Haltung eingenommen. Er macht kleine Schritte nach hinten. Es ist ungeschriebenes Gesetz, dass man beim Verlassen des Privatbereichs dem Chef niemals den Rücken zuwenden darf. Die Tür öffnet und schließt sich wie von Geisterhand. Dann herrscht wieder Ruhe. Die Räume des Hausherrn liegen in der obersten Etage des Gebäudes. Der Zugang ist nur wenigen Personen gestattet, deren Gesichter Computer erkennen.

In dem riesigen Haus sind etwa siebzig Menschen tätig. Unter der Etage des Chefs befinden sich sechs Stockwerke, teilweise in den Berg hineingebaut. Alle, die dort arbeiten, befassen sich mit einem einzigen Projekt. Es geht um die Einführung einer staatlichen Kryptowährung. Sie soll den Dollar als Zahlungsmittel ablösen. Komplett, verbindlich und stringent. Eine virtuelle Münze als neue, staatliche Leitwährung. Die Planungen laufen auf Hochtouren. Rund um die Uhr arbeitet ein ganzes Bataillon von IT-Fachleuten. Kein Stein wird mehr auf dem anderen bleiben. Das alte Finanzsystem wird abgeschafft. Die FED als zentrale Notenbank hat ausgedient. Sie wird ersetzt durch eine Blockchain. Die Abwicklung aller Zahlungen erfolgt nur noch verschlüsselt über Rechnernetze. Geld, wie man es kannte, wird Geschichte sein. Die Banken werden sterben wie seinerzeit die Saurier.

Es soll schnell gehen. Nach den Plänen des Chefs soll das Weiße Haus ihn und seinen Konzern mit der Abwicklung des Finanzsystems beauftragen, exklusiv und umfassend. Die Planung, die Einrichtung und die Verwaltung der Kryptowährung werden in seiner Hand liegen. Auch die Kontrolle über die zentrale Datenbank. Er – und kein anderer – wird den Kurs der Währung festlegen. Damit wird er die Finanzwelt beherrschen. Er wird der reichste Mann auf diesem Planeten sein, uneinholbar für irgendeinen anderen. Aber nicht nur dieses Ziel treibt ihn an. Er will Gutes tun, die Menschheit vom Joch des Geldes befreien. Bankkonten werden in Zukunft nicht mehr gebraucht. Niemand wird mehr ausgesperrt. Inflation? Sie wird keine wirkliche Bedrohung mehr sein. Schluss mit der ständigen Enteignung der Sparer. Die Zukunft wird einfacher, gerechter, besser. Davon ist er überzeugt. Feiern wird man ihn wie einen Erlöser. Die Leute müssen die Vorteile der Kryptowährung nur begreifen. Er wird eine gewaltige Kampagne in den sozialen Netzwerken und in den Medien fahren. Eine, die es in dieser Form noch nie gegeben hat. Kleinere Pilotprojekte hat er mit einem

Fernseh- und einem Radiosender schon gestartet. Aber die große Bazooka wird noch kommen. Dann wird es in der Öffentlichkeit kein anderes Thema mehr geben, selbst wenn er dafür Unsummen aufwenden muss. Er weiß, dass er ohne breite Zustimmung der Menschen keinen Erfolg haben wird.

Seinen Plan verfolgt er schon lange. Jetzt, kurz vor dem Ziel, lässt er sich durch nichts und niemanden mehr aufhalten. Schnüffler wie dieser Parker oder sein junger Freund gefährden den Plan. Sie müssen neutralisiert werden. Wer große Ziele verfolgt, muss hart sein. Das hat er auch McLeod beigebracht, seinem CEO. Gerald McLeod leitet die Hedgefonds der Gruppe. Er ist der Einzige, der seine Pläne kennt. Vor achtzehn Jahren hat er als junger, schüchterner Nerd seine erste Stelle im Konzern angetreten. Der Chef hat sein besonderes Talent früh erkannt und ihn gefördert. Oder genauer: Er hat ihn zu einer Art Klon von sich geformt. Sogar optisch gibt es Ähnlichkeiten. Manche meinen, sie seien Vater und Sohn. Gelegentlich schaudert es ihm. Dann wirkt McLeod noch rücksichtsloser als er selbst.

McLeod ist das Mastermind des Projekts, das den Arbeitstitel „Coincore“ trägt. Renommierte Professoren und ihre Assistenten arbeiten rund um die Uhr an den Plänen. Der Chef nennt sie Maulwürfe, weil ihre Büros teilweise unter der Erde liegen. Sie glauben, eine wissenschaftliche Studie über die Kryptowährung zu erstellen. Eine Art Prüfung der Machbarkeit, bestens vergütet von einem exzentrischen Milliardär. Sie erwarten, dass das Ergebnis ihrer Arbeit demnächst in Fachzeitschriften vorgestellt wird. Um dann in Harvard, Yale oder Princeton jahrelang diskutiert zu werden. Derzeit sind sie aufgrund ihrer Verträge noch zum Schweigen verpflichtet, aber wenn die Studie fertig ist, wird die Fachwelt staunen. Dass sie den Ernstfall proben, ahnen sie nicht. Sie haben keinen Schimmer, dass sie für einen verbrecherischen Plan instrumentalisiert werden. Den Chef haben sie noch nie gesehen. Ihr Ansprechpartner ist nur McLeod, der die Forscher perfekt zu täuschen versteht.

Die Maulwürfe im Erdreich liefern ständig neue Updates. McLeod nimmt sie entgegen und diskutiert sie mit dem Boss. Der CEO ist ein Genie. Sein Verstand arbeitet mit einer Präzision, die den Chef immer wieder aufs Neue verblüfft. Der Meister und sein Zauberlehrling diskutieren permanent. Auch darüber, wie sie die Mehrheit des Kongresses für die Digitalwährung gewinnen können. Die Regierung kann die Entscheidung nicht alleine treffen. Beiden ist klar: Es geht nur mit Geld und Druck. McLeod hat alle Politiker durchleuchtet. Wie ein Radiologe hat er deren Schwächen und Angriffspunkte analysiert. Ständig entwirft er neue Pläne. Der Boss weiß: Ohne Schmieren, ohne Erpressungen geht es nicht. Es wird ein gewaltiger Kraftakt. Aber wenn einer ihn stemmen kann, dann ist es McLeod. Spätestens in sechs Monaten wird das Projekt „Coincore“ starten. Der Chef hat das Drehbuch geschrieben. Erst die Mega-Kampagne in den Medien, danach die Entscheidung der Politik. Und dann wird sie da sein, die neue Welt. Seine Welt!

FÜNFUNDDREISSIG

4 Tage später

Mission Viejo, am 19.10.2022, um 9.30 Uhr

Doreen und Nick stellen das ganze Haus auf den Kopf. Eine Wanze finden sie nicht. Wie hat man sie dann abgehört? Für die beiden ein absolutes Rätsel. Nick muss seine täglichen Gewohnheiten ändern, wie Davis gesagt hat. Doreen schreibt alles auf: wechselnde Routen zum Sender, niemals ohne Begleitung an menschenleeren Orten, Jogging- und Schwimmverbot.

„Schwimmen geht aber noch. Mein neuer Freund, der Weiße Hai, wird mich beschützen", sagt Nick grinsend.

„Schön, dass du deinen Humor behalten hast."

„Wie nennt man das, Galgenhumor?"

Nick bewundert Doreen. Wenn er nur so ruhig bleiben könnte wie sie. Ihn macht die Situation fix und fertig, die Nerven liegen blank. Wie soll das alles nur weitergehen? Wie lange muss er um sein Leben fürchten? Wenigstens ist er durch seinen Job abgelenkt. Heute ist Steven Wolff, der Manager des Hotels Del Corona, sein Talk-Gast. Nicks Idee: Wolff kommt schon morgens, und sie spielen tagsüber eine Runde Golf. Dann kommt er auf andere Gedanken. Auf dem belebten Golfplatz, mit Wolff an seiner Seite, sollte er sicher sein. Sie können dort zwanglos über alle Themen sprechen, die er abends in der Sendung behandeln möchte.

Vorgeschlagen hat er den kleinen Platz Casta del Sol, ganz in der Nähe seines Hauses. Die Anlage ist immer voller Menschen. Der beste Schutz gegen heimtückische Angriffe. Auch Doreen findet das Risiko beherrschbar. Nick muss durchatmen, er kann sich nicht ständig verkriechen. Alles scheint an diesem herbstlichen Morgen zu passen. Sonne und eine gute Runde Golf, danach eine interessante Sendung über das berühmte Hotel. Das wird Nick guttun. Niemand käme auf die Idee, dass die unsichtbare Hand der Täter bereits über der kleinen Golfanlage kreist.

„Wie war die Fahrt, Steven?", fragt Nick, als er Wolff um 9.30 Uhr auf dem Parkplatz vor dem Clubhaus trifft.

„Prima, Nick. Vielen Dank für Ihre Einladung. Ich bin nervös. Heute Abend wird das ganze Hotel zuhören. Hoffentlich lassen Sie mich gut aussehen."

„Bei mir ist jeder Gast ein Star, Steven."

Nick hat sich fest vorgenommen, seinen Besucher über das Erlebte nicht zu informieren. Er will ganz abschalten, seine Sorgen vergessen.

„Gute Idee mit dem Golfen, Nick", sagt Wolff. „In San Diego komme ich nur selten dazu."

„Ich hoffe, Steven, dass Sie nicht unterfordert sind. Das hier ist nur ein kurzer Platz."

„Genau richtig für einen Gelegenheitsspieler wie mich", lacht Wolff.

Er lädt sein nagelneues Golfbag aus dem Kofferraum und schultert es. Beide gehen in das Restaurant, wo sie um diese Zeit die einzigen Gäste sind.

„Unser Abschlag ist erst in einer halben Stunde, da können wir noch einen Kaffee trinken", sagt Nick.

„Haben Sie eigentlich etwas von Forrestal gehört, Steven? Liegt er immer noch im Koma?"

„Der arme Kerl ist weiterhin im Tiefschlaf. Ich telefoniere von Zeit zu Zeit mit seiner Schwester in Maine. Sie heißt Vicky Archer. Die gute Frau hat die Hoffnung nicht aufgegeben. Wie geht es Doreen? Schade, dass ich sie heute nicht sehe."

„Doreen bedauert es auch. Leider muss sie arbeiten. Aber sie freut sich auf uns beide im Radio."

Sie bestellen einen Kaffee, unterhalten sich. Dann verschwindet Wolff in den Umkleideräumen. Nick geht nach draußen, um das Golfcart zu präparieren. Im Restaurant kauft er schnell noch zwei Flaschen Wasser, die er in die dafür vorgesehenen Halterungen des kleinen Elektromobils stellt. Er hievt die beiden Golfbags hinten auf den Wagen und gurtet sie fest. Für seine Tasche wählt er die Fahrerseite, weil er am Steuer sitzen wird. Schließlich geht er ins Restaurant zurück, wo er auf Wolff wartet. Der taucht erst nach einer Weile wieder auf.

„Tut mir leid, Nick. Ich hatte noch ein Telefonat mit dem Hotel."

„Kein Problem, Steven. Ich habe alles vorbereitet. Wir können starten."

Sie gehen nach draußen. Alles ist friedlich. Die Sonne scheint. Vom Clubhaus haben sie einen schönen Blick über die gesamte Anlage. Auf jeder Bahn spielen Leute. Nick fühlt sich hier sicher. Er kennt die Örtlichkeit und das Personal. Nachdem sie beide in das bereitstehende Golfmobil eingestiegen sind, fahren sie zum ersten Abschlag. Sie müssen warten, bis die Spieler vor ihnen das Grün verlassen. Nick nimmt einen Schluck Wasser, dann zieht er den Driver aus seinem Bag, geht zur Abschlagslinie und donnert den Ball über zweihundert Meter weit. Wolff ist an der Reihe, sein Ball fliegt noch weiter, fast bis aufs Grün. „Tiger Woods!", ruft Nick und lacht. Beide genießen das Spiel. Ein prächtiger Oktobertag. Die Temperaturen ideal für eine Golfrunde. Vom nahen Pazifik her weht ein leichter, angenehmer Wind. Sie unterhalten sich angeregt. Nick vergisst, was ihn bedrückt. Vom vielen Reden spürt er einen trockenen Mund. Er greift mehrfach zur Wasserflasche. Einmal meint er, dass ihm etwas ins Auge geraten ist. Für einen kurzen Moment glaubt er, die Fahne auf einem Grün doppelt zu sehen. Nach dreieinhalb Stunden haben sie die letzte Bahn erreicht.

Nick ist froh, dass die Partie bald beendet ist. Zum Schluss hat er etwas schlechter gespielt und weniger gesprochen. Zu Beginn der Runde hat er sich besser gefühlt. Sein Hals kratzt. Ein frisches Bier im Clubhaus wird ihm guttun. Das Golfen war eine gute Idee, denkt er. Von Wolff hat er interessante Dinge über das Hotel erfahren. Nicht nur die Monroe war dort, sondern auch andere Berühmtheiten. Der englische Premier Winston Churchill, die Streisand und Aretha Franklin. Er wird das in der Sendung ansprechen.

Wolff läuft mit seinem Schläger etwa fünfzig Meter auf das Fairway, um von dort auf das letzte, achtzehnte Grün zu schlagen. Nick bleibt sitzen, weil er seinen Ball in die Büsche geschlagen hat. Er kann sich nicht mehr so gut konzentrieren wie am Anfang der Partie. Auf dem letzten Grün will er einen neuen Ball nehmen. Eine Zeitlang beobachtet er seinen Mitspieler, dann fallen ihm die Augen zu.

Als Wolff von der Spielbahn zum Golfmobil zurückkommt, stutzt er. Ist Nick eingeschlafen? Wolff geht um den Wagen herum und setzt sich auf den Beifahrersitz. Vorsichtig tippt er Nick an.

“Nick, Sie können losfahren.“

Keine Antwort.

„Sie können starten, Nick.“

Der reagiert immer noch nicht.

„Nick, was ist mit Ihnen?“

Wolff schaut Nick an. Sein Kopf ist leicht vorgebeugt. Er muss ziemlich müde sein, denkt Wolff, gibt ihm erneut einen Stoß. Nick kippt zur Seite. Der Hotelmanager beugt sich zu ihm. Er fasst mit beiden Händen an seine Schultern und dreht seinen Oberkörper zu sich. Wolffs Gesicht wird fahl vor Schock. Nick ist leblos, ohne Atem. Wolff fasst sich schnell. Er handelt, ohne zu zögern, wählt den Rettungsdienst, ruft laut andere Golfspieler von den umliegenden Bahnen hinzu. Auch vom nahegelegenen Clubhaus kommen Menschen. Einer der Spieler ist Arzt. Er legt Nick auf den Boden, beginnt mit der Reanimation. Mittlerweile stehen viele Personen um das Golfmobil herum. Alle schauen fassungslos auf den Rettungsversuch. Niemand achtet auf den jungen Mann im hellen T-Shirt. Unauffällig hat er sich unter die Menschen gemischt und steht mit dem Rücken zum Golfmobil. Seine Hände hat er hinter dem Körper versteckt. Unbemerkt tauscht er die Wasserflasche auf der Fahrerseite gegen eine andere aus.

Doreen ist in Irvine. Ein Meeting mit Joe Henderson, dem Seniorpartner der Anwaltskanzlei. Ihr Handy leuchtet auf. Ein Anruf von Wolff. Sie erschrickt. Der sollte mit Nick beim Golfen sein. Es gibt keinen Grund, sie anzurufen. Es sei denn … Die Farbe weicht aus ihrem Gesicht. Ihr Mund zuckt.

„Steven, sind Sie es?“, fragt sie.

„Ja, Doreen. Nick ist zusammengebrochen. Bitte kommen Sie sofort.“

„Was?“, ruft sie. „Was ist passiert? Wie geht es ihm? Wo sind Sie, Steven?“

„Auf dem Golfplatz. Ein Arzt ist bei ihm.“

„Ist Nick bei Bewusstsein?“

„Im Moment nicht.“

Wolff bringt es nicht fertig, die volle Wahrheit zu sagen. Aber

Doreen ist auf das Schlimmste vorbereitet.

„Ist der Rettungsdienst informiert, Steven?"

„Ja, die müssen im nächsten Moment hier sein."

„Ich komme sofort. In zwanzig Minuten bin ich da. Wenn die Sanitäter nach dem Krankenhaus fragen, nennen Sie bitte das Saddleback in Laguna Hills. Haben Sie mich verstanden, Steven?"

„Ja, das Saddleback-Hospital, Doreen."

„Ich bin schon unterwegs. Bitte rufen Sie mich sofort wieder an."

Doreen beendet das Gespräch und springt auf. Henderson hat alles mitgehört. Auf keinen Fall lässt er sie allein fahren, ruft er. Die beiden stürmen aus der Kanzlei. Sie nehmen den Aufzug in die Tiefgarage. Doreen zittert am ganzen Körper. Ihr Chef legt den Arm um sie. Er lässt sich ihren Autoschlüssel geben und setzt sich ans Steuer. Doreen hält ihr Smartphone umklammert, schaut ständig auf das Display. Auf der Jeronimo Road rasen sie in Richtung Mission Viejo. Vorbei an den bunten Wahlplakaten mit den überlebensgroßen Köpfen von Immelman und Brown. Im Telegrammstil berichtet sie Henderson von dem Angriff der Taucher. Ein kurzes Telefonat mit Davis, dem FBI-Agenten, der sofort kommen will. Dann der erneute Anruf von Wolff.

„Die Sanitäter sind jetzt hier."

Seine Stimme ist belegt.

„Lebt Nick noch, Steven? Sagen Sie mir die Wahrheit!"

„Im Moment behandeln sie ihn."

„Steven, bitte die Wahrheit!"

„Sie setzen jetzt den Defibrillator ein."

Doreen schießen die Tränen in die Augen. Für einen Moment versagt ihr Kreislauf. Henderson legt seine rechte Hand auf ihren Arm. Steven sagt minutenlang nichts. Sie weiß, was das bedeutet. Im Hintergrund hört sie die Kommandos der Sanitäter.

„Steven", sagt Doreen mit schwacher Stimme. „Reagiert er jetzt?"

Wieder Schweigen auf der anderen Seite. Doreen weint. Sie sind bereits auf dem Marguerite Parkway, an dem die kleine Golfanlage liegt. Henderson nimmt ihr das Handy ab und spricht mit Wolff.

„Hier ist Joe Henderson. Wir sind gleich da."

Sie erreichen den Parkplatz des Golfclubs. Henderson stoppt direkt vor dem Eingang des Clubhauses. Doreen springt aus dem Wagen und rennt am Gebäude vorbei auf die Anlage. Auf der Bahn Achtzehn stehen Menschen, die ihr sofort Platz machen. Nick liegt auf dem Rasen. Sie kniet sich neben ihn und entfernt das Tuch, das die Sanitäter über sein Gesicht gelegt haben. Mit beiden Händen umfasst sie seinen Kopf und küsst ihn. Dann wirft sie sich auf ihren Freund und schluchzt.

SECHSUNDDREISSIG

Eine Woche später

Redwood City am 26.10. 2022, um 11.30 Uhr

Doreen sitzt auf der Terrasse ihres Elternhauses in Redwood City. Sie schaut auf den Sea Slough, den breiten Kanal. Vor sich eine Tasse mit mildem japanischem Tee, den Kate, ihre Tante, für sie aufgebrüht hat. Beide Hände umklammern die Tasse. Als wolle sie sich daran festhalten und nicht in den Abgrund gerissen werden. Der Himmel ist grau. Für die Jahreszeit ist es zu kühl. Sie trägt einen dicken Wollpullover. Es weht ein frischer Wind. Ein Geruch von Algen liegt in der Luft. Schon als Kind saß sie hier. Wenn sie Kummer hatte, flüchtete sie auf die Veranda mit dem Holzboden. Der Blick auf das ruhige Wasser beruhigte sie, brachte ihre Gefühle wieder ins Lot. Einmal blieb sie mehrere Tage hier. Ohne ein einziges Wort zu sprechen. Das war, als Peter Cunningham die Familie für immer verlassen hatte.

Diesmal kann der Ort sie nicht trösten. Vor ihr, auf dem Tisch, eine Box und viele zusammengeknüllte Papiertücher. Nick ist seit sechs Tagen tot. Seitdem fühlt Doreen keinen Boden mehr unter den Füßen. Die starken Beruhigungsmittel helfen kaum. Sie ist verzweifelt, empfindet Leere, totale Finsternis. Man hat ihr alles genommen: den wichtigsten Menschen, ihre Zukunft und das Leben der Kinder, von denen sie beide geträumt haben. Nick war der Mann, den sie liebte, mit dem sie eine Familie gründen und mit dem sie gemeinsam alt werden wollte. Einen Menschen wie ihn gibt es kein zweites Mal. Einfühlsam, zärtlich, aufrichtig, voller Kreativität und Lebensfreude. Er wäre der beste Daddy der Welt geworden. Für Doreen steht außer Frage, dass Nick keines natürlichen Todes gestorben ist. Er ist vergiftet worden, auf eine schändliche, niederträchtige Weise. Sie macht sich bittere Vorwürfe. Warum hat sie in diesen Tagen keinen Urlaub genommen? Sie hätte immer an seiner Seite bleiben müssen.

Zu Hause, in Mission Viejo, hielt sie es nicht mehr aus. Zunächst glaubte sie, die Planung der Trauerfeier würde sie ablenken. Aber es ging nicht. Alles erinnerte sie an Nick. Kaum etwas im Haus, was sie nicht mit ihm geteilt hatte. Die Dinge waren mit ihm verbunden, produzierten ständig Bilder von ihm. Davis, der FBI-Agent, war ebenfalls geschockt. Zusammen mit der örtlichen Polizei ordnete er eine gründliche Untersuchung des Leichnams an. Zwei, drei Wochen werde sie dauern, sagte er. Doreen beschloss zu flüchten und nach San Francisco zu fliegen. Zu Kate, in deren Armen sie schon als Kind Trost gefunden hat, die seit dem Tod ihrer Mutter allein in ihrem Elternhaus wohnt.

Die Tante holte sie am Flughafen ab. Doreen war völlig aufgelöst. Kate hielt den Wagen an und umarmte sie. Dabei summte sie Turkey in the Straw, die Melodie, mit der sie die kleine Nichte immer beruhigen konnte. Das Lied diesmal ohne jede Zauberkraft. Zu Hause berichtete Doreen noch einmal. Zwar hatte es schon zig Telefonate zwischen den beiden Frauen gegeben, so dass Kate die schrecklichen Ereignisse der letzten Monate kannte: Jasons Tod, sein Projekt „Hurricane", Nicks Recherchen, die Taucherattacke und die Umstände, unter denen Nick auf dem Golfplatz gestorben ist. Aber es half der Nichte, wenn sie alles noch einmal erzählte. Und außerdem: Nick ist keines natürlichen Todes gestorben, davon ist auch Kate überzeugt. Die Tante liest die Thriller von John Grisham, Maria Scurto, Dan Brown, Karin Slaughter. Sie weiß: Scheinbar völlig nebensächliche Umstände können für die Aufklärung eines Falles von entscheidender Bedeutung sein.

Kate ist auch die beste Freundin Doreens. Eine lebenskluge Frau mit einer starken Persönlichkeit. Damals, als Doreen mit ihrer Mutter und der Tante zusammenlebte, war Kate die Chefin. Die schwersten Probleme konnte sie lösen wie die einfachsten Kreuzworträtsel. Oft reichte es, nur die Sorgen bei ihr abzuladen. Inzwischen geht Kate auf die siebzig zu, immer noch schlank, ein fein geschnittenes Gesicht. Das hat sie – im Gegensatz zu ihren gleichaltrigen Freundinnen – kein einziges Mal operieren lassen. Sie sei stolz auf jede Falte, sagt sie. Die Haut eines Menschen erzähle seine Lebensgeschichte. Wie die Rinde bei Bäumen. Die könne man nicht einfach wegschneiden. Ihre Angewohnheit: Eine Hand ist ständig in Bewegung. Das war schon immer so. Nervös, pausenlos auf der Suche nach irgendeinem Gegenstand, den man greifen und bearbeiten kann. Schlüssel, Zuckertütchen, Kugelschreiber. Einfach alles, was vor ihr liegt.

Kate kommt aus dem Haus. Diesmal hält sie eine Lesebrille zwischen Daumen und Zeigefinger.

„Darf ich mich zu dir setzen?"

„Schon in Ordnung", sagt Doreen leise.

„Erzähl mir noch einmal alles ganz genau. Was ist auf dem Golfplatz passiert? Was hat dieser Steven berichtet?"

„Wie ich schon sagte, Kate. Nick war völlig normal. Sie haben im Clubhaus einen Kaffee getrunken. Dann hat Nick das Golfmobil präpariert, und sie sind losgefahren."

„Hat er denn bei Nick überhaupt nichts Auffälliges bemerkt?"

„Eigentlich nicht. Steven hat nur gesagt, dass Nicks Spiel etwas schlechter geworden ist. Er meinte, seine Konzentration hat ein wenig nachgelassen. Am Ende haben sie wohl nicht mehr so viel geredet. Aber das ist ja oft so. Nach zwei oder drei Stunden."

„Haben die beiden auf dem Platz etwas getrunken oder gegessen? Hat er dazu was gesagt?"

„Gegessen hat er nichts, nur Wasser getrunken."

„Wie haben die Täter ihn dann vergiftet? Kann das vorher passiert sein?"

„Das ist ausgeschlossen. Er war zu Hause und hat dasselbe wie ich gegessen."

„Doreen. Es gibt kein Gift, das sich im Körper nicht nachweisen lässt. Ein Giftmord ohne Spuren ist etwas für Filme oder Romane. Also muss man im Blut irgendwelche Rückstände finden."

Wieder Tränen bei Doreen. Das Bild, das sie vor Augen hat, ist grausam, unvorstellbar, unmenschlich: Nick in einem dunklen Institut, in einem Kühlfach. Nur noch ein kaltes Stück Fleisch. Das Objekt für Proben und Untersuchungen, versehen mit einer Nummer. Zunehmend mischt sich ihre Trauer mit Wut. Wie können Menschen ihr so etwas tun? Sie spürt: Es hilft etwas, wenn sie die aufkommende Wut zulässt und nicht mehr unterdrückt. Wut ist allemal besser als Trauer. Wer wütend ist, will kämpfen. Und wer kämpft, kann siegen. Doreen ist eine Kämpfernatur. Sie trocknet ihre Tränen und schaut Kate an.

„Du meinst, das Labor müsste Rückstände von Gift finden?"

„Ja, normalerweise schon. Es sei denn, diese Mafia, oder wie ich sie bezeichnen soll, hat ganz lange Arme."

Mit ihren verweinten Augen blickt Doreen Kate fragend an.

„Wie meinst du das?"

„Sie könnten Proben entweder manipulieren oder vertauschen."

„Hältst du das für möglich?"

„Offen gestanden, ja. Wenn die einen Giftmord planen, werden sie auch Mittel und Wege der Vertuschung haben. Es steckt System dahinter."

„Welches System?"

„Ganz einfach. Sie wollen, dass die Polizei keine Beweise für Verbrechen findet. Dann können die Behörden auch keine Ermittlungen starten. Denk mal an Jason und an die Taucher-Attacke auf Nick. Was für ein Aufwand steckt dahinter! Wer jemanden beseitigen will, schießt ihn problemlos über den Haufen. Aus einem fahrenden Auto oder aus einem Hinterhalt. Und kann unerkannt flüchten."

„Du denkst, sie machen das, um polizeiliche Ermittlungen zu unterbinden?"

„Genau das. Bei offensichtlichem Mord muss die Polizei Untersuchungen einleiten. Und das wollen sie verhindern. Also planen sie alles akribisch. Sie müssen ein großes Budget haben. Da liegt es nahe, dass sie auch Giftspuren im Blut beseitigen."

„Wie, Kate?"

„Pathologische Institute sind keine Hochsicherheitstrakte. Wir werden sehen."

Beide schweigen eine Weile. Kate wendet die Brille hin und her.

„Kate, ich will, dass die Mörder gefasst und zur Verantwortung gezogen werden. Du hast mir damals beigebracht, dass man sich immer wehren muss."

„Das kann ich verstehen, Doreen. Aber wenn du kämpfen willst, bist du ganz allein. Und du riskierst dein Leben."

„Aber ich kann nicht einfach gar nichts tun."

„Warum denn nicht? Diese Typen werden dich beobachten, wie sie es auch bei Nick gemacht haben. Wenn du ihnen nicht mehr gefährlich bist, lassen sie dich in Ruhe. Es ist wie bei einem Haifisch.

Stört man ihn nicht, macht er auch nichts. Erst wenn man zappelt, greift er an. Du musst dir jeden Schritt überlegen. Die Polizei oder das FBI werden dir nicht wirklich helfen können."

„Ich will aber irgendetwas tun."

„Und ich will dich nicht verlieren, Liebes."

Kate spricht mit samtiger, weicher Stimme. Sie steht auf, stellt sich hinter den Sessel von Doreen und legt ihre schlanken Arme um ihren Hals. Dann gibt sie ihr einen zarten Kuss in den Nacken.

„Ich liebe dich, Kate", sagt Doreen.

So verharren sie eine Weile. Jetzt läuft erstmals auch eine einsame Träne über das Gesicht von Kate. Sie kennt Doreen zu gut, ihre Sturheit. Hat sie sich etwas in den Kopf gesetzt, bleibt sie dabei. Schon als Kind war sie so. Wenn sie die Mörder von Nick finden will, wird sie alle Gefahren in Kauf nehmen. Kate weiß, dass sie ihre Nichte beschützen muss.

SIEBENUNDDREISSIG

Eine weitere Woche später

Redwood City, Anfang November 2022

Die nächsten Tage verlaufen ruhig. Kate und Doreen gehen viel spazieren oder sitzen zusammen und sprechen über alte Zeiten. Kate spürt die wachsende Wut ihrer Nichte, will aber kein Öl ins Feuer gießen. Sobald Doreen beginnt, über den Giftmord zu sprechen, lenkt sie ihre Aufmerksamkeit behutsam auf das Ritual der Beerdigung. Bei deren Planung muss an vieles gedacht werden. An die Anzeigen, die Reden, den Blumenschmuck, den Ort und den Ablauf der Trauerfeier. Kate und Doreen teilen sich die Arbeit.

5. November 2022 – Wahltag. Der neue Präsident oder – diesmal – die neue Präsidentin werden gewählt. Beide Frauen verfolgen die Berichterstattung bei CNN. Die übliche Spannung gibt es nicht. Nach den Umfragen liegt die Favoritin Kathleen Immelman weit vor ihrem Kontrahenten. Laut den Instituten ist das Ergebnis eine reine Formsache. Schon die ersten Auszählungen nach Schließung der Wahllokale bestätigen die Prognosen. Erstmals in der Geschichte des Landes wird eine Frau als Präsidentin in das Weiße Haus einziehen. Doreen und Kate haben ihre Stimmen schon vor Wochen per Briefwahl abgegeben. Sie haben für Immelman ge-

stimmt. Es ist Tradition in der Familie, ihre Partei zu wählen.

„Es ist ein seltsames Gespann", meint Kate. „Die seriöse Immelman. Fleißig und gewissenhaft. Brown, der Lebemann. Wie die zwei sich wohl gefunden haben?"

Sie versucht, ihre Nichte abzulenken. Aber sie weiß, dass der Versuch vergeblich ist. Doreens Tränen kann sie nicht aufhalten.

„Nick hat sich diesmal gar nicht registrieren lassen", sagt Doreen mit verweinter Stimme. „Er wollte auf keinen Fall einen Vizepräsidenten wählen, dessen Senatorensitz gekauft worden ist. Und der möglicherweise in den Tod seines Freundes Jason verwickelt ist."

„Du bist aber unserer Partei treu geblieben, Liebes?"

„Ich habe darüber viel mit Nick diskutiert, Kate. Erstens habe ich ihm gesagt, dass in erster Linie Kathleen Immelman zur Wahl steht. Und nicht ihr Vize. Zweitens will ich einfach nicht glauben, dass Alan Brown mit den Morden etwas zu tun hat. Vielleicht hat er sein Mandat gekauft, aber er ist doch kein Killer. Ich kann das einfach nicht glauben."

„Wenn ja, würde zum ersten Mal ein Mörder vor dem Capitol die Hand auf die Bibel legen", meint Kate.

Diesmal hält sie einen kleinen Löffel zwischen Daumen und Zeigefinger ihrer rechten Hand und trommelt damit auf den linken Oberarm.

Kurz nachdem sie über Brown gesprochen haben, erscheint im TV ein Beitrag über ihn. Über seine Geschäfte, seine Familie und seinen überraschenden Aufstieg in der Politik. Die Bilder gleichen denen eines Filmstars. Der Kandidat bei den Golden Globes, beim Golfen, bei Spendenaktionen für Frauenhäuser. Immer wieder an seinem überdimensionierten Schreibtisch, vor dem auch schon Doreen stand.

„Der Typ könnte im Reagenzglas produziert worden sein. Von einer Werbeagentur", sagt Kate.

„Wenn man ihn persönlich kennt, ist er aber gar nicht unsympathisch", bemerkt Doreen.

„Sagen wir so: Er hat dir seine Schokoladenseite gezeigt. Das müsstest du doch mittlerweile kennen."

Kate kennt Doreens Treffen mit Brown und Forrestal. Schon bei Doreens Geburt wusste sie, dass Ray der leibliche Vater war. In langen Gesprächen überzeugte sie ihre Schwester, Doreen die Wahrheit zu sagen. Als Nick dann vor einigen Monaten den Senator als Freund aus Rays Studienzeit identifizierte, war sie fast noch aufgeregter als ihre Nichte selbst.

„Weißt du, was ich denke, Doreen?"

„Was denn?"

„Dass es irgendeine verhängnisvolle Verbindung zwischen damals und heute gibt. Etwas, was wir nicht wissen, aber wissen sollten."

„Was meinst du damit?"

„Genau kann ich das nicht sagen. Mir fällt nur eins auf: Die Absicht, eine Korruption zu vertuschen oder unter der Decke zu halten, macht den Mord an Jason Parker plausibel. Sie würde auch die Drohung erklären, die Nick auf den Bermudas erhalten hat. Aber warum der Mord an Nick, ausgerechnet, nachdem er im Umfeld von Forrestal gestöbert hat?"

„Was folgerst du daraus?"

„Forrestal muss in irgendeiner Weise involviert sein. Diese Leute haben etwas zu verbergen, was auch mit Forrestal zu tun hat. Und das führt mich irgendwie zu der alten Freundschaft zwischen Brown und Forrestal. Doch das Ganze ist nur so ein Gefühl, Doreen."

„Das du aber mit Nick teilst, Kate."

„Warum?"

„Ich zeige es dir, Kate."

Doreen geht in ihr Zimmer und kommt mit der Zeichnung von Nick zurück. Sie legt das Papier auf den Tisch. Lange betrachtet Kate das Dreieck mit den Kreisen und den Verbindungslinien.

„Das nenne ich mal eine wirklich kreative Überschrift", meint Kate nach einer Weile. „Rätselhaftes Bermuda-Dreieck!"

„Ich wünschte, er wäre nicht so kreativ gewesen. Dafür hat er mit seinem Leben bezahlt", sagt Doreen kalt. „Aber es ist interessant, dass du in dieselbe Richtung denkst."

„Ja, Nick hatte recht. Hinter diesem Bermuda-Dreieck muss irgendein dunkles Geheimnis stecken."

Die Frauen widmen sich wieder der Berichterstattung im TV. Doreen hat die Schuhe ausgezogen und ihre Füße auf die Couch gelegt. Sie schmiegt sich eng an die Tante. Wie in ihren Kindertagen, als sie bei ihr Schutz suchte. Die Bilder wechseln zwischen dem Studio und den Wahlpartys der Parteien. Irgendwann betritt die strahlende Wahlsiegerin die Hallenbühne. Ihre ganze Familie ist dabei. Immelman wird von den Anhängern frenetisch bejubelt. Langer Beifall, Sprechchöre. Dann geht sie an das Pult. Sie dankt den Wählern und verspricht, dass sie allen Bürgern und Bürgerinnen des Landes dienen werde, auch denen, deren Stimme sie nicht erhalten hat. Immer wieder skandiert die Menge ihren Namen, zwingt sie zu langen Pausen, in denen sie den Menschen zuwinkt. Die Kameras fangen auch ein Bild des neuen Vizepräsidenten ein. Dessen Lächeln ist so breit, dass es fast über den gesamten Flachbildschirm reicht.

Die Hauptstadt ist über dreitausend Meilen entfernt. Welten scheinen an diesem Abend zwischen der euphorischen Stimmung auf der Siegesparty in Washington und der stillen Trauer von Doreen und Kate in Redwood City zu liegen. Wer käme auf die Idee, dass ein politisches Beben naht und die beiden kuschelnden Frauen es auslösen werden?

ACHTUNDDREISSIG

33 Jahre zurück

San Mateo, 15.8.1989, um 11.30 Uhr

Ray und John waren nicht im Haus. Der eine, Ray, war früh auf den Campus gefahren. Der andere, John, kaufte bei Trader Joe's ein, um die Vorräte im Haus aufzufüllen. Alan saß allein in der Küche. Sollte er anrufen oder nicht? Die Gelegenheit war günstig. Er stürmte die Treppe hinauf und holte die sorgsam versteckte Visitenkarte des dreisten Mr. Applegate. Dann wählte er die Nummer mit der langen Vorwahl. Eine Dame der Anwaltskanzlei AWS Law in Hamilton meldete sich.

„Hier ist Alan Brown aus Kalifornien. Könnte ich bitte Mr. Applegate sprechen?"

„In welcher Sache, Sir?"

„Mr. Applegate kennt meinen Namen."

„Einen Moment bitte."

Eine Zeit lang hörte Alan nichts. Dann meldete sich die Dame erneut. Er möge sich bitte einen Moment gedulden. Mr. Applegate sei in einer Konferenz, werde diese aber unterbrechen, um den Anruf entgegenzunehmen. Alan wartete, bis er die Stimme des Anwalts vernahm. Wieder dieser blecherne Tonfall, dachte Alan.

„Mr. Brown, was kann ich für Sie tun?"

„Mr. Applegate, Sie haben uns einen Vorschlag unterbreitet. Stehen Sie immer noch dazu?"

„Grundsätzlich ja, Mr. Brown. Aber die Dinge haben sich geändert. Mr. Raszinsky hat andere Pläne. Hat er Sie nicht informiert?"

„Pläne können sich ändern", erwiderte Alan.

„Mr. Raszinsky weiß, was er will. Falls er umdisponieren sollte, wird er mich informieren. Dann können wir sprechen, Mr. Brown. Bitte entschuldigen Sie mich jetzt."

Aufgelegt! Arschloch. Aber es stimmte wirklich: Ray hatte seine Absichten geändert. Auch den Treuhänder hatte er informiert. Für Alan ein komplettes Rätsel! Irgendetwas musste mit Ray passiert sein. Die Freunde sahen ihn kaum noch. Morgens, wenn sie schliefen, fuhr er mit dem Rad früh auf den Campus. Abends kam er mit guter Laune zurück. Wie war die Wunderheilung des Freundes zu erklären? Vor wenigen Monaten noch voller Verzweiflung. Entschlossen, seinem Leben ein Ende zu bereiten. Jetzt wieder völlig normal. Kein stundenlanges Sitzen am Fenster, kein Desinteresse am Studium. Im Gegenteil: Wie ein Streber besuchte er die Uni.

Alan gefiel der Wandel nicht. Er bedeutete nichts anderes, als dass seine Zukunft als Multimillionär beendet war, bevor sie überhaupt begonnen hatte. Der Kauf der Philadelphia Eagles, das Jetset-Leben: Tagträume. Nur Seifenblasen, schillernd in den allerschönsten Regenbogenfarben, und platzend, wenn man sie einfangen möchte.

Eine Weile lief Alan ziellos durch das Haus. Tief in ungute Gedanken versunken. Plötzlich stand er vor Rays Zimmer, drückte vorsichtig die Türklinke herunter und öffnete die Tür. Die Freunde verschlossen ihre Räume nie, wenn sie aus dem Haus gingen. Er schaute sich um. Ray war pedantisch, hatte einen Ordnungstick. Jeder Gegenstand lag an seinem Platz. Langsam ging er auf den Schreibtisch zu. Einen Moment blieb er stehen und überlegte. Dann zog er die Schublade auf. Säuberlich geordnet lagen dort einige Unterlagen. Alan nahm sie vorsichtig heraus und blätterte sie durch. Sorgsam darauf bedacht, keine Spuren zu hinterlassen. Da sah er etwas sehr Interessantes: einen undatierten Abschiedsbrief. Ray musste ihn schon vor geraumer Zeit geschrieben haben. Das Leben mache keinen Sinn mehr, stand dort. In klarer Handschrift. Er habe beschlossen, wieder bei den Eltern zu sein. Das sei sein freier Entschluss, den er nach langen Überlegungen für sich getroffen habe. Sein Vermögen von achtzig Millionen, das auf einer Bank in der Wall Street liege, solle sein in Miami lebender Cousin erhalten.

Alan las den Brief mehrmals. Es fehlte etwas. Das Geld auf den Bermudas. Was war damit? Offenbar wollte Ray nicht, dass irgendjemand durch den Abschiedsbrief Kenntnis von diesem Vermögen bekam. Er stöberte weiter und fand eine Mappe mit Dokumenten. Sie enthielt das, was er suchte. Aufstellungen und Tabellen über riesige Beträge, verwaltet von der Anwaltskanzlei AWS. Alan blätterte die Papiere sorgfältig durch. Listen mit Medium Term Notes, Staatsanleihen und Aktiendepots. Die Beträge schwindelerregend. Irgendwo tauchte die Zahl von fast 1,5 Milliarden Dollar auf.

Hinter der Aufstellung ein weiteres Dokument. Eine schriftliche Verfügung, die Ray für den Fall seines Todes getroffen hatte. In gedruckter Schrift, formuliert in der künstlichen Sprache elitärer Juristen und verfasst auf dem Briefpapier der größten Anwaltskanzlei in San Franciso. Ray hatte die Urkunde schon unterzeichnet. Zwei leere Unterschriftszeilen, die von Alan und John. Der Inhalt des Dokuments war Alan vertraut. Er entsprach genau dem, was Ray ihnen vorgeschlagen hatte. Alan und John als Begünstigte des Vermögens auf den Bermudas. Ihre Pflicht, Entschädigungen zu zahlen, lebenslang keinen anderen Job zu übernehmen. Die

Vergütung, die sie erhalten sollten. Die Aufsicht des Treuhänders. Vorgesehen dafür: der widerliche Mr. Applegate.

Alan atmete tief durch. Vor ihm lag das Ticket für ein anderes Leben. Die Eintrittskarte in die Welt der Superreichen! Aber sie war ungültig geworden. Urplötzlich, ohne jede Vorwarnung. Entwertet durch ein paar Botenstoffe, die die Psyche des Freundes auf rätselhafte Weise verändert hatten. Alan legte die Mappe vorsichtig in die Schublade zurück. Das Schicksal hatte ihm die Hand gereicht – und wieder zurückgezogen. Musste das so sein? Oder konnte nicht alles wieder in die richtige Bahn gelenkt werden?

Alan setzte sich in die Küche, starrte aus dem Fenster und grübelte.

NEUNUNDDREISSIG

4 Wochen nach Nicks Tod

Los Angeles am 16.11.2022, um 12.15 Uhr

Das engzeilig beschriebene Papier liegt vor ihnen. Auf der einen Seite des Tisches sitzen der Agent Davis und seine Assistentin, auf der anderen Seite Kate. Doreen hat den Stuhl abgelehnt, den man ihr angeboten hat. Sie steht am Fenster, blickt in die weitläufige Etage des FBI-Büros. Das Dokument, um das es geht, kann sie nicht anschauen. Dabei ist sie mit ihrer Tante nur wegen des Papiers gekommen.

Sie wischt sich die Tränen aus dem Gesicht. Ihr ist übel. Das letzte Mal war sie mit Nick in diesem Raum. Und nun soll sie lesen, wie der Gerichtsmediziner des Distrikts Los Angeles seine Leiche obduziert hat. Mit allen Details. Ein geliebter Mensch wird auf einen Haufen Moleküle reduziert. Nur noch Chemie. Der Körper gehört Nick. Wie kommen wildfremde Menschen dazu, ihn zu zerstückeln, das Innerste nach außen zu kehren? Der Gedanke ist nicht auszuhalten.

Aber sie weiß, dass die Untersuchung erforderlich ist. Es bedarf eines eindeutigen Beweises über die Vergiftung von Nick, damit die Behörden endlich ein förmliches Verfahren einleiten können.

So viel versteht Doreen von den polizeilichen Ermittlungen, obwohl sie keine Strafverteidigerin ist. Sie ist heilfroh, dass Kate mit ihr nach Orange County gekommen ist. Nicht nur, um ihr in diesem Gespräch beizustehen, sondern auch, um in den kommenden Tagen an ihrer Seite zu bleiben. Nachdem Nicks Leiche freigegeben und verbrannt worden ist, kann die Trauerfeier endlich stattfinden.

Kate nimmt den Bericht und liest ihn. Sie lässt sich viel Zeit. Ihr früh verstorbener Mann war ein bekannter Internist in San Francisco. Jahrelang hat sie seine Praxis gemanagt. Medizinische Begriffe sind ihr geläufig. Ihr Mann hat oft gescherzt, sie sei die viel bessere Ärztin. Als sie das Dokument sorgfältig studiert hat, legt sie es zurück auf den Tisch. Genauer: Sie schiebt es von sich. Ihr Blick zornig. Ruhelos wandern die Augen hin und her. Vom Papier zu Davis. Dann wieder zum Papier. Mit ihrem Autoschlüssel klopft sie immer wieder auf die Tischplatte.

„Officer, bei allem Respekt. Das kann ich nicht glauben. Da steht: Keine Anzeichen für chemisch-toxische Veränderungen im Körper. Weder in den Organen noch im Blut. Mit anderen Worten: Nick soll nicht vergiftet worden sein."

Davis nickt. Kate zieht den Report noch einmal an sich, tippt mit dem rechten Zeigefinger energisch auf den Passus. Mit ihrer linken Hand drückt sie den Autoschlüssel so fest, dass man meinen könnte, sie wolle ihn für das Papier bestrafen.

„Ich bin keine Ärztin, aber ich war lange in einer medizinischen Praxis tätig und habe genug Todesfälle erlebt. Wenn ich den Report richtig lese, will man keine Anzeichen für krankhafte Veränderungen der Organe und ihrer Funktionen gefunden haben. Der Herzmuskel unauffällig. Woran soll Nick dann, bitte sehr, gestorben sein? Es liegt doch auf der Hand, dass eine Vergiftung stattgefunden hat. Was sind das für seltsame Experten in diesem Institut?"

„Ms. Hawkins", erwidert Davis. „Ich kann Sie verstehen. Aber bedenken Sie: Die Leute im Department of Medical Examiner sind anerkannte Fachleute. Ich habe wegen des Mordversuchs im Meer sogar eine große Autopsie angefordert, die normalerweise nicht üblich ist. Wie Sie sehen, hat der Chief Coroner den Befund persönlich unterzeichnet."

„Das mag alles sein, Officer, aber auch ein Chef ist nicht unfehlbar."

„Was soll ich machen, Ms. Hawkins? Der Coroner ist eine anerkannte Koryphäe. Er geht von einer natürlichen Todesursache aus. Da kann ich nicht das Gegenteil behaupten. Aber lassen Sie mich sagen, dass meine Assistentin und ich Ihre Skepsis teilen."

„Was auch mehr als begründet ist, Officer. In dem Bericht wird doch nur spekuliert. Der Coroner schreibt, dass die elektrischen Impulse des Sinusknotens gestört waren. Hallo? Das soll der Grund für den Herzstillstand gewesen sein. Wie unwahrscheinlich ist das denn? So etwas gibt es, wenn überhaupt, durch sehr großen Stress. In einem einzigen Fall von zigtausenden. Aber hier wurde Golf gespielt. Golf! Verstehen Sie, Officer! Harmloses Golf! Und diese seltene Störung des Sinusknotens soll eingetreten sein, nachdem der Verstorbene einige Tage vorher das Opfer eines hinterhältigen Mordversuchs war? Das ganze Papier ist ein einziger Skandal."

Der Agent und seine Assistentin schweigen. Doreen setzt sich wieder an den Tisch. Minutenlang spricht niemand. Dann wieder Kate.

„Officer, eine Vergiftung muss Spuren im Körper hinterlassen. Das können Sie in jedem medizinischen Lehrbuch nachlesen. Offenbar hat man diese Spuren völlig übersehen. Oder man hat sie nicht übersehen, schreibt aber nicht darüber. Das wäre ein Skandal, ein weiteres Verbrechen! Aber daran will ich gar nicht denken."

Doreen hat ihre Augenlider gehoben.

„Kate, meinst du, ich hätte Nicks Leiche nicht verbrennen lassen dürfen? Habe ich einen Fehler gemacht? Als das Institut anrief, habe ich sofort Ja gesagt. Hätte ich aufgepasst, könnten wir jetzt eine zweite Autopsie veranlassen."

„Liebes, mach dir keine Vorwürfe. Du konntest nicht wissen, dass ein so schwachsinniger Bericht dabei herauskommt."

Ein ernster Blick von Davis.

„Wenn der Coroner des Distrikts keine Spuren der Vergiftung entdeckt hat, wäre auch eine weitere Obduktion ohne Ergebnis verlaufen. Das Institut ist als sehr zuverlässig bekannt. Und die Polizei in Los Angeles wird dem örtlichen Coroner immer folgen."

„Mein Freund ist keines natürlichen Todes gestorben", sagt Doreen verbittert.

„Ms. Cunningham, ich bin lange genug beim FBI, um beurteilen zu können, wer in diesen Räumen die Wahrheit sagt. Sie wissen, dass meine Frau und ich begeisterte Hörer der Sendung von Mr. Garcia waren. Über die Stimme lernt man Menschen kennen. Für mich steht außer Frage, dass irgendjemand Mr. Garcia umbringen wollte. Die Attacke der Taucher im offenen Meer lässt darauf schließen, dass da eine verdammt gefährliche Organisation am Werk ist. Mit einer bösartigen Kreativität. Wenn Ihr Freund wenige Tage nach dem Mordversuch unter mysteriösen Umständen stirbt, glaube ich ebenso wenig an einen natürlichen Tod wie Sie."

„Aber dann tun Sie doch etwas!"

Doreen reckt beide Arme in die Höhe. Die Augen verweint. Ihr Blick verzweifelt, hilfesuchend, hadernd.

„Das würde ich gerne. Aber ich bin nur ein kleines Rad hier. Ich kann meine Kompetenzen und Vorschriften nicht übertreten. Natürlich kann ich die Sache meinem Chef vorlegen und auf die

Mängel in der Plausibilität hinweisen. Viel ändern wird das aber nicht."

„Mit anderen Worten: Das FBI kann uns nicht helfen. Und die Polizei in Los Angeles auch nicht."

Davis schweigt. Er steht auf und wandert durch den Raum.

„Das FBI leider nicht. Jedenfalls nicht bei dieser Beweislage. Aber Christopher Davis schon. Und sicher auch meine Assistentin. Wir stehen Ihnen immer zur Verfügung, Ms. Cunningham und Ms. Hawkins. Aber offiziell können wir nur etwas tun, wenn wir neue Fakten erhalten."

„Die Sie mit Ihrem Apparat aber nicht liefern werden", stellt Doreen nüchtern fest.

„Nicht liefern können", korrigiert Davis.

„Was raten Sie uns dann, Mr. Davis, was sollen wir tun?"

„Ich brauche Beweise. Anhaltspunkte. Nur die Vermutung, dass eine Bande agiert, bringt mich nicht weiter. Wer steckt dahinter? Gegen wen sollen wir ermitteln? Was sind die Motive?"

„Fakten fallen nicht vom Himmel. Irgendwer muss sie doch zusammentragen. Wer, wenn nicht das FBI?", sagt Doreen.

Alle schweigen. Plötzlich schlägt Doreen mit ihrer rechten Hand auf den Tisch. Alle im Raum schauen sie erschrocken an.

„Dann mache ich das selbst. Und wenn es zu meiner Lebensaufgabe wird. Diese Leute müssen gefasst werden und ihre Strafe bekommen."

„Nick hat seine Ermittlungen mit dem Leben bezahlt", wendet Kate ein.

„Davor habe ich keine Angst, Kate. Wenn die mich auch noch beseitigen, hat das FBI wenigstens seine Fakten."

„Ihre Tante hat recht, Ms. Cunningham, Sie würden sich in Lebensgefahr begeben."

„Sagt das FBI, das nichts für mich tut."

„Es ist mein dringender Rat. Zwei Personen, Jason Parker und ihr Freund, haben recherchiert und leben nicht mehr. Überlegen Sie sich das bitte gut, Ms. Cunningham, und besprechen Sie es in Ruhe mit Ms. Hawkins“, wendet Davis ein.

„Ich kann meine Nichte absolut verstehen, Officer. Sie sagen, dass das FBI Fakten braucht, aber Sie wollen oder können Ihren Apparat dafür nicht einsetzen. Da bleiben dann nur zwei Möglichkeiten. Die eine ist, dass die Verbrecher einen Freifahrtschein haben, die andere, dass wir selbst etwas tun.“

„Ich kann meinen dringenden Rat nur wiederholen. Ermitteln Sie nicht auf eigene Faust“, meint Davis eindringlich.

„Das darf nicht wahr sein“, sagt Doreen. „Mein Freund wird ermordet, und hier macht niemand etwas. Es kann doch nicht sein, dass in diesem Land Morde ungesühnt bleiben.“

„Ich weiß, Officer, dass Sie persönlich gerne helfen würden. Doreen, wir sollten jetzt gehen“, sagt Kate. Sie möchte das Gespräch beenden.

„Es tut mir leid, Ms. Hawkins und Ms. Cunningham. Ich bin immer für Sie da.“

Als sich die Aufzugstür hinter den beiden schließt, nimmt Davis seine Assistentin zur Seite. Er spricht leise, damit es sonst niemand hören kann.

„Ich habe mich noch nie so unwohl gefühlt. Wenn wir doch nur helfen könnten! Die beiden haben recht. Ich glaube, dass es um etwas viel Größeres geht als um die Vertuschung einer Korruption. Wissen Sie noch? Genau an dieser Stelle haben wir uns von Mr. Garcia verabschiedet. Und ihn danach nie wiedergesehen.“

„Sie meinen doch nicht …“

Die Assistentin schaut ihn entsetzt an. Davis gibt keine Antwort.

VIERZIG

5 Wochen nach Nicks Tod

Forest Lake, am 25.11,2022, um 13.00 Uhr

Kate hat in ihrem Leben viele Trauerfeiern erlebt, aber keine, die so tieftraurig ist wie die von Nick. Alle Anwesenden sind sichtbar erschüttert. Doreen übersteht den Tag nur mit Medikamenten. Die kleine Kapelle auf dem Friedhof in Lake Forest kann die Menge an Besuchern nicht fassen. Viele müssen draußen bleiben, die Feier über einen großen Lautsprecher verfolgen. Verwandte und Freude sind gekommen, die Kollegen und die Chefs vom Sender. Sogar zahlreiche Hörer von „Garcia Weekly" haben sich eingefunden. Sie können es nicht fassen, dass sie die vertraute Stimme niemals mehr hören werden. Auch Christopher und Michelle Davis sind in der Kapelle.

Der Sekundentod des beliebten Moderators ist ein Thema in der ganzen Region. Keiner versteht es. Doreen hat die Kapelle liebevoll mit Rosen, Lilien und Chrysanthemen schmücken lassen. Neben der Urne steht ein großes Bild von Nick. Ein Handy-Foto, das Doreen vor zwei Jahren geschossen hat. Nick feierte im Driftwood Kitchen seinen vierunddreißigsten Geburtstag. Er steht auf dem Balkon des Restaurants, im Hintergrund der blaue Pazifik.

Der Gesichtsausdruck, den sie am allermeisten geliebt hat. Den Kopf hat er zur Seite geneigt. Die Geste, mit der er sich nun für immer von den Trauergästen verabschiedet.

Reden hat Doreen nicht zugelassen, mit Ausnahme der Ansprache des Geistlichen. Musik erreicht die Seele besser, als Worte es können. Ein Gitarrist aus Laguna Hills spielt die Melodien von Nicks Lieblingssongs. Als „Say something" von Christina Aguilera erklingt, verliert Doreen die Fassung. Kate nimmt sie in den Arm und lässt sie nicht mehr los. Nach der Feier gibt es ein Treffen im „Flamingo". Aber auch hier wird die Stimmung nicht gelöster. Zwangloser Small-Talk, mit dem sich die Leute bei solchen Anlässen gerne ablenken, will nicht aufkommen. Margret Parker-Jones kümmert sich rührend um Doreen. Kate weiß aus Erfahrung, dass für Doreen die schlimmste Zeit noch bevorsteht. In den Tagen und Wochen nach der Trauerfeier fallen die Angehörigen in ein tiefes Loch. Sie macht Doreen daher einen Vorschlag.

„Wenn du dem FBI Beweise liefern möchtest, warum fängst du nicht gleich damit an?"

„Ja, du hast recht. Ich will nicht mehr trauern. Was rätst du mir?"

„Du fliegst nach Richmond, Kind. Dort sprichst du mit denselben Leuten, mit denen Nick geredet hat. Es muss doch einen Grund geben, dass er umgebracht wurde, nachdem er dort war."

„Das ist bestimmt eine gute Idee, Kate."

„Weißt du, welche Idee noch besser ist, Liebes? Du fliegst sofort. Und ich komme mit."

„Das würdest du tun, Kate?"

„Vier Augen sehen mehr als zwei. Selbst wenn die Augen deiner alten Tante längst nicht mehr die besten sind. Außerdem würde ich dich in diesen Tagen niemals allein lassen."

In den nächsten Tagen studieren Doreen und Kate daraufhin

gründlich Nicks Berichte, die er über seine Reise nach Richmond geschrieben hat. Nick hat alles notiert, auch scheinbar nebensächliche Äußerungen seiner Gesprächspartner. Ganz nach dem Vorbild Jasons. Doreen ruft Elvis Kimmel, Forrestals früheren Chauffeur, und auch Floyd Brenson, den pensionierten Reporter, an. Beide sind geschockt. Der sympathische junge Mann tot? Doreen erklärt ihnen, dass sie zur Trauerbewältigung die Auftragsarbeit ihres verstorbenen Freundes zu Ende bringen möchte. Sie sei zwar Juristin, arbeite aber auch journalistisch und hätte noch ein paar Fragen an sie. Selbstverständlich sind die Männer bereit, sie zu empfangen.

Schon drei Tage nach der Trauerfeier, an einem späten Nachmittag, landen die beiden Frauen auf dem International Airport in Richmond. Sie nehmen ein Uber zum Hotel. Ein schlichtes Best Western Haus, mitten in einem Gewerbegebiet. Zur Innenstadt etwa vierzig Gehminuten. Die Distanz nehmen sie in Kauf, um die teuren Preise eines Cityhotels zu sparen. Der sechsstündige Flug von Los Angeles hat Kate angestrengt. Die Airline setzt auf der Strecke alte Maschinen mit engen Sitzen und schlechter Belüftung ein. Alles andere als ein ideales Ruhepolster für Kate und ihre geschädigte Wirbelsäule.

„Ich muss mich etwas ausruhen", sagt Kate nach dem Einchecken im Hotel.

„Mach das, ich reserviere für heute Abend einen Tisch irgendwo in der Stadt."

Beide haben ein Einzelzimmer gebucht. Kate möchte ihrer Nichte nicht zur Last fallen. Sie wird nachts oft wach, schaltet dann das Licht ein und hört stundenlang Podcasts. Doreen braucht aber dringend Ruhe und Schlaf.

„Du solltest dich auch etwas hinlegen, meine Liebe."

Kates Blick ist voller Liebe und Fürsorge.

„Mal schauen, Kate. Vielleicht arbeite ich noch ein wenig am

Laptop. Die Kanzlei schickt mir ständig Aufträge, damit ich auf andere Gedanken komme."

Gegen 19 Uhr machen sich Doreen und Kate auf den Weg vom Hotel in den Fan District. Sie haben einen Tisch in Helen's Restaurant in der Main Street reserviert. Kate kennt Richmond von Ärztekongressen ihres Mannes. Doreen war noch nie in Virginia. Schweigend gehen die beiden Frauen über die Main Street.

Im Restaurant zeigt sich Doreen wieder von der kämpferischen Seite. Wie immer, wenn ihre Wut die Trauer besiegt. Sie will die Täter finden und ihrer gerechten Strafe zuführen. Das eigene Risiko nimmt sie in Kauf. Aber sie sorgt sich um Kate. Ihre Tante soll auf keinen Fall ins Visier der Verbrecher geraten. Nach dem Essen spricht Doreen das Thema an.

„Kate, ich finde es total lieb von dir, dass du mitgekommen bist und mir hilfst. Aber du solltest dich hier in Richmond zurückhalten. Die Bande sieht und hört offenbar alles. Da darfst du nicht auch noch zur Zielscheibe werden. Am besten erkundest du morgen die Stadt und lässt mich die Gespräche alleine führen. Ich mache mir sonst zu große Sorgen um dich."

„Liebes, ich habe mein Leben gelebt, anders als du und Nick es getan haben. Mach dir bitte keine Gedanken um mich. Es gibt übrigens einen speziellen Grund, weshalb ich in deiner Nähe sein will."

„Was für einen?"

„Denk mal nach. Die Bande agiert nach einem bestimmten Muster. Sie bringen Menschen um, ohne dass es nach Mord aussehen darf. Dabei arbeiten sie clever und schnell. Zwischen der Attacke im Meer und Nicks Vergiftung lag nicht mal eine Woche. Was müssen die in kürzester Zeit alles geplant und organisiert haben. Da kommen selbst professionelle Killer ins Schwitzen."

„Und was willst du damit sagen?"

„Wer zwei Spürhunde nach dieser Methode beseitigen will, hat es schwerer. Da haben sie noch mehr Denkaufgaben. Auf jeden Fall werden sie dann langsamer."

Doreen ist überrascht.

„Das ist alles logisch, aber trotzdem ist es doch kein Schutz für dich, Kate."

„Wenn es dich beruhigt, halte ich mich ein wenig zurück. Aber bei dem Gespräch mit diesem Kimmel möchte ich auf jeden Fall dabei sein."

„Warum?"

„Ich möchte den Mann sehen, mit dem Nick gesprochen hat."

Kate lächelt. Mit der rechten Hand knetet sie den kleinen Zuckerbeutel ihres Cappuccinos. Doreen ist irritiert. Warum will die Tante ausgerechnet Kimmel treffen? Sie will fragen. Aber es kommt nicht dazu. Kate hat Nicks Namen erwähnt. Das allein reicht, damit dicke Tränen über Doreens Wangen kullern. Kate reicht ihr ein Taschentuch. Das Gespräch der beiden verstummt.

Kate bekommt Zweifel. Kommt die Reise für Doreen zu früh? Hat sie einen Fehler gemacht? Sie hat es gut gemeint, aber hat sie die Nichte überfordert?

Beide Frauen schweigen.

EINUNDVIERZIG

6 Wochen nach Nicks Tod

Richmond, 29.11.2022, 14.30 Uhr

„Ich bin fassungslos, Ms. Cunningham. War Ihr Freund krank? Auf mich machte er einen total gesunden Eindruck. Er wirkte wie ein durchtrainierter Athlet“, sagt Elvis Kimmel.

Sie sitzen im Starbucks, mitten im Zentrum von Richmond. Kimmel ist von Doreens Schönheit fasziniert, kann seinen Blick von ihr nicht lösen. Ihre Augen tragen Trauer. Aber das macht sie nur noch interessanter, attraktiver. Er lässt seine weißen Zähne im Sekundentakt aufleuchten.

„Bei der Obduktion ist auch nicht festgestellt worden, dass mein Freund krank war“, sagt Doreen.

„Was war denn dann die Todesursache, Ms. Cunningham?“

„Ich glaube nicht an einen natürlichen Tod!“

„Das würde ja bedeuten, er ist …“

„Genau das bedeutet es, Mr. Kimmel.“

Kimmel ist geschockt.

„Aber dann müssen Sie die Polizei informieren.“

„Das haben wir getan, doch die kann nichts tun, weil wir ihnen keine Beweise für meinen Verdacht liefern können.“

Das muss Kimmel erst einmal verarbeiten. Er ist irritiert. Die junge Frau hat am Telefon gesagt, dass sie die Arbeit ihres verstorbenen Freundes weiterführe. Die Tante helfe ihr dabei. Ist das alles nur ein Vorwand? Schon der tote Freund hat sehr spezielle Fragen gestellt. Für eine Story über Alan Brown viel zu speziell. Und jetzt kommen die beiden extra aus Kalifornien? Irgendetwas stimmt doch nicht. Er fasst sich ein Herz.

„Darf ich Sie etwas fragen, Ms. Cunningham? Ging es Ihrem Freund wirklich um eine Reportage über den Senator Brown? Ich habe ihn gefragt, ob er so eine Art Privatermittler ist. Das hat er verneint. Geht mich ja auch nichts an. Aber wenn es so wäre, sollte ich es vielleicht wissen. Wir müssten dann nicht herumreden, sondern könnten ganz offen sprechen."

Ein aufmunterndes Kopfnicken von Kate in Richtung Doreen.

„Mr. Kimmel. Ich will ehrlich sein. Mein Freund war zwar Journalist, aber Ihr Eindruck ist richtig. Er hat sie nicht aus beruflichen, sondern aus rein privaten Gründen aufgesucht. Es ging uns beiden darum, etwas über meinen biologischen Vater zu erfahren. Der ist schon vor mehr als dreißig Jahren gestorben. Beide, Forrestal und Brown, waren damals mit ihm befreundet. Es gibt ein paar Dinge, die uns bei Forrestal interessieren."

„Verstehe, es geht um eine Erbschaft."

Die Zähne blitzen.

„Nein, es geht nicht ums Geld, sondern um Klarheit und Gewissheit. Aber das alles zu schildern, würde zu weit führen. Entschuldigen Sie bitte, dass Nick einen Vorwand genannt hat. Aber er wollte Sie bestimmt nicht täuschen, sondern nur keine langen Erklärungen abgeben."

„Vielen Dank für die Offenheit, Ms. Cunningham. Was haben Sie denn für Fragen an mich?"

„Hatten Sie irgendeinen Einblick in Forrestals finanzielle Situation? Wussten Sie zum Beispiel, ob er Geld auf den Bermudas angelegt hatte?“

Also doch das Geld, denkt Kimmel.

„Nein. Das weiß ich nicht. Ich habe nur ein paar Mal jemanden nach Washington gefahren, der auf die Bermudas geflogen ist. Der Typ sah wie ein Playboy aus. Und einen anderen habe ich ständig abgeholt. Der kam aus Las Vegas.“

„Ich habe auch eine Frage, Mr. Kimmel.“

Doreen ist überrascht. Die Tante hat ihre Brille aufgesetzt und kramt in ihrer Handtasche. Plötzlich hält sie ein Foto in der Hand, das sie Kimmel über den Tisch reicht. Fragende Blicke von Doreen.

„Entschuldige, Liebes, aber es ist vielleicht nur das Hirngespinst einer alten Frau“, sagt Kate.

Zu Kimmel gewandt, fährt sie fort:

„Stellen Sie sich den Mann auf dem Foto dreißig Jahre älter vor. Haben Sie ihn schon mal gesehen?“

Doreen rätselt immer noch. Warum zeigt Kate dem Mann ein Foto? Dreißig Jahre alt? Was ist das für ein Bild?

„Kate, wer ist da auf dem Foto?“, fragt Doreen.

„Es ist Peter“, sagt Kate.

„Peter, unser Peter?“

„Ja, Liebes.“

Peter Cunningham? Doreen ist verblüfft. Das Foto des Mannes, dessen Namen sie trägt, zu dem sie aber seit Ewigkeiten keine Verbindung mehr hat?

Kimmel betrachtet das Foto. Ausnahmsweise bleibt sein Mund geschlossen.

„Peter? Ja, so hieß der Mann, der aus Vegas kam und Forrestal einmal im Jahr besuchte“, sagt er.

„Wie war sein Nachname?“

„Den Nachnamen kannte ich nicht. Er war immer nur der Peter."

„Schauen Sie doch bitte, ob er Ähnlichkeit mit dem Mann auf dem Foto hat. Denken Sie sich die langen, schwarzen Haare weg. Und den Schnäuzer. Das trug man damals so. Und stellen Sie sich ein gealtertes Gesicht vor. Etwa so wie meins."

Kate gibt ihre Anweisungen in der Art einer routinierten Kommissarin. Kimmel konzentriert sich wieder auf das Bild.

„Ja, das ist er", sagt Kimmel. „Ich erkenne ihn an seiner Nase. Als ich ihn zum ersten Mal am Airport abgeholt habe, rief er an und sagte, er sei der Mann mit der längsten Nase in der Ankunftshalle. Ja, eindeutig. Das ist Peter, Ma'am."

„Sehen Sie, jetzt haben Sie uns doch geholfen, junger Mann."

Doreen versteht nichts mehr. Der Ex-Mann ihrer Mutter hat Kontakt zu Forrestal? Er lebt in Vegas und hat ihn regelmäßig in Richmond besucht? Was hat das zu bedeuten?

„Wissen Sie etwas über den Grund von Peters Besuchen?", fragt Kate.

„Ma'am, ich war nur der Fahrer."

„Kennen Sie die Adresse von Peter in Vegas?"

„Natürlich nicht, aber die bekomme ich vielleicht. Der Besitzer des Hotels, in dem Peter wohnte, ist Mitglied in meinem Club. Ich werde ihn fragen, ob er mir Peters Anschrift geben kann."

Doreen ist ein einziges Fragezeichen.

ZWEIUNDVIERZIG

Derselbe Tag

Richmond, am 29.11.2022, um 16.30 Uhr

„Kate, verrate mir. Wie bist du auf Peter gekommen?"

Die beiden Frauen gehen über die Main Street in Richtung ihres Hotels.

„Ganz einfach. Peter ist schon damals immer nach Las Vegas gefahren. Er hatte so eine Art Spielsucht. Das war ziemlich oft ein Streitthema zwischen Rita und ihm. Als ich gelesen habe, dass Forrestal regelmäßig von einem Gast aus Vegas besucht wurde, schoss mir der Gedanke durch den Kopf, dieser Mann könnte Peter sein."

„Die Chance, dass er es war, war praktisch null", meint Doreen.

„Liebes, genau deswegen habe ich nicht darüber gesprochen. Ich wollte mich nicht blamieren. Aber so gering war die Wahrscheinlichkeit auch wieder nicht, wenn …"

„Wenn was?"

„Wenn der Schlüssel des Falls wirklich in der Vergangenheit liegt."

„Hast du schon wieder eine Theorie, Kate?"

„Nein, ich analysiere nur die Fakten."

„Und die wären?"

„Nick ist umgebracht worden, nachdem er im Umfeld des alten Studienfreundes von Brown recherchiert hat. Doreen, da muss man doch zurückschauen."

Doreen schweigt. Nach einer Weile fragt sie:

„Kate, meinst du wirklich, dass der gewählte Vizepräsident der USA in eine Korruption verwickelt ist?"

Kate zuckt mit den Schultern und legt ihre Stirn in Falten.

„Liebes, darüber denke ich die ganze Zeit nach."

„Und?"

„Na ja, es gibt zwei Möglichkeiten: Entweder ja oder nein."

„Du sprichst in Rätseln, Kate. Wenn sein Senatorensitz gekauft wurde, muss er doch dahinterstecken."

„Wirklich? Muss ein Lottogewinner immer wissen, dass die Kugeln manipuliert sind?"

„Was meinst du damit?"

„Die Manipulation könnte von einer Organisation ausgehen, die Brown nur als Werkzeug benutzt. Als eine Art Marionette."

„Ein Werkzeug für was?"

„Ich weiß es nicht. Deine alte Tante denkt nur alle Varianten durch. Irgendwie habe ich das Gefühl, dass wir nur die Spitze des Eisbergs sehen."

Kimmel kommt am frühen Abend in das Hotel der beiden Frauen. Schon von Weitem erkennt Doreen, dass er Erfolg hatte. Sein Gebiss leuchtet wie eine Werbetafel am Times Square. Er setzt sich zu Kate und Doreen an den Tisch.

„Es war nicht einfach. Aber mein Bekannter hat mir die Anschrift gegeben. Es ist gegen das Gesetz, aber ich habe ihm gesagt, ich müsse unbedingt etwas schreiben, was für ihn wichtig sei. Zum Glück vertraut er mir. Peters Anschrift ist Nelson, Nevada, Bonanza Street. Ich habe gegoogelt. Das scheint ein ganz kleiner Ort zu sein. Etwas für Einsiedler. Nur ganz wenige Menschen leben dort.

In der Nähe ist eine alte Goldmine. Vegas ist ziemlich weit entfernt."

„Hat er eine Mobilnummer hinterlassen?"

„Leider nein. Es würde mich nicht wundern, wenn er gar kein Smartphone besitzt. Er war so ein Old-Fashion-Typ. Ziemlich verpeilt. Aber trotzdem ein netter Kerl."

„Ziemlich verpeilt? Junger Mann, da untertreiben Sie. Mein Schwager war schon vor dreißig Jahren extrem neben der Spur", sagt Kate.

„Mr. Kimmel, ich habe noch eine Frage. Sie haben Nick gegenüber einmal erwähnt, dass Peter möglicherweise Geld von Forrestal erhalten hat. Wissen Sie darüber mehr?"

„Nichts Genaues. Aber ich musste den Chef immer zur Bank fahren, wenn Peter da war. Das war ungewöhnlich, weil er sonst selten dorthin fuhr. Daher kam ich auf die Idee, dass Peter jedes Mal Geld erhielt. Das ist aber nur eine Vermutung."

Kimmel sitzt noch eine Weile mit den Frauen am Tisch. Dann spürt er, dass es Zeit zum Gehen ist. Als er das Hotel verlässt, schaut er sich noch einmal um. Trotz ihrer Trauer sendet Doreen ihm ein dankbares Lächeln. Ein Bild, das Kimmel nicht vergessen wird. Sie ist die Mona Lisa seines Lebens, wunderschön und unerreichbar. Zum Abschied lässt er noch einmal seine Zahnreihe blitzen.

Kate und Doreen beschließen, nach Orange County zurückzufliegen. Warum noch Floyd Brenson treffen? Die Information, die sie von Kimmel erhalten haben, reicht ihnen. Sie haben Glück. Es sind noch Plätze in der nächsten Maschine nach Los Angeles frei. Auf der Fahrt mit dem Uber zum Flughafen kommt Doreen eine Idee. Sie möchte Johns Haus sehen. Daher bittet sie den Fahrer, einen Umweg zu nehmen und in die Stratfort Crescent zu fahren. Als sie dort ankommen, staunen sie. Die Villa ist ein Traum. Sie steigen aus dem Wagen aus und gehen ein Stück in die Einfahrt.

Ihr Blick fällt auf die mächtige Lebenseiche. Doreen bewundert den Baum und möchte ein Handyfoto machen. Sie geht auf das Objekt zu und schießt das Bild. Dann stellt sie sich vor den Baum und bittet Kate, eine Aufnahme von ihr mit der Lebenseiche zu machen. Das Foto ist ihr wichtig, weil sie weiß: Nick hat an dieser Stelle gestanden.

Die Augen der Lebenseiche sind auch diesmal wach- und mitteilsam. Bei der täglichen Auswertung des Videobands werden beide Frauen identifiziert. Die Schlinge über ihren Köpfen zieht sich zusammen.

DREIUNDVIERZIG

7 Wochen nach Nicks Tod

Manhattan Beach, am 7.12.2022, um 19.00 Uhr

Kate und Doreen sind zurück in Orange County. Margret Parker-Jones hat die beiden zu sich nach Hause eingeladen. Auch Joe Henderson, Doreens Chef, ist dabei. Für ihre Gäste hat Margret eine Pilzlasagne vorbereitet. Das Gericht ist eine ihrer Spezialitäten. Der Teig und die Soßen sind selbstgemacht. Dazu gibt es einen Sauvignon Blanc aus dem Nappa Valley. Ein Wein, den Jason liebte und über den er ausgiebig referieren konnte.

Seit dem Tod von Nick gab es viele Gespräche zwischen Margret und Doreen. Die Gastgeberin ist über alles informiert. Für sie war die Verbindung zu Jasons Projekt „Hurricane" alles andere als eine Überraschung. Von Anfang an hatte sie den Verdacht, dass Jason wegen dieser Recherchen getötet wurde. Jetzt macht sie sich große Vorwürfe. Niemals hätte sie Nick die Dateien mit Jasons Erkenntnissen überlassen dürfen. Sie waren hochexplosiv und gefährlich. Für jeden, der sich damit befasste. Nick würde noch leben, wenn er nicht Jasons Arbeit fortgesetzt hätte.

In der Nacht nach der Trauerfeier für Jason hat sie die Schatten hinter Nick gesehen. Deutlicher hätte die Warnung ihrer inneren

Stimme nicht sein können. Sie hätte den Freund anrufen und die Dateien zurückfordern müssen. Warum hat sie das nicht getan? Wahrscheinlich war es ihre seelische Verfassung an diesem besonderen Tag. Dennoch: Sie macht sich riesige Vorwürfe. Und jetzt recherchiert auch noch Doreen. Das gefällt Margret überhaupt nicht. Sie versteht, dass die Freundin nicht einfach aufgeben kann. Aber das Risiko ist zu groß. Nicht auch noch Doreen! Schon den Flug nach Richmond wollte Margret ihr ausreden. Aber ohne Erfolg. Den heutigen Abend will sie nutzen, um der Freundin noch einmal ins Gewissen zu reden. Auf keinen Fall darf Doreen einfach so weitermachen und im Visier der Täter bleiben.

Die Lasagne ist im Ofen. Doreen und Kate berichten von ihrer Reise nach Richmond. Sie schildern das Gespräch mit Kimmel. Die überraschende Information, die sie erhalten haben: Peter Cunningham, ein regelmäßiger Besucher von John Forrestal. Joe ist von Kates Spürsinn beeindruckt.

„Kate, Sie sind ja ein richtiger Profi. Ihre Recherchen sind beste Polizeiarbeit“, meint er.

Kate winkt ab.

„Das mit Peter war nur so eine verrückte Idee. Auf jeder Akademie wäre ich mit diesem Ermittlungsansatz durchgefallen.“

„Nur nicht so bescheiden, Kate. Aber eine Sache frage ich mich noch. Ist es wirklich ausgeschlossen, dass Peter und die beiden Freunde von Ray Raszinsky schon damals, Ende der Achtziger, Kontakt hatten?“, fragt Joe.

„Ich kann mir das nicht vorstellen. Meine Schwester hat ihre Affäre allen verschwiegen. Auch Peter hat davon erst erfahren, als sie wusste, dass sie mit Doreen schwanger war. Da war Ray schon tot. Wie sollte Peter da seine Freunde kennen? Er war immer schon ein Einzelgänger, und er war älter als die beiden. Dass sie sich zufällig an der Uni über den Weg gelaufen sind, halte ich für sehr unwahrscheinlich. Peter hat Elektrotechnik studiert und die beiden Jura. Da sieht man sich nicht einfach mal so und kommt ins Gespräch."

„Warum besucht er Forrestal dann?"

„Wir können uns auch keinen Reim darauf machen, Joe", sagt Kate.

„Selbst wenn sie sich auf der Uni kennengelernt haben, wäre das kaum ein Grund für ständige Besuche nach Jahrzehnten", meint Margret. „Da muss mehr dahinterstecken."

„Um das herauszufinden, wollen wir nach Las Vegas fahren und mit Peter reden", erklärt Doreen.

„Das kommt gar nicht in Frage", sagt Margret in strengem Ton. „Schon euer Trip nach Virginia war viel zu riskant. Jason und Nick haben ihre Ermittlungen mit dem Leben bezahlen. Ihr dürft euch keinem weiteren Risiko aussetzen. Ich bitte dich, Doreen, tu das nicht."

Die anderen schweigen.

Margret holt die Lasagne aus dem Ofen. Doreen hilft, sie auf die Teller zu verteilen. Joe füllt die Gläser nach. Die Runde widmet sich dem Essen. Doreen schaut schweigend auf das große Ölbild an der Wand. Ein großflächiges Oktogon, das ein Künstler aus Orange County in hellen, mediterranen Farben gemalt hat. Es war Nicks Lieblingsbild. Als Margret Doreens Blick sieht, steht sie auf, stellt sich hinter Doreen und schlingt beide Arme um die Freundin. Dann drückt sie Doreen fest an sich. Joe beendet die Stille.

„Ich schließe mich völlig Ihrer Meinung an, Margret. Wenn die beiden weiter wie FBI-Agenten ermitteln, spielen sie mit dem Feuer. Dieser Bande entgeht nichts. Sie hat ihre Augen und Ohren überall. Und räumt offenbar jeden aus dem Weg, der irgendwas herausfinden will."

Doreen trocknet die Tränen. Ihr Blick verrät Entschlossenheit.

„Sorry, Joe, aber ich werde fahren. Wer soll dem FBI denn sonst Beweise liefern? Sollen die Täter doch versuchen, mich auch noch zu beseitigen. Sie haben mir nicht nur meinen Freund genommen, sondern auch die Hoffnung auf die Kinder, die wir haben wollten. Sie werden diese Welt nie sehen. Was habe ich denn noch zu verlieren?"

Alle schweigen, bis Kate spricht.

„Ich kenne meine Nichte am längsten. Schon als Kind hat sie ihren Kopf durchgesetzt. Da dürften alle Einwände wohl zwecklos sein. Deshalb habe ich beschlossen, sie zu begleiten."

Margret schüttelt energisch ihren Kopf.

„Bitte mach keinen Fehler, Doreen. Überleg dir das Ganze noch einmal. Du darfst dich nicht auch noch opfern!"

„Ich werde fliegen", sagt Doreen mit fester Stimme.

Joe räuspert sich.

„Kate und Doreen, darf ich Ihnen ein Angebot machen?"

„Ja?"

„Ich komme mit nach Las Vegas."

Kate ist die Erleichterung anzusehen. Ein Anwalt an ihrer Seite wäre nicht verkehrt.

„Keine schlechte Idee", sagt Kate. „Dann müssten die Täter schon drei Personen aus dem Weg räumen. Das muss man erst mal hinkriegen. Und es kostet Zeit! Doreen, was meinst du? Nehmen wir deinen Chef mit?"

„Joe, der Vorschlag ist total gut gemeint und ich schätze ihn sehr", sagt Doreen. „Aber denken Sie an die Kanzlei und an Ihre Partner!"

„Doreen, manchmal fragen die Leute mich, warum ich ein notorischer Junggeselle bin. In solchen Momenten ist das sicher ein Vorteil. Ich muss niemanden um Erlaubnis bitten. Und was die

Kanzlei angeht. Meine Partner werden mit meiner Lebensversicherung nicht unzufrieden sein."

Während die drei reden, schweigt Margret.

„Niemals hätte ich Nick die Unterlagen geben dürfen", sagt sie plötzlich. Kaum hörbar, mehr zu sich selbst als zu den anderen.

„Ich bitte dich, Margret, dich trifft überhaupt keine Schuld. Es war allein Nicks Entscheidung, die Sache weiter zu verfolgen."

„Trotzdem, ich hätte die Unterlagen einfach in Jasons Schreibtisch schmoren lassen sollen. Dann wäre keinem mehr etwas passiert. Und ich möchte nicht schuld an einer weiteren Katastrophe sein."

Doreen legt ihre Hand auf den Arm der Freundin.

„Margret, es ist meine Sache. Ich kenne das Risiko, und ich trage es ganz bewusst. Mach dir bitte keine Vorwürfe, ganz gleich, was passieren wird."

In Margrets Blick kämpfen die Gefühle. Verständnis, Zuneigung, Sorge. Was würde sie darum geben, wenn sie die Zeit zurückdrehen könnte! Niemals hätte sie Nick – und jetzt auch Doreen – in die Sache hineinziehen dürfen. Die Freundin ist in allerhöchster Gefahr. Sie spürt es.

VIERUNDVIERZIG

In der folgenden Nacht

Mission Viejo, am 8.12.2022, um 2.59 Uhr

Der Halbmond wirft sein schwaches Licht auf die Ensenada Lane. Es ist drei Stunden nach Mitternacht. In der Ferne hört man Kojoten. Der Ort ist vor sechzig Jahren in die Wüste gebaut, der Natur abgetrotzt worden. Aber nachts, wenn alles schläft, holen sich die Tiere ihr Revier zurück. Die Steppenwölfe sind laut, die Schlangen, Echsen und Spinnen kommen leise. Doreen und Kate liegen in ihren Betten. Als sie von Margret zurückkamen, gingen beide Frauen sofort in ihre Zimmer. Doreen in ihr Schlafzimmer im hinteren Teil des Hauses. Kate in das Gästezimmer an der Westseite. Es ist kühl draußen.

Um kurz vor 3 Uhr dreht sich Kate auf den Rücken, öffnet ihre Augen. Wieder einmal kann sie nicht durchschlafen. Der Kopf tut weh, sie empfindet starke Übelkeit. Die Decke des Zimmers sieht sie nur verschwommen. Mit beiden Händen reibt sie sich die Augen. Das Fenster, die Uhr an ihrem Bett. Alles ist undeutlich. Nichts kann sie fixieren. Kate richtet sich auf. Ihre Kopfschmerzen sind unerträglich. So etwas kennt sie nicht. Langsam streckt sie die Beine aus, bis sie den Boden berühren. Das fühlt sich besser an. Sie versucht sich zu erheben. Starker Brechreiz überkommt sie. Sofort fällt sie zurück auf die Matratze.

Kate muss in das Badezimmer. Ihr Körper kommt wieder nur langsam hoch. Der Kopf dröhnt, als ob ihr jemand mit einem Hammer auf den Schädel geschlagen hätte. Mit hängenden Schultern sitzt sie auf der Bettkante. Der Blick ist klarer geworden, aber die Möbel tanzen. Die Decke fällt auf sie herab. Wie ein schwerer Wasserfall, der sich ständig über sie ergießt. Die Wände drehen sich. Sie bemüht sich, einen klaren Gedanken zu fassen. Die Lasagne von Margret. Waren die Pilze giftig?

Sie fühlt, dass sie sich übergeben muss. So schwer es ihr auch fällt, sie muss aufstehen, zur Toilette gehen. Mit beiden Händen drückt sie sich vom Bett hoch und stützt sich an der Wand ab. Einen Moment wartet sie. Das Karussell dreht sich langsamer. Vorsichtig tastet sie sich an der Bettkante entlang, dann hält sie sich an der Wand fest. Sie erreicht die Tür des Badezimmers, drückt die Klinke herunter und betritt vorsichtig den Raum. Kälte strömt ihr entgegen. Das Fenster ist einen Spalt geöffnet. Mit zwei Schritten steht sie an der Toilette. Sie würgt ihren Mageninhalt in die Schüssel. Für einen kurzen Moment fühlt sie sich besser. Der Schwindel lässt nach. Sie öffnet das Fenster ganz. Die frische Luft tut ihr gut.

In diesem Moment wird ihr klar: Sie hat keine Magenverstimmung. Es ist Kohlenmonoxid! Der Gedanke trifft sie wie ein Schock. Die Luft im Schlafzimmer ist mit giftigem, geruchlosem Gas vermischt. Die Symptome kennt sie aus der Praxis ihres Mannes. Einige Male haben sie diese Vergiftungen behandelt. Kopfschmerzen, Sehstörungen, Übelkeit. Während sie ihren Oberkörper aus dem Fenster lehnt und nach frischer Luft schnappt, begreift sie: Das ist nichts Zufälliges. Es ist ein Anschlag. Kate erfasst Panik. Doreen! Was ist mit Doreen? Wenn sie getötet werden soll, dann die Nichte auch. Die Täter wollen sie beide. Mit letzter Kraft dreht sie sich um, torkelt durch das Badezimmer. Dann wankt sie durch den Flur. Die Tür zu Doreens Schlafzimmer ist geschlossen. Kate stolpert gegen den Türrahmen, reißt sich zusammen und öffnet die Tür. Doreen liegt in ihrem Bett. Kate will ihren Namen rufen, aber ihre Stimme versagt.

Sauerstoff, es muss dringend frischer Sauerstoff in den Raum. Dazu muss sie das große Schiebefenster öffnen. Sie zittert am ganzen Körper. Schritt für Schritt vorbei am langen Schrank. Ein Kampf gegen den Schwindel, die Schmerzen. Endlich ist sie am raumhohen Fenster. Mit allerletzter Kraft zieht sie am Griff, mit beiden Händen, nur vom Willen getrieben. Ein Spalt ist geöffnet, dann das ganze Fenster. Frische, kalte Luft strömt von draußen herein. Kate wankt zum Bett. Das Gesicht der Nichte friedlich, die Augen geschlossen. Als ob sie schläft.

Sie rüttelt an Doreens Schultern. Mit beiden Händen hält sie den Kopf der Nichte, schüttelt ihn, reißt die Decke weg. Keine Reaktion, kein Atem, kein Puls. Kate will schreien, aber bringt keinen Ton hervor. Immer wieder streichelt sie Doreens Wange, ihren Mund, küsst ihr lebloses Gesicht.

Der Rettungsdienst! Vielleicht ist es noch nicht zu spät. Das Smartphone in ihrem Zimmer. Bis dahin muss sie es schaffen. Als sie aufsteht, kommt der Schwindel zurück. Mit kleinen Schritten erreicht sie den Flur. Dann sieht sie nichts mehr. Alles schwarz. Nein, keine Ohnmacht! Das muss sie verhindern. Aber ihre Beine versagen. Sie stürzt auf den Boden, versucht verzweifelt, sich wieder aufzurichten. Doch sie bleibt liegen. Ihr Bewusstsein schwindet.

FÜNFUNDVIERZIG

33 Jahre zurück

San Mateo, am 9.9.1989, um 18.30 Uhr

Die Entscheidung hatte Alan ganz allein getroffen. John war nicht eingeweiht. Das wollte er erst im letzten Moment tun. Der Junge musste vor vollendete Tatsachen gestellt werden. Sonst würde er wieder den Moralapostel geben. Diskussionen konnte Alan nicht gebrauchen. Die K.-o.-Tropfen zu besorgen, war nicht einfach gewesen. Er hatte mit widerlichen Typen reden müssen. Sie trieben ihr Unwesen auf Partys, machten junge Frauen bewusstlos. Alan, der jede Studentin haben konnte, verachtete diese Looser. Aber um ihre Tricks zu erfahren, hatte er Interesse heucheln müssen. Nun wusste er alles. Vor allem kannte er die Dosierung, die zur Bewusstlosigkeit führte.

Ray würde bald vom Campus zurück sein. Alan stand in der Küche und briet Eier in der Pfanne. Angelockt von dem Geruch, kam John von oben, setzte sich an den Tisch.

„John, wir müssen Schicksal spielen."

„Was m-meinst du?"

„Ray hat uns sein Herz ausgeschüttet. Er möchte seinem Leben ein Ende bereiten. Jetzt ist er offenbar in einer Phase, in der er den Mut dazu nicht aufbringt."

„Das verstehe ich n-nicht, Alan. Er sagt d-doch, dass er nicht mehr lebensmüde ist."

„Unsinn, John. Das ist geschwindelt. Er will es, aber er traut sich nicht."

„Was willst d-du damit sagen, Alan?"

„Dass er jetzt echte Freunde braucht, die ihm helfen und seinen Willen umsetzen."

„Ich weiß n-nicht, was du meinst."

„Ray hat uns um einen Freundschaftsdienst gebeten, den wir ihm nicht verweigern dürfen."

„Wovon redest du?"

„Wir erledigen seinen Job. Machen genau das, was er will, was er sich aber aus irgendwelchen Gründen im Moment nicht mehr zutraut."

„Du willst d-doch nicht …?"

„Genau das, John."

„Alan! Spinnst du?"

„Reg dich nicht auf, John. Das Ganze machen wir auf die sanfte Tour. So, wie Ray es sich wünscht."

Johns Gesicht war weiß wie eine Wand.

„Nein, d-da mache ich nicht mit."

„Ach, sieh mal an. Da ist sich der feine Herr zu schade!"

„Alan, das ist Mord!"

„Nicht, wenn jemand sterben will."

„Das will er aber nicht mehr. Und selbst wenn, bist d-du irre?"

„Nein, will er nicht mehr sterben? Er hat hier gesessen und das Gegenteil gesagt. Regelrecht angefleht hat er uns!"

„Aber er hat seinen W-Willen geändert!"

„Glaub mir John, das hat er nicht. Er ist dankbar, wenn wir ihm helfen. Manchmal muss man als echter Freund Dinge tun, zu denen man sich selbst überwinden muss."

Alan beförderte die Spiegeleier auf zwei Teller. Dazu holte er geschnittenes Brot aus dem Schrank, das er auf die Tischplatte legte.

„John, ich möchte keine Diskussionen. Glaub mir, das Ganze ist auch für mich schwer. Aber es helfen uns keine Sentimentalitäten. Ray verlässt sich auf uns!"

John war geschockt. Alan schien zum Äußersten bereit. Johns Gedanken fuhren Achterbahn. Wie sollte er sich verhalten? Ray warnen, die Polizei informieren? Alan würde alles abstreiten. Niemand würde ihm glauben. Außerdem traute er sich nicht, mit dem Freund zu brechen. Konfrontation war noch nie sein Ding gewesen. Er beschloss, mit ihm in den nächsten Tagen noch einmal ganz in Ruhe zu sprechen. So schnell würde Alan den schrecklichen Plan bestimmt nicht umsetzen. Wenn er es überhaupt ernst meinte. Vielleicht hatte er ihn nur schocken wollen.

Alan kannte John. Der Freund würde sich beugen. Man musste ihn nur hart genug anfassen. Es ging um eine halbe Milliarde! Für jeden von ihnen! Gefühlsduseleien waren da fehl am Platz. Nur entschlossenes Handeln zählte! Und außerdem: Es war doch alles in Rays Sinn. Sicher, er hatte ihnen gesagt, er sei von seinem Entschluss abgerückt. Aber das war doch niemals sein wahrer Wille. Vermutlich nur ein letztes Zögern, weil ihm plötzlich der Mut fehlte. Dann mussten eben Freunde dafür sorgen, dass sein Wille umgesetzt wurde. Und John? Auch der würde ihm am Ende dankbar sein.

Als Ray vom Campus zurückkam, war er bester Laune.

„Na, du Streber, haben sie dich endlich aus der Bibliothek rausgeworfen?", fragte Alan.

„Ihr solltet euch da auch wieder mal sehen lassen", lachte Ray.

„Oder habt ihr den Weg vergessen?"

„Ich mache mir einen Kaffee. Möchtest du einen Tee, Ray?", fragte Alan.

Wenn er nach Hause kam, trank Ray meistens schwarzen Tee.

„Als Steward bist du unschlagbar, Alan."

Alan stand auf und stellte Wasser auf den Herd. Die K.-o.-Tropfen hatte er bereits auf dem Boden einer Tasse verteilt. Als das Wasser kochte, goss er es in die bereitgestellte Tasse und ließ den Beutel mit schwarzem Tee hineinfallen. Bei der gewählten Dosierung musste die Schläfrigkeit nach fünf, die Bewusstlosigkeit nach zehn Minuten eintreten.

Sie unterhielten sich über alles Mögliche. Der Tee zog. Ray trank ihn. Alles verlief nach Plan. Nach einigen Minuten sagte Ray, er wolle sich kurz aufs Ohr legen. Er verließ die Küche und nahm die Treppe. Alan und John blieben sitzen. John war immer noch aufgewühlt, fassungslos. Die letzten Minuten hatte er wie eine Statue dagesessen und kein einziges Wort gesagt.

Nach gut zehn Minuten stand Alan auf und ging ebenfalls nach oben, direkt in das Badezimmer. Er schloss die Tür und ließ Wasser in die Wanne laufen. Dann setzte er sich auf einen Hocker und wartete. Nun war er etwas nervös. Aber nicht wegen Ray. Den bewusstlosen Freund in die Wanne zu befördern, war kein Problem. Das würde er auch alleine schaffen. Nein, der Grund war ein anderer. Er musste den passiven John zum Täter machen. Der Zauderer musste alles mitmachen. Nur dann konnte Alan sicher sein, dass er zukünftig den Mund hielt. Zudem sah Alan nicht ein, dass beide von der Aktion profitierten, aber nur einer für die Arbeit zuständig sein sollte. Die Wanne war voll. Alan verließ das Badezimmer und öffnete vorsichtig die Tür zu Rays Raum.

„Ray, hörst du mich?"

Keine Antwort. Alan griff mit beiden Händen an Rays Oberarme, schüttelte ihn.

„Ray?“

Wieder nichts. Mit der rechten Innenhand schlug Alan auf seine Wange. Rays Augen blieben geschlossen. Test bestanden. Alan ging nach unten, wo John im Wohnzimmer saß. Im TV eine Rede des Präsidenten Bush. Er sprach über den Missbrauch von Drogen an den Universitäten, das große Thema dieser Tage.

„John, komm schnell mal nach oben, ich brauche deine Hilfe.“

„Was ist denn, Alan? Ich höre unserem Präsidenten zu.“

„Präsidenten reden lange. Du bist gleich wieder unten.“

Was wollte Alan? Sollte das etwa schon mit seinem abscheulichen Plan zusammenhängen? Hoffentlich nicht. John stand auf und ging mit Alan nach oben. Weiteren Auseinandersetzungen am heutigen Abend wollte er aus dem Weg gehen. Alan steuerte Rays Zimmer an. Die Tür war geöffnet, und Ray lag auf seinem Bett. John stutzte. Schlief Ray? Dann wäre Alan nicht so laut. Es stimmte etwas nicht.

„Was ist mit Ray?“, fragte John mit unsicherer, brüchiger Stimme.

„Er träumt gerade was.“

„Alan, was g-geht hier v-vor?“

Keine Antwort. Alan stellte sich an das Kopfende des Bettes, fasste Ray an seine Schultern und zog ihn an sich.

„Fass die Füße an, John. Wir tragen ihn ins Badezimmer.“

„Nein“, schrie John. „Bist d-du verrückt? D-das k-kannst du d-doch nicht machen!“

„Quatsch nicht, John, nimm die Füße!“

John war wie gelähmt.

„Du nimmst jetzt die Füße, John!“, sagte Alan kalt und ruhig.

Entsetzt schaute John ihn an. So hatte er ihn noch nie erlebt.

Er bekam Angst vor ihm. Was sollte er tun? Alan mit Gewalt an seinem Vorhaben hindern? Weglaufen, die Polizei anrufen? Den Mut hatte er nicht. Wie in Trance griff er zu den Füßen von Ray. In diesem Moment wusste Alan: Johns Widerstand war gebrochen. Er hatte gewonnen. Dann ging alles schnell. Sie schleppten Ray ins Badezimmer und hievten ihn – einem schweren Sandsack gleich – in die Wanne. Ständig begleitet von Johns hilflosem Flehen, das immer verzweifelter klang. Ray hatte einen zufriedenen Gesichtsausdruck. Der Anflug eines Lächelns. So, als ob er vor dem Einschlafen an etwas Wunderschönes gedacht hätte. John immer noch wie paralysiert. Nur noch fähig, schwach zu protestieren.

„Alan, das k-können wir nicht tun. Wir bringen ihn ja um!"

„Nein, wir helfen ihm."

Als Alan den Kopf von Ray unter Wasser drückte, schrie John auf.

„Nein, nein! t-tu's nicht, bitte!"

„Sei endlich still, John. Denk an das Geld und geh' wieder nach unten."

Das Wasser umschloss Rays Kopf. John konnte nicht hinschauen. Laut jammernd lief er die Treppe hinunter.

Alan ging in sein Zimmer. Er war ruhig und konzentriert. In einem der Schrankfächer hatte er diverse Schlaf- und Beruhigungsmittel deponiert, die er behutsam öffnete und leerte. Er lief in das Badezimmer zurück und drapierte die Packungen kunstvoll auf dem Hocker. Dann steuerte er Rays Zimmer an, wo er die Schublade des Schreibtisches aufzog. Dort lagen die Papiere, die er schon kannte. Die Unterlagen über das Vermögen auf den Bermudas nahm er an sich. Er versteckte sie unter den Pullovern in seinem Zimmer.

Anschließend kehrte er in Rays Raum zurück und nahm den Abschiedsbrief aus der Schublade. Schnell überflog er ihn noch einmal. Das sollte passen. Gut sichtbar legte er den Brief auf den Schreibtisch. Dann schloss er die Tür und warf einen prüfenden Blick in das Badezimmer. Nur die Haarspitzen von Ray ragten aus dem Wasser.

Für einen Moment hielt er inne. Er blickte auf den leblosen Ray. Genau das hatte er sich doch gewünscht. Alan beschloss, mit dem Anruf bei der Polizei noch etwas zu warten. Zunächst musste er sich darum kümmern, dass John nicht durchdrehte.

SECHSUNDVIERZIG

33 Jahre später

Mission Viejo, am 8.12.2022, um 9.30 Uhr

Die beiden Frauen werden am nächsten Morgen gefunden. Eine Nachbarin mit dem Schlüssel kommt vorbei. Sie hat im Whole Foods für Doreen einige Lebensmittel eingekauft. Als sie die mitgebrachten Sachen in der Küche abstellen möchte, macht sie die schreckliche Entdeckung. Zunächst im Flur die immer noch bewusstlose Kate, dann im Schlafzimmer die tote Doreen. Im Minutentakt füllt sich die ruhige Ensenada Lane mit Menschen. Der Rettungsdienst, die Polizei, Reporter, Nachbarn, Schaulustige. Durch die Straße manövriert ein riesiger TV–Übertragungswagen. Ein lokaler Sender berichtet. Der Fall erregt ungewöhnlich viel Aufsehen in Orange County. Nicht zuletzt, weil viele wissen, dass der bekannte Radio-Moderator Nick Garcia erst vor Kurzem verstorben ist. Jetzt ist seine Freundin tot. Was für eine Tragik! Die Medien zeigen ein Foto von Nick und Doreen aus dem Archiv, aufgenommen bei einem Sommerfest des Radio-Senders. Ein strahlendes und bildschönes Paar. Sie sehen aus, als ob sie das Glück gepachtet hätten.

Kate wird in ein Krankenhaus gefahren, Doreen in das pathologische Institut. In der Klinik wird Kate wach. Schnell ist sie wieder bei Sinnen und klar im Kopf. Sie kann sich an alles erinnern. Auch daran, was mit Doreen passiert ist. Selbst ist Kate glimpflich davongekommen, weil sie rechtzeitig wach geworden ist und sie das große Schiebefenster öffnen konnte. Auf der Station wird sie mit Sauerstoff versorgt. Die Ärzte wollen sie zur Beobachtung eine Woche im Krankenhaus behalten.

Apathisch liegt Kate in ihrem Bett. Nur ihre Finger bewegen sich und spielen mit allem, was greifbar ist. Der eigene Zustand interessiert sie nicht. Die Täter haben ihr den einzigen Menschen genommen, den sie noch geliebt hat. Warum hat sie, die alte Frau, den Anschlag überlebt, warum nicht Doreen? Kate ist verzweifelt. Die Außenwelt dringt nur dumpf zu ihrem Bewusstsein vor. Viele Bilder aus fernen, glücklichen Tagen gehen ihr durch den Kopf. Sie sieht die fünfjährige Doreen. Das kleine Mädchen hat ein großes Herz auf ein Blatt gemalt. Die Augen leuchten. Das Herz ist für die „liebste, liebste Tante der Welt". Das Kind kommt näher, direkt zu ihrem Bett. Der Blick unschuldig, gutgläubig, voller Vertrauen in die heile Welt der Erwachsenen. Kate streckt ihre Hände aus, um das Mädchen zu berühren. Aber es wird ihr klar: Niemand steht dort, weder die kleine noch die große Doreen. Ruckartig zieht sie ihre Arme zurück und fasst sich an den Kopf. Was hat sie nur getan? Warum hat sie ihre Nichte zu dem Flug nach Richmond überredet? Doreen würde noch leben, wenn sie, wie Margret, davon abgeraten hätte. Sie fühlt sich schuldig.

Zwei Polizisten kommen, um Kate zu vernehmen. Sie reden davon, dass die Erdgasheizung defekt gewesen sei. Kate weiß, dass das nicht stimmt. Es mag sein, dass aus der Heizung Kohlenmonoxid ausgeströmt ist. Doch sie ist sich sicher, dass genau das beabsichtigt war. Es ist dasselbe Muster wie in den anderen Fällen. Alles soll nach einem Unfall aussehen. Tatsächlich aber muss das

Gift gezielt von außen zugeführt worden sein, vermutlich durch das poröse Holz der Außenwände. Diese Theorie schildert sie den Cops nicht. Warum sollte sie? Die Beamten werden ihr wieder nicht glauben. Stattdessen bittet sie, den Agenten Davis vom Field Office in Los Angeles zu informieren. Drei Stunden später sitzt er an ihrem Bett. Der Agent ist erschüttert. Kate erkennt, dass er feuchte Augen hat. Trotzdem: So mitfühlend er auch ist. Es bleibt dabei. Er kann nichts machen. Das FBI ist nicht zuständig. Die Beweise fehlen. Immer noch dasselbe Lied!

„Wie viel Leichen brauchen Sie noch?“, fragt Kate sarkastisch.

„Ms. Hawkins, ich verstehe Sie. Aber mir sind die Hände gebunden.“

„Das haben Sie schon mehrfach gesagt, Mr. Davis. Der Plan der Täter geht auf. Niemand fühlt sich zuständig. Aber lassen Sie mich hier raus sein, dann werde ich Ihnen die verdammten Beweise bringen. Und sprechen Sie bitte nicht wieder vom Risiko. Mein Leben können die auch noch haben. Jetzt hat die Bande einen Gegner, der nichts mehr zu verlieren hat.“

Davis widerspricht nicht.

Als Joe Henderson Kate im Krankenhaus besucht, fragt sie ihn sofort. Ob er immer noch bereit sei, mit ihr nach Las Vegas zu fliegen, um dort Peter zu treffen.

Joe nickt.

SIEBENUNDVIERZIG

Im Flieger

Santa Ana / Las Vegas am 27.12. 2022, um 16.00 Uhr

Der Flugzeit vom John-Wayne-Airport nach Las Vegas beträgt eine Stunde und zehn Minuten. Die Maschine ist bis auf den letzten Platz besetzt. Eine Gruppe junger Männer ist extrem laut. Offenbar wird ein Junggesellenabschied gefeiert, dessen erster Akt schon im Flieger beginnt. Kate und Joe sitzen zwei Reihen hinter der grölenden Gruppe. Die Gefühlswelten könnten unterschiedlicher nicht sein.

Kate hat Weihnachten im Haus von Nick und Doreen verbracht. Einsam wie eine Gestrandete auf einer verlassenen Insel. Eine Woche zuvor ist Doreen beerdigt worden. In aller Stille. Margret Parker-Jones ist dabei gewesen, Joe Henderson mit der ganzen Anwaltskanzlei, die engsten Freunde von Nick und Doreen, einige Verwandte. Alle waren fassungslos, schweigend, hatten bleiche Gesichter. Auf eine große Trauerfeier hatte Kate verzichtet. Das hätte sie nicht überstanden. Doreen war ihr Kind und ihre Freundin. Sie hatte sich selbst in ihr wiedererkannt. Ihr Tod fühlt sich an, als ob ein Teil von ihr fortgegangen sei. Sie muss die Täter finden. Das ist der letzte Auftrag ihres Lebens.

Auch Joe kann Doreens Tod nicht fassen. Sie war für ihn viel mehr als eine Angestellte. Fast eine Freundin. Mit ihrer Fröhlichkeit inspirierte sie alle Menschen. Jedem konnte sie ein Lächeln ins Gesicht zaubern. Und sie war eine großartige Juristin, verband pragmatisches Denken mit der Juristerei. Etwas, was nicht viele können. Demnächst hatte er sie fragen wollen, ob sie Partnerin der Kanzlei werden wolle. Mit den Kollegen hatte er seinen Plan schon besprochen.

Kate hat sich vorgenommen, auf der Reise gegen ihre Trauer und ihre Verzweiflung anzukämpfen. Wenn sie in Las Vegas etwas herausfinden will, muss sie konzentriert sein und sich fokussieren. So schwer ihr das auch fällt. Doreen hätte gewollt, dass sie das Rätsel um Peter Cunningham löst. Immer wieder hat Kate darüber nachgedacht, woher Peter Forrestal kennt. Eine Antwort hat sie bisher nicht gefunden. So weit reicht nicht einmal ihre Fantasie. Sie spricht die Frage noch einmal im Flieger an.

„Joe, wenn ich nur wüsste, was die beiden verbindet!"

„Meinen Sie nicht doch, dass sie sich an der Uni in Stanford begegnet sind?"

„Ich glaube das nicht. Peter hatte damals sein Studium schon längst abgeschlossen. Warum sollte er ausgerechnet einen dieser Jura-Studenten gekannt haben?"

„Es ist alles seltsam, Kate. Ich bin wirklich gespannt, ob wir etwas erfahren", meint Joe.

Aus den vorderen Reihen erschallt ständig lautes Gewieher. Einer lacht so penetrant, dass Kates Ohren schmerzen. Kate und Joe sind froh, als die Maschine endlich landet. Vom Flughafen fahren sie mit dem von Joe bestellten Mietwagen in das Hard Rock Hotel. Joe hat es ausgesucht. Der Anwalt ist ein Rocker geblieben, obwohl seine brave Frisur und die gepflegten Business-Klamotten darüber hinwegtäuschen. Sein Lieblingsmusiker ist

Axl Rose. Kate mag Vegas nicht besonders. Die Stadt ist ihr zu schrill.

In der Lobby des Hotels steht ein riesiger Tannenbaum mit bunter Deko. Das Fest ist vorbei, aber es läuft immer noch das Endlosband mit Weihnachtsliedern. Neue und alte Songs. Taylor Swift und ihre Christmas Tree Farm, Dean Martin und das Winter Wonderland. Kate und Joe treffen sich im Nobu zum Dinner. Das Restaurant liegt direkt neben dem Foyer. Hier ist es ruhiger als in der Hotelhalle, die mit lauten Songs beschallt wird und in der ein wuseliges Treiben herrscht. Sie werden an einen seitlichen Tisch geführt und geben ihre Bestellung auf. Ein Gespräch zwischen ihnen kommt nicht richtig in Gang, zu sehr sind sie in Gedanken bei Doreen. Aber irgendwann landen sie bei der Politik. Die frisch gewählte Präsidentin hat in Washington ihr neues Kabinett vorgestellt.

„Joe, nehmen wir doch einmal an, dass der Senatorensitz von Brown wirklich gekauft war, dann dürfte in Washington eine Zeitbombe ticken", sagt Kate.

„Da haben Sie recht, Kate. Sollte das jemals rauskommen, wäre es kein kalifornischer Skandal mehr, sondern eine Staatskrise der USA. Brown sitzt ja auch im Weißen Haus."

„Es wäre also plausibel, Menschen umzubringen, die der Korruption auf der Spur sind. Habe ich recht, Joe?"

„Ja."

„Halten Sie es auch für plausibel, dass Brown hinter den Morden steckt? Dass er Killer anheuert? Dass er eine Bande unterhält, die perfekt orchestrierte Anschläge verübt?"

„Ich bin kein Profiler. Aber sehr naheliegend ist das nicht. Es würde zu einem Politiker nicht passen."

„Was ist dann plausibel, Joe?"

Joe schweigt. Sie können sich einfach keinen Reim darauf machen, wer hinter den Morden steckt und aus welchen Gründen getötet wird.

Am nächsten Morgen brechen sie direkt nach dem Frühstück auf. Mit ihrem schwarzen Mietwagen, einem kleinen Toyota Aygo, verlassen sie Las Vegas in Richtung Süden. Sie nehmen die 95, lassen Boulder City und den Hoover-Damm links liegen. Joe sitzt am Steuer. Sie sehen weit und breit kein anderes Fahrzeug. Links und rechts erstreckt sich eine karge Wüstenlandschaft. Dahinter am Horizont die Berge. Gäbe es nicht die Fahrbahn und die riesigen Solaranlagen, könnte man meinen, sie seien auf einem unbewohnten Planeten unterwegs.

Es ist ein sonniger Tag. Für die Jahreszeit ist es ungewöhnlich warm. Die Außentemperatur geht schon vormittags auf zwanzig Grad zu. Nach einer Weile erreichen sie die Abzweigung der 165, die nach Nelson, Nevada, führt. Der Ort ist ausgeschildert, weil in der Nähe das „Ghost Town“ liegt. Eine alte Goldmine, die mit ihrem Museum vereinzelte Besucher aus Las Vegas anlockt. Sie ist aber nicht das Ziel ihrer Fahrt, sondern der winzige Ort, der sich eine halbe Meile vor der verlassenen Mine befindet. Eigentlich ist es kein Ort, sondern es sind nur einige Häuser und eine kleine Trailer-Siedlung. Joe hat alles bei Google Maps gecheckt.

„Wie kann man hier wohnen?“, fragt Kate.

„Kostet nichts“, erwidert Joe.

„Auf jeden Fall muss man eine Macke haben. Was auf Peter zutrifft. Ich habe ihn mehr als fünfundzwanzig Jahre nicht mehr gesehen. Bin richtig gespannt.“

„Hatten Sie ein gutes Verhältnis zu ihm?“

„Es war okay. Lieblingsschwägerin hat er mich genannt. Dabei hatte er nur eine“, sagt Kate.

Sie sehen das Ortsschild. Joe biegt von der 165 ab. Langsam fahren sie die staubige Straße entlang, die in die kleine Siedlung führt.

Rechts sehen sie fünf oder sechs Gebäude, die keinen gepflegten Eindruck machen. Eine Handvoll Häuser, das scheint ganz Nelson zu sein. Das GPS leitet Joe weiter geradeaus. Sein Ziel, die Bonanza Street, ist vierhundert Meter entfernt. Im Schritttempo fahren sie weiter. Hinter einer Kurve sehen sie einige Trailer. Ziel erreicht, sagt das Navi. Joe stellt den Wagen ab. Sie steigen aus und gehen das letzte Stück zu Fuß.

ACHTUNDVIERZIG

Derselbe Tag

Nelson, Nevada, am 28.12.2022, um 11.40 Uhr

Kate schaut sich um. Sechs Wohnwagen stehen in einem Kreis. Im Vergleich zu den Häusern sind sie erstaunlich gepflegt, mit einer überdachten Veranda. Die Wagen befinden sich in einer Art Krater. Um sie herum verläuft eine runde Anhöhe, die einen natürlichen Schutzwall bildet. Der trockene Wüstenboden ist mit Flechten bedeckt. Hinter den Trailern und auf dem Hügel wachsen ein paar größere Pflanzen. Die Sonne steht hoch. Es ist windstill. Weit und breit kein Geräusch.

„Hat was von einem Western. Gary Cooper, 12 Uhr mittags", sagt Joe.

„Hier zu wohnen, ist krass. Jedenfalls nichts für Leute, die öfters mal zum Arzt müssen", meint Kate.

Sie stehen in der Mitte der Trailer. Dass sie beobachtet werden, merken sie nicht. In einem der Wohnwagen sitzt ein alter Mann, der Kate durch ein Fenster betrachtet. Er ist dünn, ziemlich groß und hat graue Haare. Am auffälligsten ist seine lange Nase. Auf ihr sitzt eine runde Metall-Brille, die er mit beiden Händen fest an sich drückt. Der Mann traut seinen müden Augen nicht. Hat er Halluzinationen? Ungläubig tritt er aus dem Wohnwagen heraus. Jetzt können Kate und Joe ihn sehen.

„Hallo“, ruft Joe, „Entschuldigen Sie, Sir, wir suchen Mr. Peter Cunningham.“

Keine Antwort. Nach kurzer Zeit spricht Joe ihn noch einmal an.

„Sir, können Sie mich verstehen?“

Wieder keine Reaktion. Plötzlich löst sich der Angesprochene aus dem Schatten des Vordachs.

„Ist das wirklich meine Lieblingsschwägerin? Ich glaube es nicht“, ruft er.

Der alte Mann im weißen T-Shirt springt die Stufen der Veranda herab. Mit einer Behändigkeit, die nicht zu seiner gebeugten Haltung passen will. Er läuft auf Kate zu und umarmt sie. Nach einem kurzen Zögern legt auch Kate ihre Arme um ihn. Ein Geruch von starkem Rasierwasser. Sie bleiben eine Zeit lang stehen, eng umschlungen, fast wie ein altes Ehepaar. Dann tritt der Mann etwas zurück und betrachtet Kate.

„Meine Güte! Dass ich dich noch einmal wiedersehe, Kate. Was … was machst du hier?“

„Peter, dasselbe kann ich dich fragen? Du bist ja seit Ewigkeiten spurlos verschwunden. Und lebst hier wie ein Präriehase.“

„Hier habe ich endlich meine Ruhe gefunden, Kate. Ich fühle mich wohl hier.“

Kate mustert Peter. Der Mann, den sie Jahrzehnte nicht gesehen hat, wirkt so harmlos wie eh und je. Ein Sonderling, aber kein böser Mensch. Sie hat das Gefühl, dass sie offen mit ihm reden kann. Aber zuvor will sie ihn noch ein wenig ausfragen.

„Lebst du ganz alleine hier?“

„Ja und nein. Ich habe keine Partnerin, wenn du das meinst.

Aber wir sind hier eine große Familie und helfen uns alle gegenseitig. Einer fährt jede Woche zum Einkauf nach Boulder City und versorgt die anderen. Der andere ist unser Koch. Und ich bin der Jäger."

„Jäger?"

„Wenn ungebetene Gäste auftauchen, verpasse ich ihnen ein paar Kugeln."

Kate erschrickt.

„Nicht, was du denkst. Ich meine Schlangen oder Kojoten, wenn sie aufdringlich werden. Wir wollen hier unsere Ruhe haben. Aber jetzt sag mir bitte, warum kommst du? Hier ist noch keiner zufällig vorbeigefahren."

„Peter, es ist etwas passiert." Sie zögert, atmet tief ein. „Doreen ist tot."

„Doreen?", schreit der Mann. „Nein, das kann nicht sein!"

Sein Gesicht zuckt, als ob es von Stromschlägen getroffen würde. Er hat Doreen geliebt, obwohl er nicht ihr leiblicher Vater ist. Die Trennung von Rita ist ihm damals leichtgefallen, aber bis heute leidet er darunter, dass er auch die kleine Doreen zurücklassen musste. Seine Beine versagen. Er droht zu fallen. Joe springt hinzu, fängt ihn auf und führt ihn die Stufen zur Veranda hoch. Dort hilft er ihm, sich in einen der bequemen Korbstühle zu setzen. Kate folgt ihnen. Sie legt die Hand auf Peters Schulter.

„Sie wurde ermordet, Peter!"

„Was? Wieso? Wer sollte das tun?"

Peter bricht wieder in Tränen aus. Eine Weile redet niemand. Dann schaut Peter seine Schwägerin lange an.

„Sag, wie hast du mich gefunden?"

Seine Familie weiß nicht, dass er hier lebt. Niemand weiß es. Damals hat er sämtliche Brücken hinter sich abgebrochen. Die Spielschulden waren ihm über den Kopf gewachsen. Ein Buddy aus Vegas hat ihn hierher mitgenommen. An diesem Ort ist er endlich zur Ruhe gekommen, hat seine Spielsucht überwunden. Aber die Kraft, sich bei Rita oder Doreen noch einmal zu melden, hat er nicht aufbringen können.

„Das ist eine lange Geschichte, Peter“, sagt Kate. „Ich erzähle sie dir in Ruhe.“

„Rita, was macht Rita?“

„Rita ist schon seit zehn Jahren tot, Peter.“

Peter blickt eine Weile stumm vor sich hin. Dann schaut er Joe an. Wenn er einen unbekannten Business-Mann sieht, hat er stets die Sorge, dass jemand alte Forderungen eintreiben will. Kate registriert seinen fragenden Blick.

„Mr. Henderson ist Anwalt“, sagt Kate.

Peter zuckt zusammen.

„Er ist aber nicht beruflich hier, sondern er war der Chef von Doreen, und er unterstützt mich bei der Suche nach den Tätern.“

„Macht das nicht die Polizei?“

„Wir helfen der Polizei“, erklärt Joe.

Als sich Peter wieder etwas beruhigt hat, nimmt er die Rolle des großzügigen Gastgebers ein. Als ob es Routine wäre, mitten in der Wüste Besucher zu bewirten. Er bietet Getränke, Kekse und Süßigkeiten an. Kate und Joe sitzen an dem Tisch auf der Veranda. Sie erzählt die ganze Geschichte. Von Anfang an, mit allen Details. In diesem Moment ist es ihr egal, welches Geheimnis Peter hat. Wenn sie offen spricht, denkt sie, wird er dasselbe tun. Man konnte spüren, wie nahe Doreens Tod ihm geht. Die Emotionen werden seine Zunge lösen. Ihre Schilderung dauert lange. Unentwegt spielt sie mit einem in Papier eingewickelten Bonbon. Peter hört ihr gebannt zu. Mit geöffnetem Mund. Darüber, wie ein kleines Fallbeil, seine weiße, zapfenförmige Nase. In seinem Gesicht spiegeln sich Fassungslosigkeit, Entsetzen, Trauer. Kate muss viele

Pausen machen, weil Peter immer wieder Tränen trocknen muss.

„Und jetzt, Peter, haben wir an dich die Frage, warum besuchst du John Forrestal? Kannst du uns etwas sagen, was uns hilft?"

Peter zeigt keine Regung. Er scheint zu überlegen. Die Spannung bei Kate und Joe steigt. Der alte Mann starrt minutenlang vor sich hin. Was geht ihm durch den Kopf? Seine Besucher schauen ihn an, voller Unruhe und Erwartung. Plötzlich steht er abrupt auf. Offenbar hat er seine Entscheidung getroffen. Aber er sagt nichts. Langsam schlurft er in das Innere des Trailers. Von der Veranda aus können Kate und Joe sehen, wie er einen Schrank

öffnet und irgendeinen elektronischen Gegenstand herausnimmt. Dann greift er noch einmal in das Fach und lässt schnell etwas in seiner Hosentasche verschwinden. Er kommt zurück nach draußen. Die beiden verfolgen jede seiner Bewegungen. Was hält er in der rechten Hand? Es sieht aus wie ein altes Abspielgerät für Audio-Aufnahmen. Peter stellt es auf den Tisch und verkabelt es. Aus seiner Hose fischt er eine kleine Kassette, die er vorsichtig in das Gerät legt. Ganz so, wie man es in den Achtzigerjahren machte.

„Was tust du da?", fragt Kate.

„Das ist mein Jackpot, Kate. Zwanzig Jahre lang hat mir Forrestal immer wieder Geld dafür gezahlt, dass ich es niemandem gebe. Sie sind Anwalt, guter Mann. Helfen Sie mir bitte, wenn ich Schwierigkeiten deswegen bekomme. Ich tue das nur für Doreen, meinen Engel."

Peter spult die Kassette vor. An einer bestimmten Stelle, die er genau zu kennen scheint, drückt er die Abspieltaste. Eine Stimme ist zu hören, weinerlich, wie aus einer anderen Dimension.

„Alan, das k-können wir nicht tun. Wir bringen ihn ja um."

Jetzt eine andere, schneidend wie ein Messer.

„Nein, wir helfen ihm."

Joe schaut Kate fragend an. Das Band läuft weiter.

„Nein, nein, t-tu's nicht, bitte."

„Sei endlich still, John. Denk an das Geld und geh' wieder nach unten."

„Wer ist das?", fragt Joe.

Bevor Peter etwas sagen kann, antwortet Kate.

„Das ist Alan Brown, unser frisch gewählter Vizepräsident, und sein Freund Forrestal, in dem Moment, als sie Ray Raszinsky umbringen! Stimmt's, Peter?"

Peter nickt. Kate sitzt aufrecht am Tisch, ihre Augen glühen.

„Also hatte Rita doch recht. Sie hat nie an einen Selbstmord von Ray geglaubt. Immer hat sie gesagt, da stimmt etwas nicht.

Wie bist du an die Aufnahme gekommen, Peter?"

Peter schweigt für einen Moment. Dann atmet er tief ein.

„Das ist mir heute noch peinlich und ich schäme mich dafür. Ich habe Rita damals nachspioniert. Sie ist ständig in ein Haus in San Mateo gegangen. Ich wollte wissen, was sich dort abgespielt hat. Also habe ich mich bei einer Putzhilfe als Elektriker ausgegeben und überall Wanzen im Haus versteckt. Davon verstehe ich ja etwas. Es ging mir darum, Rita den Ehebruch nachzuweisen."

„Und stattdessen war etwas ganz anderes auf dem Band!"

„Richtig, Kate! Ich wusste erst gar nicht, was ich da höre. Erst dachte ich, das ist irgendein verdammter Joke. Aber dann ging auf dem Campus das Gerücht um, dass sich ein Student in der Badewanne ertränkt hat. Da wurde mir klar, was ich aufgenommen hatte. Und ich ahnte, dass das Band etwas wert sein würde. Ich habe einen der beiden, John, ausfindig gemacht. An den anderen bin ich gar nicht herangekommen. Was John gezahlt hat, war mehr als genug. Schau dir den Trailer an. Ohne ihn hätte ich mir den nicht leisten können. John ist kein übler Kerl. Ich habe mich fast mit ihm angefreundet. Jedenfalls hat er sich immer auf meine Besuche gefreut und mir eine Menge erzählt. Jetzt liegt er im Koma, so dass ich mein Geld sowieso nicht kriege."

Kate stützt den Kopf in beide Hände. Was sie gerade gehört hat, ist unfassbar. Brown, der zweite Mann im Staat, hat vor Jahrzehnten einen heimtückischen Mord begangen. Offenbar aus reiner Geldgier. Daher wohl auch sein immenser Reichtum. Das Ganze ist ein Cold Case. Aber kein gewöhnlicher, sondern einer, über den die gesamte Regierung stürzen kann. Jetzt – so viel ist klar – wird Davis nicht mehr einwenden können, dass das FBI nicht zuständig ist. Dennoch: Die für Kate entscheidende Frage ist noch nicht beantwortet. Wer hat Doreen getötet? Und wer Nick und Jason? Wer zieht die Fäden? Ist es Brown? Hat er nicht nur damals gemordet, sondern tötet er weiter?

NEUNUNDVIERZIG

Derselbe Tag

Las Vegas, am 28.12.2022, um 19.15 Uhr

Kate und Joe haben sich wieder für das Nobu entschieden, das ruhige Restaurant im Hard Rock Hotel. Vor ihnen auf dem Tisch liegt das Papier, das eine Staatskrise auslösen kann. Es ist die eidesstattliche Versicherung, die Joe als Anwalt aufgesetzt und die Peter unterschrieben hat. Es war nicht leicht gewesen, ihn zur Unterschrift zu bewegen.

„Ich verrate damit Forrestal, der mein Leben finanziert hat", wandte er ein.

„Der einen Mord begangen hat", erwiderte Kate. „Peter, Du hättest damals schon zur Polizei gehen müssen. Stattdessen hast du aus einem Mord Kapital geschlagen."

„Bekomme ich Probleme, wenn ich das unterschreibe? Bin ich dann selbst dran, wegen Erpressung, Beihilfe oder so etwas? Herr Rechtsanwalt, sagen Sie es mir."

„Was ist das für eine armselige Frage? Hier geht es darum, dass wir den Mord an Doreen aufklären. Und du kommst mit deinen kleinen egoistischen Sorgen."

„Mr. Cunningham, vermutlich ist alles verjährt", beschwichtigte ihn Joe. „Außerdem können wir mit dem FBI besprechen, dass Sie als Zeuge in dieser wichtigen Sache verschont bleiben."

„Und meine Gläubiger? Wenn das publik wird, sind die alle wieder hier."

„Auch dafür werde ich mich einsetzen. Das FBI kann Ihre Aussage anonym halten", erklärte Joe.

„Gut, dann ich mache es. Für meine kleine Doreen".

Peter stellte Joe seinen Drucker zur Verfügung, unterschrieb die eidesstattliche Versicherung und händigte das Band aus. Zum Schluss kam es zu einer emotionalen Umarmung der drei. Als sie gingen, winkte Peter ihnen lange hinterher. In seinem Trailer legte er sich aufs Bett. Für den Rest des Tages weinte er hemmungslos.

Im Nobu kann Joe es immer noch nicht glauben. Eine verwitwete Arzthelferin aus San Francisco und ein Anwalt aus Orange County haben den wohl größten Skandal seit Watergate aufgedeckt. Das wirkt alles unecht. Wie ein Blockbuster oder eine Netflix-Serie, nicht wie etwas, das wirklich geschehen kann. Joe beobachtet Kate. Inzwischen kennt er sie. Sie hat ihre Stirn in Falten gelegt. Joe weiß, was das bedeutet. Ihre Neuronen arbeiten wie im Akkord.

„Was denken Sie, Kate?", fragt Joe.

„Ich versuche, die Fakten zu ordnen und zu analysieren."

„Welche?"

„Die Eltern von Ray sind auf einem Flug auf die Bermudas verunglückt. So hat es Rita damals erzählt. Sie hatten viel Geld. Lag es vielleicht auf den Bermudas? War der Grund für den Flug von Rays Eltern vielleicht das Geld, das sie dort versteckt hatten? So abwegig ist das nicht. Wenn es aber so war, dann ist die Frage: Wie hatten sie ihr Geld auf den Bermudas geparkt? Normalerweise braucht man dafür irgendwelche Treuhänder, Leute von der Insel. Habe ich recht?"

„Das stimmt. In den Steueroasen gibt es Kanzleien, die das Vermögen von ausländischen Kapitalgebern über obskure Briefkastengesellschaften verwalten. Meistens fungieren Einheimische als Anwälte oder Steuerberater. Sie sind Strohmänner."

„Einen von dieser üblen Sorte hat Nick ja bei seinem Trip kennengelernt. Er wurde von ihm nicht gerade freundlich behandelt. Aber überlegen wir weiter: Ray war das einzige Kind seiner Eltern. Damit war er Alleinerbe? Stimmt's, Joe?"

„Falls er nicht enterbt war."

„Dafür gibt es aber keine Anhaltspunkte. Was sagte Brown zu seinem Kumpel, als sie Ray umgebracht haben? Denk an das Geld! Welches Geld sollte er sonst meinen, außer dem, das Ray geerbt hat?"

„Ja, er klang, als ob er genau wusste, um welches Geld es sich handelt."

„Den Eindruck habe ich auch. Was wissen wir noch? Brown wird Senator. Das ist die erste Stufe für die weitere Karriere als Vizepräsident. Der Gouverneur, der ihm den Posten verschafft, erhält ein üppiges Trinkgeld."

„Sie meinen die Wohnung auf den Bermudas?"

„Und wem hat diese Wohnung gehört? Einer windigen Anwaltskanzlei auf den Bermudas. Von wem bekommt der Mittäter, Forrestal, später Geld? Von derselben Kanzlei. Das alles kann kein Zufall sein."

„Sie meinen, dass die beiden Geld auf den Bermudas haben, das ursprünglich von Ray stammt und jetzt von der Kanzlei AWS verwaltet wird?"

„So weit würde ich noch nicht gehen. Da gibt es noch etwas, das mich irritiert."

„Was denn?"

„Nick hat erfahren, dass Forrestal irgendwann mal gewaltige Finanzprobleme hatte. Er konnte ein Hochhaus in Richmond nicht weiterbauen, das jahrelang ein Rohbau war. Das ist nicht normal für einen Mann, der an der Quelle sitzt? Der mal eben auf den Bermudas anrufen kann, um wieder flüssig zu sein, oder?"

„Sicher nicht."

„Aber plötzlich hatte er wieder Kohle."

„Was schließen Sie daraus, Kate?"

Kate gibt keine Antwort. Sie schaut zur Decke des Restaurants. Sie besteht aus milchigem Glas, das mit vielen Holzstangen dekoriert ist. Sie laufen kreuz und quer durcheinander. Kate deutet mit ihrem Zeigefinger nach oben.

„So verästelt ist unser Fall auch. Haben Sie noch zwei Tage Zeit, Joe?"

„Warum?"

„Würden Sie mich auf einem Flug nach Maine begleiten?"

„Nach Maine. Zu Forrestal? Der liegt doch im Koma."

„Aber seine Schwester nicht."

„Seine Schwester? Sollten wir alles Weitere nicht dem FBI überlassen, Kate? Wir geben dem Agenten Davis die eidesstattliche Versicherung mit dem Band, und die Befragungen machen dann die Spezialisten vom FBI."

Kate macht einen entschlossenen Eindruck.

„Mein Weg ist nicht zu Ende, Joe. Ich will Doreens Mörder finden. Das bin ich ihr schuldig."

„Warum sollte uns ausgerechnet die Schwester von Forrestal dabei helfen? Ihr Bruder lag im Koma, als Nick und Doreen ermordet wurden. Sie wird nichts wissen."

„Forrestal hat zu Doreen gesagt, man könne dem Schicksal nicht entkommen."

„Denken Sie, dass uns die Schwester sagen kann, was er damit gemeint hat?"

„Überlegen Sie, Joe! Forrestal ist ein weicher Mann. Das können wir auf Peters Band hören. Und denselben Eindruck hatte auch Doreen. Solche Leute brauchen immer jemanden zum Reden. Warum nicht die Schwester? Wenn sie etwas weiß, werden wir beide von ihr mehr erfahren als die Polizei. Immerhin hat Doreen ihren Bruder gerettet. Da wird sie dankbar sein."

FÜNFZIG

2 Tage später

Portland, Maine, am 30.12.2022, um 11.15 Uhr

Bowery Beach Rd, 55, Cape Elizabeth. Die Adresse von Forrestals Schwester haben Kate und Joe von Steve Wolff, dem Manager des Del, erhalten. Wolff hat berichtet, dass es immer noch keine Fortschritte bei Forrestal gebe. Er werde weiterhin künstlich ernährt. Seine Schwester besuche ihn jeden Tag. In der Medizin habe es Fälle gegeben, bei denen Patienten noch nach Jahren aus dem Koma erwachen. Darauf hofften die Angehörigen.

Kate und Joe stapfen über den verschneiten Weg zum Eingang des großen Hauses, in dem Vicky und Fred Archer wohnen. Das Anwesen liegt auf einer Anhöhe, von der man den nahen Atlantik und den berühmten Leuchtturm von Cape Elizabeth sehen kann. Eine winterliche Idylle, ein Motiv für Postkarten. Es ist bitterkalt. Vorgestern waren sie noch in der trocken-heißen Wüste Nevadas. Heute mitten in einer traumhaften Winterlandschaft. Der Schnee knirscht unter ihren festen Schuhen. Sie tragen dicke Jacken. Als sie am Vortag den Flughafen in Portland verließen, deckten sie sich sofort mit winterfesten Klamotten ein. In ihren neuen Daunenjacken sehen sie aus wie zwei Wintersportler im Beaver Creek.

Der Vorgarten liegt unter einem weißen Teppich. Der Geruch von frischem Schnee. Alles ist friedlich, immer noch weihnachtlich.

Sie betätigen die Klingel, schütteln den Schnee von den Schuhen. Vicky Archer öffnet. Sie ist etwa im Alter von Kate. Eine mollige Frau mit braunem Haar und einem freundlichen, runden Gesicht. Kate fallen sofort ihre Lachfalten auf, die Augen und Lippen säumen. Joe hat sich per Telefon angemeldet. Die Gastgeberin hat von Wolff erfahren, dass Doreen nicht mehr lebt, die mutige junge Frau, die ihren Bruder reanimiert hat. Spontan umarmt sie Kate und drückt sie innig. Danach bittet sie ihre Besucher in das warme Haus und nimmt ihnen die Winterjacken ab.

Sie durchqueren eine geräumige Halle mit wertvollen Kunstobjekten. Alle sind durch dezentes Licht in Szene gesetzt. Dann betreten sie den großen, geschmackvoll eingerichteten Wohnraum. Die Wände sind mit hellem Holz vertäfelt. Lindgrüne Vorhänge hängen an den raumhohen Fenstern, durch die man auf den verschneiten Garten schauen kann. Am Kamin, in dem ein kleines Feuer lodert, steht Fred Archer. Ein vornehmer, älterer Herr in einem eleganten, grauen Anzug. Joe hat herausgefunden, dass Archer ein pensionierter Versicherungsmanager ist. Ein ganz hohes Tier. Er gibt Kate und Joe mit einem freundlichen Lächeln die Hand. Dann bittet er sie, auf einem der großen karierten Sofas Platz zu nehmen. Vicky Archer bietet Tee, Kaffee und weihnachtliches Gebäck an. Es riecht nach Zimt und Kardamom. Fred Archer drückt Kate sein tiefes Mitgefühl für den Tod der Nichte aus. Er hat die Gäste bereits freundlich mit ihrem Vornamen angesprochen.

„Wir sind sehr dankbar", sagt Vicky.

„Der Dank muss Doreen gelten", meint Kate.

„Was Ihre Nichte geleistet hat, war großartig. Aber Vickys und meine Dankbarkeit bezieht sich vor allem auf Ihren Besuch“, wirft Fred ein.

Kate und Joe schauen sich überrascht an.

„Was Fred meint: Wir haben das Bedürfnis, mit Ihnen als Angehörige von Doreen zu reden. John wollte in San Diego schon mit Doreen sprechen …“

Vicky versagen die Worte. Tränen kullern über ihr Gesicht. Fred steht auf, legt den Arm um sie und vollendet ihren Satz.

„Mein Schwager wollte Ihrer Nichte sagen, dass …“

Fred macht eine Pause, um die richtigen Worte zu finden. Kate kommt ihm zuvor.

„Dass er Doreens Vater getötet, zumindest, seinen Tod nicht verhindert hat?“, fragt sie.

Jetzt sind es Vicky und Fred, die sich erstaunte Blicke zuwerfen.

„Sie wissen es?“, fragt Vicky.

„Ja, seit zwei Tagen“, sagt Joe. „Und deshalb sind wir hier.“

„Man kann dem Schicksal nicht entkommen, hat John meiner Nichte gesagt, bevor er nicht mehr reden konnte“, stellt Kate fest.

Nun berichtet Joe mit der Präzision des routinierten Anwalts, was beide von Peter Cunningham gehört haben. Fred und Vicky hängen an seinen Lippen. Nachdem er geendet hat, herrscht Stille. Vicky beendet das Schweigen.

„John war immer ein guter Junge. Er wurde verführt von diesem Alan Brown, dem er nicht gewachsen war. Der Mann hat sein Leben verpfuscht“, sagt Vicky.

„Ein charakterloser Typ“, wirft Fred ein.

„Der bald der mächtigste Mann der Welt sein könnte“, ergänzt Joe.

„Hoffentlich wird ihm das Handwerk gelegt“, bemerkt Fred. „Lassen Sie mich zunächst etwas Grundsätzliches sagen. Vicky und ich wissen, dass mein Schwager John kaum Chancen hat, jemals wieder ein normales Leben zu führen. Aller Voraussicht nach wird er nicht mehr aufwachen. Wir meinen deshalb, dass wir nicht mehr damit warten sollten, endlich reinen Tisch zu machen. Es wäre in Johns Sinn. Habe ich es so richtig gesagt, Vicky?"

Vicky nickt.

„Also kennen Sie die ganze Geschichte?", fragt Kate.

„John hat in meinem Jagdhaus ein Dossier versteckt, in dem er alles aufgeschrieben hat. Es ist nicht nur der Mord an Ray darin beschrieben, sondern auch, was danach passiert ist. John hat das Papier seinen Roman genannt."

„Seit wann wissen Sie von allem?", fragt Joe.

„Er hat sich uns anvertraut, als ihm vor einigen Jahren der Konkurs drohte", stellt Fred fest.

„Den er abgewendet hat, weil ihn jemand unterstützt hat. Stimmt's Fred?"

„Sie sind sehr gut informiert, Kate. Nur die Beschreibung passt nicht ganz. John hat Geld erpresst."

„Wirklich? Dafür scheint er mir nicht der Typ zu sein", meint Kate.

„Das haben Sie richtig erkannt. John ist nicht hart genug. Aber beim America's Cup hatte er mal einen Steuermann, Bob Bowman. Der war kriminell und erledigte damals die ganze Drecksarbeit. Für eine gute Provision, mit der er später einen Escort-Club gründete."

„Von wem hat John das Geld erpresst? Von Alan Brown?", fragte Joe.

„Das hatte dieser Bowman zunächst vorgeschlagen. Er wollte Geld von Brown loseisen. Aber John war dagegen. Dann wäre er für Brown noch mehr der Versager gewesen, der er nie sein wollte."

„Wen hat er dann erpresst, und womit?"

Fred und Vicky antworten nicht. Ihre Gesichter sind ernst, aber nicht zu deuten. Kates Stirn liegt in Falten. Ihr ganzer Körper angespannt. Sie hat ihre Lesebrille in der Hand, die sie dreht und wendet. Sie ahnt: Was jetzt kommt, wird den Fall aufklären. In wenigen Sekunden wird sie wissen, wer ihre Nichte und die anderen ermordet hat. Fred erhebt sich und stellt sich an das Fenster. Er schaut nach draußen auf die Schneelandschaft. Kate und Joe starren ihn an. Nach einer Weile wendet sich Fred ihnen wieder zu.

„Kann ich davon ausgehen, dass Sie nach unserem Gespräch sofort das FBI informieren?"

„Ja, Fred, das werden wir. Aber warum möchten Sie das wissen?", fragt Kate.

„Damit ich weiß, dass der verdammte Verbrecher verhaftet wird."

„Warum haben Sie denn nicht selbst das FBI informiert, wenn Sie es doch seit Jahren wissen?", fragt Kate.

„Das ist eine berechtigte Frage. Aber John ist Vickys Bruder. Vielleicht können Sie uns verstehen."

„Wer ist es, Fred?"

„Das Geheimnis, das wir Ihnen jetzt verraten, war die Lebensversicherung meines Schwagers."

„Das verstehe ich nicht."

„Können Sie auch nicht, Kate. John wäre längst umgebracht worden, wenn er nicht damit gedroht hätte, dass nach seinem Tod das Dossier mit allen Details veröffentlicht werden würde."

„Das Dossier in Ihrem Jagdhaus?", fragt Joe.

„Ja. Der Gegner ist mächtig und brutal, mit schier unbegrenzten Möglichkeiten. Seine Leute haben das Dossier überall gesucht. In Johns Villa, in die sie mehrfach eingebrochen sind. Auf seinem Rechner. Auf seinem Laptop. Aber sie haben es nicht gefunden. Auf mein Jagdhaus sind sie zum Glück nicht gekommen. John hat mich beauftragt, das Dossier dem FBI zu übergeben, falls er auf mysteriöse Weise ums Leben kommt."

„Wer wird in dem Dossier belastet, Fred? Ist es Brown?"

Im Raum herrscht Stille. Nur das Knacken des Kaminholzes ist zu hören. Kate sitzt aufrecht auf der Couch.

EINUNDFÜNFZIG

33 Jahre zurück

San Mateo, am 9.9.1989, um 21 Uhr

Alan benachrichtigte die Polizei. Die Cops fanden Ray in der Badewanne. Später kam der Arzt und stellte seinen Tod fest. Alle Auskünfte gab Alan. Er hatte John dazu verdonnert, in seinem Zimmer zu bleiben und den Mund zu halten. Sein Freund habe einen Schock, sagte Alan, als die Beamten nach ihm fragten. Er müsse ruhen. In Rays Zimmer fand die Polizei, wie von Alan geplant, den Abschiedsbrief. Der Inhalt erschien glaubwürdig. Das Leben unerträglich. Der Tod sein freier Wille. Die einzige Lösung.

Für die Polizei war alles schlüssig. Alan gab Auskunft zu allem, was er gefragt wurde, immer bestrebt, einen fassungslosen Eindruck zu vermitteln. Depression ja, aber keine Anzeichen, dass sie so schlimm sein würde. Es gelang ihm, das Gespräch der Polizisten mit John zu verhindern. Ob es in Ordnung sei, wenn man ihn heute in Ruhe lassen würde. Er werde in den nächsten Tagen auf die Dienststelle kommen und das Protokoll unterzeichnen. Dafür würde er, Alan, sorgen. Die Polizei war einverstanden. Wegen des Abschiedsbriefs sahen die Cops keine Notwendigkeit für weitere Recherchen.

Für Alan verlief alles nach Plan. Ein bisschen war er selbst überrascht, wie reibungslos die Dinge abliefen. Nur das Jammern und Hadern Johns, das sich in den Tagen und Wochen nach dem Ereignis fortsetzte, nervte. Alan musste ihn mehrfach hart anfassen, damit er ruhig wurde. Nach etwa vier Wochen wurde es leichter. Die Gewissensbisse ließen nach, und die Aussicht auf das Geld beruhigte seine Nerven. Schließlich war John – auf Druck des Freundes – sogar bereit, mit Alan auf die Bermudas zu fliegen, wo sie beide mit dem durchtriebenen Treuhänder alles regeln wollten. Aber dort, in den Räumen der Kanzlei AWS, gab es unerwartete Probleme. Alan präsentierte Applegate das Vertrags-Dokument, das sie zur Entschädigung der Opfer gegen ein Honorar von je fünfzehn Millionen Dollar verpflichtete. Beide, Alan und John, hatten es mittlerweile unterschrieben.

„Mr. Applegate, Sie haben uns einen Vorschlag der Änderung dieser Vereinbarung gemacht, den wir grundsätzlich annehmen möchten. Allerdings muss über die Höhe Ihres Anteils noch einmal gesprochen werden", sagte Alan forsch.

„Dieser Meinung bin ich auch, Gentlemen. Wir müssen sprechen. Ich habe Grund zu der Annahme, dass mein Mandant keinen Suizid begangen hat."

Ein Schock! Alan versuchte, ein Pokerface aufzusetzen, was ihm aber gründlich misslang. Auch John entglitten die Gesichtszüge. Alan war klar, dass er etwas sagen musste.

„Was wollen Sie damit andeuten, Mr. Applegate?", fragte er, mit einer Stimme, die unsicherer war, als er wollte.

„Genau das, was Sie beide wissen. Nämlich, dass Sie bei seinem Tod nachgeholfen haben. Ich weiß, dass Mr. Raszinsky die Absicht des Freitodes aufgegeben hat. Er hat es mir persönlich gesagt. Wenn er seine Meinung wieder geändert hätte, wäre ich von ihm verständigt worden. Da das nicht der Fall war, bleibt mir nur die Schlussfolgerung, dass die Mörder meines Klienten vor mir sitzen."

„Das ist eine Unverschämtheit", rief Alan.

Er versuchte empört zu klingen, aber es gelang ihm kaum. John kauerte in seinem Sessel und wünschte, unsichtbar zu sein.

„Nein, es ist die Wahrheit, Mr. Brown, von der ich unter normalen Umständen die Polizei sofort unterrichten müsste."

Jetzt war auch Alans Mut dahin. Es reichte nur noch zu einer Floskel.

„Seien Sie vorsichtig, Mr. Applegate. Wir können Sie verklagen!"

Applegate grinste.

„Tun Sie das, meine Herren. ich wünsche Ihnen viel Erfolg dabei. Gerichtsstand wären übrigens die Bermudas."

Die Gesichtsfarbe von Alan und John hatte sich dem weißen Hemd des Treuhänders angepasst. Alan dachte krampfhaft darüber nach, wie sich ein Unschuldiger verhalten würde. Abrupt beendete Applegate seinen Denkprozess.

„Gentlemen, ich mache Ihnen jetzt ein Angebot, das Sie annehmen werden. Die Alternative ist der elektrische Stuhl für Sie beide. Wir teilen das Vermögen des Herrn Raszinsky in zwei gleiche Hälften. Die eine erhalte ich, die andere Sie beide. Wie Sie Ihre Hälfte aufteilen, überlasse ich Ihnen. Ich denke, es ist unter den gegebenen Umständen immer noch ein ausgesprochen faires Angebot. Das werden Sie sicher genauso sehen."

Alan blickte zu John, der nur noch ein Häufchen Elend war. Der nickte.

„Wir sind einverstanden, Mr. Applegate."

„Das freut mich, aber ganz fertig sind wir noch nicht."

„Was meinen Sie?"

„Neben den Dokumenten der Vermögensteilung habe ich eine Erklärung vorbereitet, die Sie bitte unterzeichnen wollen."

„Was für eine Erklärung?“

„Dass Sie den Tod meines Klienten herbeigeführt haben. Es ist nur eine Formsache und dient meiner Absicherung bei diesem überaus fairen Angebot.“

„D-das unterschreibe ich nicht.“

John fand erstmals seine Sprache wieder.

„Wenn Sie die amerikanische Justiz von ihrer unfreundlichen Seite kennenlernen möchten, bitte sehr. Mir reicht es, wenn nur einer von Ihnen unterschreibt. Ich habe übrigens selbst kein Interesse, dass irgendetwas von dieser Sache jemals die Öffentlichkeit erreicht. Schließlich profitiere ich von Ihrem Verbrechen. Ich lege nur Wert darauf, irgendetwas in der Hand zu haben, falls einer von Ihnen jemals auf dumme Gedanken kommt. Sie verstehen.“

Alan atmete tief durch.

„Okay, ich mache es“, sagte er.

Kurze Zeit später verließen zwei neue Multimillionäre die Kanzlei in der Front Street. Wie glückliche Lottogewinner sahen sie nicht aus.

ZWEIUNDFÜNFZIG

33 Jahre später

Portland, Maine, am 30.12.2022, um 12.50 Uhr

Kate und Joe schauen Fred an.

„Wer ist es, Fred? Sagen Sie es uns!“

Fred atmet tief durch.

„Es ist nicht Alan Brown.“

„Wer denn dann?“

„Robert Applegate Junior.“

„Robert Applegate?“, fragt Joe. „Meinen Sie den Milliardär Applegate?“

„Ja, den meine ich“, sagt Fred.

Kate und Joe schauen sich an. Damit haben sie nicht gerechnet. Robert Applegate! Der Name ist in dem Fall noch nie aufgetaucht. Aber natürlich wissen sie, wer Applegate ist. Er ist ja weltbekannt, galt jahrelang als reichster Mann der Welt. Bis die Tech-Milliardäre ihn in der Forbes-Rangliste abgelöst hatten. Aber er ist immer noch unter den Top Ten. Sein aktuelles Vermögen wird auf über einhundert Milliarden Dollar geschätzt. Es heißt, er habe das Geld mit Hedgefonds gemacht. Seit Jahrzehnten tritt er nicht mehr in der Öffentlichkeit auf. Man sagt, er sei ein Sonderling und lebe einsam in den Bergen in Kalifornien. Streng abgeschirmt von einem Sicherheitsdienst, der ihn stärker bewache als der Secret Service die Präsidentin der USA. Er gilt als Guru der Finanzwelt. Gelegentlich teilt er, ohne Fotos, im Wall Street Journal seine Einschätzungen zu Währungs- und Finanzfragen mit. Seine Meinung hat Gewicht.

„Was zur Hölle hat Applegate mit der Sache zu tun?", fragt Joe.

„Applegate war damals der Treuhänder, mit dem Alan Brown und mein Schwager das Vermögen von Ray Raszinsky geteilt haben. Jeder von ihnen hat einen Anteil erhalten. Applegate die Hälfte, Alan und John jeweils ein Viertel."

„Wie viel war das?", fragt Joe.

„Insgesamt lagen 1,5 Milliarden Dollar auf den Bermudas. Steuerfrei, versteht sich."

„Unvorstellbar. Das muss zu jener Zeit eines der größten Vermögen weltweit gewesen sein. Hat Ray ihnen das Geld vererbt?"

Kate schaut Fred fragend an.

„Nein, Sie haben es sich angeeignet. Ray wollte, dass mit dem Geld eine Art Wiedergutmachung betrieben wurde, weil die Familie von Ray es wohl mit illegalen Methoden erworben hatte. Aber die drei haben sich die Kohle unter den Nagel gerissen. Anstifter war Applegate."

„Das ist nicht zu fassen."

„Applegate war der Ausgekochteste von ihnen. Er hat sein Startkapital in den letzten Jahrzehnten zigfach vermehrt. Browns Geschäftssinn war so mittelprächtig. Nur John konnte partout nicht mit Geld umgehen. Man mag es nicht glauben, aber er hat in zwanzig Jahren ein Vermögen von dreihundert Millionen Dollar in den Sand gesetzt. Ein echtes Kunststück."

Fred legt ein paar neue Hölzer in den Kamin.

„Und Ihr Schwager hat Applegate erpresst?"

„Ja. Es war Bowmans Idee. Er bot sich an, das durchzuziehen. John war damals völlig am Boden."

„Aber warum war Applegate erpressbar? Er war doch nicht an dem Mord beteiligt und hätte ohne Probleme John und Alan ans Messer liefern können?"

„Gute Frage. Bowman hat Applegate damit gedroht, mit der Unterschlagung von Rays Vermögen an die Presse zu gehen. Die Negativ-Publicity hätte seinem Konzern geschadet. Er war wohl der Ansicht, dass es für ihn günstiger sei, John mit Geld ruhigzustellen. Die Einzelheiten hat Bowman mit einem Vertreter von Applegate besprochen, einem Anwalt auf den Bermudas. Er hieß Burnus."

„Mit dem Geld hat John sein Hochhaus in Richmond weitergebaut, richtig?", fragt Kate.

„So war es. Und John hat bis heute davon gelebt. Nicht schlecht, wie wir wissen."

„Was ist mit diesem Bowman heute?"

„Wie gesagt, John hat ihn fürstlich entlohnt. Zum Dank hat er John ständig mit Frauen versorgt. Er sitzt heute wegen anderer Delikte im Bau."

„Fred, wissen Sie etwas von einer kürzlichen Zahlung von Applegate an John? Über drei Millionen Dollar?"

„Nein, John hat uns nicht alles erzählt. Aber er hatte wohl wieder etwas Neues gegen Applegate in der Hand", sagt Vicky.

„Lassen Sie mich raten, Vicky. Es hängt damit zusammen, dass Applegate einen Senatorensitz für Brown gekauft hat."

„Sie sind gut informiert, Kate. Das stimmt. Eines Tages erhielt John von Alan Brown einen überraschenden Besuch. Brown war in einer Notlage. Applegate setzte ihn unter Druck und verlangte, dass er kalifornischer Senator würde. Sonst würde die Justiz Kenntnis vom Mord an Ray Raszinsky erhalten. Vermutlich hat er damals schon die weitere Karriere von Brown im Auge gehabt. Der wollte aber nicht nach Washington. Er hat mit John die Situation besprochen. Am Ende hat er sich dem Druck von Applegate gebeugt. Was blieb ihm anderes übrig?"

Kates Stirn liegt in Falten.

„Die drei von damals haben sich nichts geschenkt. John hat Applegate, und der hat Brown erpresst. Aber ich habe eine Frage, Fred. Applegate war an der Tötung von Ray nicht beteiligt. Woher wusste er, dass Ray keinen Selbstmord begangen hat, sondern von Alan und John getötet worden ist?"

„Ray hatte Applegate darüber informiert, dass er sich nicht mehr umbringen wollte. Offenbar weil er sich in Ihre Schwester verliebt hatte, Kate. Damit war für Applegate klar, dass etwas nicht mit rechten Dingen zugegangen war. Und dann hat er wohl eins und eins zusammengezählt. Alan hat die Tat sogar gestanden. Er hat Applegate ein schriftliches Schuldanerkenntnis gegeben. Brown, unser neuer Vizepräsident, ist Wachs in den Händen des Milliardärs."

Kate steht auf. Sie läuft durch den Wohnraum und stellt sich an eines der Fenster, das den Blick auf die friedliche Winterlandschaft freigibt. Am Horizont kann sie den Atlantik sehen.

„Applegate steht hinter der Karriere von Brown", stellt Kate fest. „Er hat Brown in der Hand und zwingt ihn, als Politiker allerhöchste Ämter zu übernehmen. In diesen Ämtern wäre Brown seine Marionette. Wenn er Präsident würde, könnte Applegate alles bestimmen, wirklich alles. Von militärischen Entscheidungen bis hin zu wirtschaftlichen, auch die Währungspolitik des Landes. Den Dollarkurs, die Leitzinsen. Richtig, Fred?"

„Indirekt schon", sagt Fred. „Brown könnte einen Strohmann von Applegate zum Chef der Notenbank machen. Mit seinem Insiderwissen könnten die Hedgefonds von Applegate zukünftig jede

Wette gewinnen. In seinem letzten Interview hat er übrigens viel von einer Kryptowährung gesprochen. Sie könnte irgendwann mal den Dollar ersetzen. Vielleicht plant er so etwas."

Vor Kates Augen fügt sich das Gesamtbild zusammen. Fred hat die letzten Puzzlestücke geliefert. Sie wendet sich vom Fenster ab und setzt sich neben Vicky auf das große Sofa.

„Doreen ist das Opfer eines größenwahnsinnigen Milliardärs. Eines skrupellosen Kriminellen, der mit seiner Organisation jeden aus dem Weg räumt, der seine verrückten Pläne auch nur im Ansatz gefährdet. Jason und Nick sind aus dem gleichen Grund getötet worden."

Kate zieht ihre Brauen nach unten. Zornesfalten bilden sich.

„Es tut mir so leid", sagt Vicky.

Sie legt ihre Hand auf Kates Arm. So sitzen sie eine Zeit lang nebeneinander, bis Kate abrupt aufsteht.

„Das nächste Opfer wird die Präsidentin sein", stellt sie fest, nüchtern, fast beiläufig.

Die anderen schauen Kate fassungslos an.

„Der Mann", so fährt sie fort, „wird sein Werk vollenden. Und ab jetzt steht ihm nur noch die Präsidentin im Weg. Wenn sie stirbt, ist Brown der Chef im Oval Office. Aber in Wahrheit ist er nur eine Handpuppe. Applegate ist der wahre Boss. Das Land im Griff eines unsichtbaren Milliardärs. Er könnte die Welt in ein Chaos stürzen, von dem nur einer profitiert. Er selbst! Niemand würde jemals hinter die Kulissen schauen."

Vicky hält entsetzt ihre Hand vor den Mund. Kate drückt ihre Brille so fest, dass sie fast zerbricht.

„Ich gehe davon aus", sagt sie, „dass das Attentat auf Immelman längst in der Planung ist. Die brauchen nicht einmal einen Scharfschützen. Sie können dasselbe Gift wie bei Nick nehmen."

„Wenn das so ist, muss sofort gehandelt werden", sagt Fred.

„Dafür brauchen wir das Dossier, Fred. Wären Sie bereit, uns das Papier zu überlassen?", fragt Kate.

Fred schaut zu Vicky. Sie nickt.

„Und ich benötigen von Ihnen, Vicky und Fred, noch eine eidesstattliche Versicherung", sagt Joe.

Am späten Nachmittag verlassen Kate und Joe das Haus der Archers. Es gibt einen langen und herzlichen Abschied. In Joes dunkelbrauner Aktentasche liegen das Dossier mit der Unterschrift von John Forrestal und die eidesstattliche Versicherung von Fred und Vicky Archer, die Joe aufgesetzt hat. Es schneit wieder.

„Doreen hat mich als kleines Kind gefragt, ob es böse Menschen gibt", sagt Kate. „Ich habe gesagt: Ja, die gibt es. Aber deine Tante wird dich immer vor ihnen schützen. Das Versprechen konnte ich nicht halten. Das werde ich mir niemals verzeihen."

„So etwas kann man nicht versprechen, Kate. Es war ein Wunsch, der sich nicht erfüllt hat. Wer kann mit einem solchen Abgrund von Bösartigkeit rechnen? Aber es wird Gerechtigkeit geben."

Zwei Menschen im dichten Schneetreiben. Eingehüllt in Daunenjacken. Im Gepäck haben sie Unterlagen mit dem Potential, ein politisches Erdbeben auszulösen – weltweit. Vom Atlantik kommt ein kalter Windstoß. Sie können für einen Moment nicht mehr atmen, drehen ihre Gesichter zur Seite. Kate schließt die Augen. Die kleine Doreen blickt sie an. Kate weiß: Alles, was sie jetzt tun wird, schuldet sie ihr.

DREIUNDFÜNFZIG

3 Tage später

Los Angeles, am 2.1.2023, um 9.30 Uhr

Im Besprechungsraum des FBI-Büros in Los Angeles liegt eine Stille, schwer wie Blei. Davis und seine Assistentin schauen auf die Papiere, die Joe Henderson vor ihnen ausgebreitet hat. Kates Gesicht ist von Erschöpfung gezeichnet, doch in ihren Augen glüht Entschlossenheit. Davis hat ihr den frühestmöglichen Termin gegeben, direkt am Morgen nach dem New Years's Day. Am Telefon hat Kate verändert geklungen. Energie und Willenskraft lagen in ihrer Stimme, dazu ihre Worte, dass die Sache keinen Aufschub mehr dulde. Es war ihm klar, dass die beiden etwas Außergewöhnliches entdeckt haben müssen. Er fühlt sich immer noch schuldig, weil das FBI bisher nicht tätig werden konnte.

Nun lesen sie alles. Forrestals Dossier, die eidesstattlichen Versicherungen. Sie hören das Band, das Joe auf einem alten Abspielgerät mehrmals laufen lässt. Davis und seine Assistentin können es kaum glauben. Der Vizepräsident, soeben auf die Verfassung vereidigt, ein Mörder aus längst vergangenen Tagen! Der Gouverneur Williams korrupt, bestochen von einem Milliardär mit mysteriösen Plänen. Die politische Karriere des zweiten Mannes im

Weißen Haus erkauft, mit kriminellen und mafiösen Methoden.

Plötzlich machen auch die Morde an Jason, Nick und Doreen einen Sinn. Für Davis ist klar: Der Milliardär plant etwas, das durch Recherchen nicht gefährdet werden darf. Was genau, steht nicht in den Papieren. Aber für sein Vorhaben braucht er offenbar den erpressbaren Vizepräsidenten, dem er das Amt verschafft hat. Niemand soll erfahren, dass Brown durch Korruption aufgestiegen ist. Das Ganze ist ein brutaler Griff nach der Macht, für den Unschuldige sterben mussten. Die Fakten reichen aus, um von einer Verschwörung gegen die Vereinigten Staaten auszugehen. Der neue Vize als Marionette eines verbrecherischen Milliardärs. Wenn Brown in das Präsidentenamt aufrückt, ist nicht er, sondern Applegate der Boss im Weißen Haus.

„Das wird das Land erschüttern und auf der ganzen Welt für Aufsehen sorgen", sagt Davis zu Kate und Joe.

„Officer, den Schaden von der Nation abzuwenden, ist Ihre Sache oder die der Behörden. Ich möchte Gerechtigkeit für Doreen und auch für Nick. Es war ihr Mut, selbst zu ermitteln. Damit wurde alles aufgedeckt. Wir beide, Joe und ich, haben ihre Arbeit nur vollendet."

„Da haben Sie recht, Ms. Hawkins. Und ich wünschte, ich hätte früher eingreifen können. Was Sie in kurzer Zeit geleistet haben, ist unglaublich."

„Bitte, Mr. Davis, handeln Sie schnell. Applegate, Brown, die Morde, alles hängt zusammen. Die Uhr tickt. Ich sage Ihnen: Die Präsidentin wird die Nächste sein."

Davis lehnt sich zurück.

„Wenn das stimmt, haben wir wirklich keine Zeit."

Seine Finger trommeln auf die Tischkante. Ein unruhiger Rhythmus. Ohne ein weiteres Wort greift er zum Telefon, wählt die direkte Nummer des Leiters des Field Büros.

„Mark, wir haben etwas, was du sehen und hören musst. Sofort.“

Die nächsten Stunden und Tage sind ein Wirbel von Prüfungen. Washington wird eingeschaltet. Die Sache wird John Haynes, dem FBI-Chef, vorgelegt. Im Hauptquartier des FBI wird eine Sonderkommission gebildet. Sie werten den Inhalt der Dokumente aus, vergleichen Unterschriften, prüfen die Echtheit der Tonbandaufnahme und die Plausibilität der Vorwürfe. Beamte schwärmen aus, nach Nelson zu Peter Cunningham, nach Portland zu Fred und Vicky Archer.

Am Abend des 6.1.2023, dem Tag der Vereidigung auf dem Capitol, werden die Präsidentin Immelman, die neue Justizministerin und der Sprecher des Repräsentantenhauses in einem abgeschotteten Raum des Weißen Hauses unterrichtet. Natürlich ohne Brown, der das Wochenende in seinem Haus in Los Angeles verbringt. Die Sache bleibt bis Montag unter Verschluss. Das FBI bereitet in dieser Zeit die Festnahme von Applegate vor. Der Haftbefehl – Verschwörung gegen die Vereinigten Staaten, Bestechung und Mord – wird unterzeichnet. Am 9.1.2023, um 9.00 Uhr, soll die Falle zuschnappen. Fünfzig Mitglieder des Hostage Rescue Team, der Spezialeinheit des FBI, erhalten den Auftrag, das festungsähnliche Anwesen des Milliardärs in den Bergen nördlich von Santa Barbara zu stürmen.

VIERUNDFÜNFZIG

Eine Woche später

Lake Cachuma, am 9.1.2023, um 9.12 Uhr

Robert Applegate Junior schaut aus dem großen Panoramafenster. Das Wasser des Lake Cachuma glitzert in der Morgensonne. Sein Gesicht ist fahl, von tiefen Falten gezeichnet. Seit Jahren fehlen ihm Frischluft und Sonnenlicht. Nur selten wandert er für einige Minuten durch den Dachgarten seines Gebäudes. Der Milliardär hat spitze Ohren, eine Glatze und stechende Augen. Er ist einundsiebzig, seinem Aussehen nach könnte er aber auch älter sein. Soeben hat er sein Frühstück zu sich genommen. Etwas gesalzener Kabeljau und Rührei. Eine Kombination, die er noch von den Bermudas kennt. Dazu milder Tee.

Applegates Stirn kräuselt sich. Er kneift seine Augen zusammen, für die er trotz seines Alters immer noch keine Brille benötigt. Am Horizont entdeckt er etwas Auffälliges. Fünf dunkle Punkte, die immer größer werden. Dann hört er ein Knattern. Erst leise, dann immer bedrohlicher, lauter, störender. Kein Zweifel. Es sind fünf schwarze Helikopter, die genau auf sein Anwesen zufliegen. Applegate ruft seinen Sicherheitschef, der sofort bei ihm ist. Er war früher für den Geheimdienst eines brutalen Regimes tätig und hat sich in die Vereinigten Staaten abgesetzt. Applegate hat ihn verpflichtet, weil er das Killer-Handwerk von der Pike auf gelernt hat. Der Mann weiß, wie man Spuren beseitigt. Das Salär, das ihm der Milliardär zahlt, würde Generäle erblassen lassen.

„Was sind das für Helikopter?“, fragt Applegate.

„FBI. Die rücken auch über die Straße vor, Chef.“

„Plan Ostwind. Außen- und Innenring für dreißig Minuten schließen. Alle Dateien nach Plan sichern. Danach soll kein Widerstand mehr geleistet werden“, ordnet Applegate an.

Seine Stimme ist blechern, metallisch.

„Ok, Chef, Plan Ostwind.“

„Wir starten sofort“, kommandiert Applegate.

Innerhalb von wenigen Minuten erscheinen die Privatsekretärin, eine elegant gekleidete Frau mit strengem Blick, um die fünfzig, und sein CEO, Gerald McLeod. An ihn wendet sich Applegate.

„McLeod, irgendetwas ist schiefgelaufen. Es gilt Plan Ostwind. Rufen Sie sofort Burnus in Hamilton an und melden Sie ihm das. Ich erwarte ihn morgen Mittag in Caracas. Und schicken Sie auf der Stelle alle Wissenschaftler nach Hause. Sagen Sie, dass wir eine Bombendrohung haben.“

„Ok, Boss.“

Gemeinsam mit seinem Sicherheitschef und seiner Privatsekretärin verlässt Applegate seinen Privatbereich. Die Schritte der drei hallen auf dem Marmorboden. Nervös ist keiner von ihnen. Dafür ist der Plan zu lange erprobt, jedes Detail zigmal durchgespielt worden. Sie steuern einen Aufzug an. Der Lärm der fünf Helikopter über dem Gebäude ist mittlerweile ohrenbetäubend. McLeod ist als Einziger in den Räumen des Chefs geblieben. Er führt diverse Telefonate, um die finanziellen Transaktionen zu starten, die zum Plan Ostwind gehören.

Applegate steigt mit seinen beiden Begleitern in den Aufzug.

Mit einem leisen Summen geht es in die Tiefe. Dort, im Inneren des Bergmassivs, betreten sie eine beleuchtete Halle. Jeder von ihnen setzt sich in eines der bereitstehenden Elektromobile. Wie von Geisterhand öffnet sich ein Tor, das den Blick auf einen zweieinhalb Meter hohen und drei Meter breiten Stollen freigibt. Der Tunnel hat eine Länge von drei Meilen und ist schnurgerade in den Berg geschlagen. Er ist in ein kaltes Neonlicht getaucht. Während der Fahrt herrscht eine gespenstische Stille. Nur die Elektromotoren surren.

Nach fünfzehn Minuten erreichen sie einen Hangar, der verborgen am anderen Ende des Bergmassivs liegt. Ein weiteres Tor öffnet sich zu einem Start- und Landeplatz. Draußen warten vier Piloten in dunklen Uniformen. Sie stehen vor zwei schwarzen Kampfhubschraubern, im Militärjargon Hirschkühe genannt. Die Fluggeräte stammen aus russischer Produktion. Applegate hat sie vor Jahren erworben und für eigene Zwecke umbauen lassen. Die beiden identisch aussehenden Hirschkühe haben Namen. Eine heißt Tara, die andere Tanja.

Die Piloten sind ehemalige russische Offiziere. Ihr Job ist es, die Helikopter zu warten und für den Plan Ostwind einsatzbereit zu halten. Applegate, die Privatsekretärin und der Sicherheitschef steigen in Tara ein. Die Rotoren erwachen mit einem gewaltigen Lärm. Dann werden die Türen geschlossen, und Tara hebt ab. Der Plan Ostwind sieht vor, dass McLeod mit der Schwester Tanja eine knappe Viertelstunde später startet.

Tara, mit Applegate, dem Sicherheitschef und der Privatsekretärin an Bord, fliegt Richtung Süden. Zunächst über die Berge, dann Richtung Pazifik. Ihr Ziel ist die mexikanische Grenze, danach der Airport der Millionenstadt Tijuana. Dort wartet eine Bombardier 8000, um die drei Passagiere nach Caracas zu bringen. Der Milliardär besitzt dort eine riesige Farm mit einem Herrenhaus, gesichert durch eine kleine Privatarmee. Wenn das FBI ihren Fluchtweg entdeckt, werden sie schon auf dem Weg nach Venezuela sein. Den Aufzug in das Bergmassiv werden die Beamten nicht benutzen können. Nur McLeod wird noch einmal in den Berg fahren. Dann wird die Software der Anlage zerstört.

Applegate sitzt in einem bequemen weißen Ledersessel. In der Reihe davor, mit dem Rücken zu ihm gewandt, seine Privatsekretärin und sein Sicherheitschef, starr wie Statuen. Der Hubschrauber fliegt ruhig über den Pazifik. Seine Geschwindigkeit beträgt zweihundert Meilen pro Stunde. Der Milliardär drückt das Mikrofon etwas näher an seinen spitzen Mund und wendet sich an seinen Sicherheitschef.

„Gibt es schon Informationen?“, fragt er.

„Das FBI ist im Gebäude. Es hat keinen Schusswechsel gegeben. Jetzt wollen sie die Stahltür zu Ihren Räumen sprengen, Chef, sie gehen davon aus, dass Sie noch da sind.“

„Idioten! Sind die unteren Etagen geräumt? Die Maulwürfe?“

„Alle schon weg. Sie fahren mit ihren Autos nach Hause.“

„Was ist der Grund für den Einsatz?“

„Angeblich eine Verschwörung gegen die Vereinigten Staaten.“

„Hm …“

„Da ist noch was, Chef. Die beiden Kasachen singen, wie ich es immer schon befürchtet habe.“

„Beide liquidieren! Auf der Stelle.“

„Okay.“

Applegate schaut auf das Meer unter ihnen. Ein endloses Blau. Er grübelt. Eine Verschwörung gegen die USA? Was weiß das FBI? Für ihn ist es ein Rätsel. Das geplante Attentat auf die Präsidentin und das Projekt Coincore kennt nur McLeod. Und der ist loyal, ihm kann er vertrauen. Ein Knacken im Mikrofon. Es ist der vor ihm sitzende Sicherheitschef.

„Chef, das FBI schirmt die Kasachen ab. Die beiden Bastarde singen und haben auch schon Dateien ausgehändigt."

„Diese Scheißkerle. Ich habe Sie immer davor gewarnt, die Typen zu beschäftigen."

Applegate knirscht mit den Zähnen, was er immer tut, sobald etwas aus dem Ruder läuft. Für das FBI ist es der Jackpot, wenn die Kasachen, seine Techniker, die Morde an Jason und an dem jungen Paar verraten. Aber zum Glück wissen sie nichts von Coincore, und auch ihre Dateien enthalten darüber nichts.

Applegate blickt aus dem Fenster. Sie haben Catalina Island passiert. Jetzt sind es noch etwa sechzig Meilen bis zur mexikanischen Grenze. Alles, wofür er in den letzten Jahren gearbeitet hat, liegt in Trümmern. Wie konnte das passieren? So kurz vor dem Ziel. Noch ein paar Wochen, dann wäre Brown der neue Präsident geworden. Und er, Applegate, der Tycoon der Welt. Alles vorbei! Es ist sein Armageddon! Sicher, ein armer Mann wird er nicht mehr sein. Der Plan Ostwind sieht vor, dass die größten Depots nach Panama und Venezuela transferiert werden. Und da wird es keine Beschlagnahmung durch die US-Behörden geben.

Seine Leute sind Versager. Wieder einmal haben sie nicht perfekt gearbeitet. Sie haben den Journalisten, den jungen Schnüffler und auch dessen Freundin ausgeschaltet. Nur die alte Frau haben sie nicht beseitigt. Aber sollte die wirklich die Quelle sein? Wohl kaum. Sind es Brown oder Forrestal? Auch unwahrscheinlich. Brown hat er voll im Griff, und Forrestal liegt im Koma. Bliebe noch das Dossier von Forrestal. Seine Leute haben das verdammte Papier immer noch nicht gefunden. Sollte es im Besitz des FBI sein? Aber warum dann der Haftbefehl wegen einer Verschwörung gegen die USA? Forrestals Dossier kann keinen Hinweis auf Coincore und den Anschlag auf die Präsidentin enthalten. Davon weiß

Forrestal nichts. Applegate versteht die Zusammenhänge nicht. Vielleicht findet McLeod eine Erklärung.

Auf seinen CEO kann er sich immer verlassen. Mit ihm wird er die Lage besprechen und neue Wege finden. Da ist er sicher. Ein kurzer Blick auf die Uhr. Nach dem Plan Ostwind musste McLeod längst in der Luft sein. Er zieht das Mikrofon an sich. Man möge ihn mit McLeod verbinden, ordnet er an. Mit blecherner, monotoner Stimme.

„Okay, Chef."

Ein Rauschen, ein Knistern. Schließlich meldet sich McLeod.

„Wo sind Sie?", fragt Applegate.

„In der Luft. Alles verläuft planmäßig. Die Transaktionen sind veranlasst."

„Was ist mit den Dateien für Coincore?"

„Alles gesichert, Chef. Von Krypto erfährt das FBI nichts. Es sei denn, die Forscher sagen etwas. Aber die halten wir mit ihren Verträgen in Schach."

„Gut so, McLeod. Wir sehen uns morgen Mittag in Caracas."

Applegate kann die Miene von McLeod nicht sehen. So entgeht ihm das kalte, sonderbare Lächeln seines CEO. Der Milliardär lehnt sich zurück. McLeod hat alle Coincore-Dateien gesichert. Darauf wird er aufbauen können. Vielleicht kann er eine der korrupten mittelamerikanischen Regierungen für die Einführung der Kryptowährung gewinnen. Das wäre zwar nicht der große Coup, der die Finanzwelt mit einem Schlag verändern würde. Aber die Tür zu einer Zeitenwende könnte er auch damit aufstoßen.

Er schaut aus dem Fenster seines Hubschraubers. Der Himmel ist wolkenlos. Plötzlich zuckt er zusammen. Drei Kampfjets der Navy haben Kurs auf den Helikopter genommen. Offenbar kommen sie von einem Flugzeugträger, der vor der Küste von San Diego operiert. Was das bedeutet, ist ihm klar. Man will Tara zur Landung zwingen, bevor die Staatsgrenze erreicht ist. Oder will man sie abschießen? Sein Gesicht wird noch fahler. Er schaut hinunter auf die Landseite. Dort liegt malerisch die Halbinsel Coronado in der Sonne. Weiter unten das Mündungsdelta des Tijuana River, durch das die Grenze verläuft. Ein schneller Blick auf die Kampfjets, die sich mit einem unglaublichen Tempo nähern. Sobald der Helikopter über der Grenze ist, besteht keine Gefahr mehr. Aber wie es aussieht, werden die Jets sie vorher einholen.

„Kurs halten", befiehlt er den Piloten.

FÜNFUNDFÜNFZIG

Derselbe Tag

Washington, D. C., am 9.1.2023, um 9.00 Uhr

Alan Brown strahlt. Zum ersten Mal sitzt er in dem Büro des Vizepräsidenten im Westflügel des Weißen Hauses, direkt neben den Büros des Stabschefs und des nationalen Sicherheitsberaters. Durch das Fenster blickt er über die hohe Hecke hinweg auf das wuchtige Eisenhower Executive Office Building. Dort warten weitere repräsentative Räume auf ihn. Er ist im Zentrum der Macht angekommen. Das Büro, in dem er sitzt, ist nicht sehr groß und hat eher eine symbolische Funktion. Der Vertreter der Präsidentin soll sich im Westflügel nicht als Gast, sondern auch als Hausherr fühlen. Immerhin ist er vom amerikanischen Volk direkt gewählt. Leicht amüsiert betrachtet Alan das Mobiliar. Offenbar werden bei Renovierungen des Oval Office alte Teile hierher verbannt. Doch das stört ihn nicht. Er, Alan Brown, ein Junge aus Philadelphia, ist Vizepräsident der Vereinigten Staaten. Manchmal möchte er sich kneifen.

Es ist Montagmorgen, und er ist früh erschienen. Um 11.30 Uhr steht die erste Kabinettssitzung an. Die offizielle Vereidigung liegt erst drei Tage zurück. Danach feierte er mit seiner Frau Emily in ihrer Villa im Hancock Park, umgeben von Freunden, die seinen Aufstieg bestaunten. Direkt nach der Zeremonie am Freitag verließen sie die Hauptstadt und machten ihren ersten Flug mit der Air Force Two nach Los Angeles. Ein Triumphzug. Als der Jumbo majestätisch auf dem Rollfeld aufsetzte, hatte er das Gefühl, der ganze Flughafen würde den Atem anhalten. Er ist immer noch berauscht davon. Kein Vergleich zu den vielen unscheinbaren Landungen, die er mit seiner Gulf Stream III auf seinem heimatlichen Airport hatte.

Der Stabschef der Präsidentin hat ihn gebeten, sich schon um 9.30 Uhr bereitzuhalten. Eine wichtige Besprechung im Oval Office stünde an. Die neue Justizministerin und der Chef des FBI sind auch dabei. Was wird man ihnen eröffnen? Bestimmt etwas, was die Öffentlichkeit nicht weiß, was er nicht einmal als Senator erfahren hat. Die Akten über den Mord an Kennedy kommen ihm in den Sinn. Oder geht es etwa um unbekannte Fluggeräte und geheime Raumfahrtprogramme, um sensible Informationen über Außerirdische? Er grinst in sich hinein. Das Amt, das er zunächst gefürchtet hatte, wirkt jetzt wie pures Adrenalin. Vor gut zwei Jahren war es noch anders gewesen. Da erwischte ihn der Anruf aus der Vergangenheit, eiskalt. Robert Applegate, ein Name, den er tief im Keller seines Gedächtnisses vergraben hatte. Der Mann, der einst Rays Vermögen mit ihm und John geteilt hatte, war plötzlich wieder da. Seine Stimme, drohend und unheilvoll.

„Brown, Sie werden Senator, Nachfolger von Nancy Smith", sagte er. „Wenn nicht, erwartet Sie der elektrische Stuhl."

Ein Albtraum, der ihn zurück in die Villa in San Mateo katapultierte. Der Abend mit Ray, die Wanne, das Flehen von John. Er sträubte sich, argumentierte, dass der Gouverneur ihn niemals zum Senator ernennen würde. Doch Applegate lachte nur.

„Williams gehört mir. Er ist gekauft."

„Warum soll ich nach Washington?", fragte Alan.

„Weil ich es so will."

Was für ein Bastard! In seiner Verzweiflung reiste er zu John, der längst ein Schatten seiner selbst geworden war. John gestand ihm, dass er Applegate seit Jahren erpresste. Nur ein schwacher Trost. Am Ende kapitulierte Alan. Senator! Das war nicht sein Traum, doch er fügte sich. Seitdem lebt er in der Ungewissheit darüber, was Applegate wirklich will. Zwei Jahre vergingen, ohne ein Zeichen. Bis der nächste Schlag kam.

„Immelman wird Sie zu Ihrem Running Mate machen", sagte Applegate. „Sagen Sie Ja, oder Sie wissen, was passiert."

Wieder kam es, wie von Applegate vorhergesagt. Ein Anruf von Immelman. Ob er Vize werden wolle. Wie viele Millionen muss Applegate gespendet haben?

Warum das alles? Alan ahnt, dass Applegate ihn zur Marionette machen möchte, aber zu welchem Zweck? Er beruhigt sich. Vielleicht geht es nur um Insiderwissen, mit dem Applegate seine Hedgefonds noch reicher machen will. Wenn es das wäre, kein Problem. Ein kleiner Preis für den Glamour des Amtes. Außerdem: Als gewählter Vizepräsident hat er Macht, die kann er ausspielen. Er lehnt sich in seinem Sessel zurück und verschränkt die Arme hinter seinem Nacken. Auf die Zukunft kann er sich, trotz allem, freuen. In diesem Moment klopft es an der Tür. Ein Amtsdiener tritt ein, höflich, aber bestimmt.

„Sir, die Besprechung wurde in den Roosevelt-Room verlegt. Es ist Zeit."

Alan nickt, nimmt sich den vor ihm liegenden Pressespiegel und folgt dem Mann. Im Roosevelt-Room warten sieben Personen. Kathleen Immelman sitzt in der Mitte, flankiert von der Justizministerin und dem FBI-Chef John Haynes. Die anderen Leute kennt er nicht. Er spürt die Anspannung, die im Raum liegt. Wenn alle schon hier sind, warum hat man ihn nicht eher gerufen? Als er die Anwesenden mit Handschlag begrüßt, sind deren Hände kalt, die Blicke abweisend. Alan bekommt plötzlich ein mulmiges Gefühl.

„Alan", sagt die Präsidentin, ihre Stimme anders als sonst, schneidend. „Das FBI hat um das Gespräch gebeten. Mr. Haynes, bitte."

Haynes fixiert ihn.

„Mr. Vice President, ich spiele Ihnen eine Aufnahme vor, dreißig Jahre alt."

Ein Klicken. Dann Stimmen, seine eigene und Johns, verzerrt, aber unverkennbar.

„Alan, das k-können wir nicht tun. Wir bringen ihn ja um."

„Nein, wir helfen ihm."

„Nein, nein, t-tu's nicht, bitte."

„Sei endlich still, John. Denk an das Geld und geh wieder nach unten."

Alan erstarrt. Das Blut weicht aus seinem Gesicht. Soeben hat er die Szene gehört, die er jahrzehntelang verdrängt hat. Er ist wie betäubt. Wie ist das möglich? Es muss ein Fake sein. Sie waren damals allein. Applegates Falle, Johns Verrat? Alle Blicke sind auf ihn gerichtet. Er zwingt sich zur Ruhe, hebt sein Kinn. Fast trotzig.

„Kathleen", sagt er und schaut sie an. „Ich weiß nicht, worum es hier geht. Diese Stimmen kenne ich nicht. Ist das mit KI erstellt? Was soll das alles?"

Ihre Miene bleibt eisig. Sie nickt Haynes zu, der fortfährt.

„Mr. Vice President, ich möchte Ihnen außerdem Kopien einiger Unterlagen vorlegen. Es handelt sich um ein Dossier, das Ihr Studienfreund, Mr. John Forrestal, eigenhändig erstellt und unterschrieben hat. Und um die eidesstattlichen Versicherungen eines Mr. Peter Cunningham und des Ehepaares Archer aus Maine. Wir gehen davon aus, dass Sie nach dem Studium dieser Papiere besser informiert sind."

Haynes schiebt ihm einen Stapel Unterlagen zu.

„Alan", sagt Immelman. „Wir ziehen uns so lange in das Oval Office zurück. Lassen Sie mich wissen, wenn Sie so weit sind. Ich möchte dann mit Ihnen unter vier Augen sprechen."

Die Präsidentin steht auf und verlässt den Raum. Die anderen folgen. Alan schaut ihnen wie in Trance hinterher. Die Tür wird von einem Amtsdiener geschlossen. Nun ist er allein im Raum. Seine Augen bleiben an dem Bild auf der gegenüberliegenden Wand hängen. Franklin D. Roosevelt, zwölf Jahre Präsident der Nation, schaut ihn an. Mit einem Blick, als ob er sein Urteil gefällt hätte.

Alans Hände zittern. Wie kann eine Tonaufnahme mit seiner und Johns Stimme existieren? Er versteht nichts mehr. Es dauert einige Zeit, bis er die Kraft findet, die Papiere zu lesen.

SECHSUNDFÜNFZIG

Derselbe Tag

San Diego, am 9.1.2023, um 10.55 Uhr

Die Kampfjets haben die Hirschkuh Tara erreicht und sich ihrer Geschwindigkeit angepasst. Das ungewöhnliche Manöver zeigt, dass sie den Helikopter auf keinen Fall in den mexikanischen Luftraum entwischen lassen wollen. Zwei der Jets haben Tara in ihre Mitte genommen und wackeln mit den Tragflächen. Das Zeichen, dass der Helikopter ihnen folgen soll. Der dritte Jet fliegt vor dem Hubschrauber. Position zwei Uhr. Er lässt Leuchtraketen fallen.

„Wie weit noch zur Grenze?", fragt Applegate über sein Mikrofon die Piloten.

„Zehn Meilen, Sir."

„Weiter Kurs halten", ordnet er an.

„Okay, Sir."

Die Piloten lassen Tara abrupt sinken. Die Jets können nicht reagieren. Sie behalten ihre Höhe. Applegate hält den Atem an. Werden sie den Helikopter jetzt abschießen? Es wäre gegen das Gesetz, denkt der Milliardär. Aber was heißt das schon, wenn es um eine Verschwörung gegen die Vereinigten Staaten geht. Der alte Mann sitzt aufrecht in seinem Sessel. Wie Stahlseile stechen die Sehnen des dünnen Halses hervor.

„Wir sind kurz vor der Grenze", sagt der Pilot.

Wenn ein Abschuss erfolgt, dann jetzt. Applegate krallt sich an der Lehne des Sessels fest. Der Mund des alten Mannes ist noch spitzer als sonst, die Lippen aufeinandergepresst. Er kann seinen Herzschlag hören. Sein Puls ist schnell. Da sieht er etwas Helles, das aus einem der Jets kommt. Ist es das Geschoss? Er schließt die Augen.

Aber nichts passiert. Er öffnet die Augen wieder. Die beiden Jets sind immer noch über ihnen. Es war wohl nur eine weitere Leuchtrakete. Plötzlich sieht er, dass die Kampfjets zur Seite abdrehen. Die Erklärung liefert sein Pilot.

„Grenze erreicht", hört er ihn.

Die Privatsekretärin und der Leiter seines Sicherheitsdienstes drehen sich zu Applegate um. Sie haben in den letzten Minuten wie versteinert auf ihren Plätzen gesessen. Wie zwei Todeskandidaten in Erwartung ihrer Spritze. Die Erleichterung ist ihnen ins Gesicht geschrieben. Applegate lehnt sich entspannt zurück. Er nickt den beiden zu. Das war Rettung im allerletzten Moment! In Mexiko wird ihnen keine Gefahr mehr drohen. Den amtierenden Chef der Luftstreitkräfte des Landes versorgt er mit einer üppigen Zahlung. Der General ist darüber informiert, dass sie kommen.

„Gut gemacht", sagt er zu den Piloten.

Er lobt sonst nie. Doch die Erlösung lässt ihn eine Ausnahme machen. Für den Plan Ostwind hat er ein Vermögen aufgewendet. Die Baukosten, die Helikopter und ihre Unterhaltung, dazu das Geld für den mexikanischen General. Um ein Haar wäre alles umsonst gewesen. Wieder einmal hat er Glück gehabt. Das braucht man im Leben. Heute Abend wird er auf dem Dachgarten seines Anwesens in Venezuela sitzen. Er wird Zeit brauchen, die Folgen des Desasters zu beseitigen. Aber mit Geld wird sich vieles regeln lassen. Mit McLeod wird er das schaffen. Caracas wird ihn auf keinen Fall ausliefern, was immer die Vereinigten Staaten ihm vorwerfen.

Der Helikopter hat den Tijuana River überflogen und befindet sich über dem Stadtteil Libertad. Die Passanten, die in dieser Gegend die Straßen bevölkern, sind an laute Fluggeräusche gewöhnt. Der Internationale Flughafen General Abelardo L. Rodriguez liegt in unmittelbarer Nähe. Dort steht die abflugbereite Bombardier 8000. In wenigen Minuten wird die Hirschkuh Tara neben der Privatmaschine landen. Applegate und seine Begleiter werden umsteigen, und der Jet wird unverzüglich starten. Die mexikanische Luftwaffe hat bereits Soldaten abkommandiert, die den Milliardär und seine Begleiter in den Flieger eskortieren werden.

Es sind nur noch wenige Minuten, bis der Helikopter aufsetzen wird. Sie sind schon über der Landebahn und können die dort geparkten Privatjets sehen. Da erschüttert eine riesige Explosion den Flughafen. Der Internationale Airport in Tijuana hat eine solche Katastrophe noch nie erlebt. Im Bruchteil einer Sekunde verwandelt sich die Hirschkuh in einen glutroten Feuerball und wird in Tausende von Einzelteilen zerlegt. Der Knall ist bis nach Downtown, San Diego, zu hören.

McLeod schaut auf seine gelbgoldene Rolex Daytona. Der Hubschrauber Tanja fliegt auf einer Route, die von der des Planes Ostwind abweicht. Nach der Berechnung von McLeod muss die Bombe vor zwei Minuten gezündet haben. Um ganz sicherzugehen, ruft er Applegate an. Als er feststellt, dass er niemanden mehr erreicht, legt er seinen Kopf in den Nacken. Er betrachtet den bordeauxroten Himmel an der Decke des Helikopters. Es hat alles funktioniert. Ab jetzt ist er der Boss. Die Dateien sind gesichert. Und er ist jung genug, das Kryptozeitalter noch zu erleben.

Erleben? Nein, gestalten wird er es. Ganz nach den Plänen des toten Meisters. Er lächelt, zynisch, kalt. Kälter, als Applegate jemals gelächelt hat.

SIEBENUNDFÜNFZIG

Derselbe Tag

Washington, D. C., am 9.1.2023, um 10.58 Uhr

Alan ruft einen Amtsdiener. Man möge der Präsidentin mitteilen, dass er für das Gespräch bereit sei. Kurz darauf wird er von zwei Sicherheitsleuten in das Oval Office geleitet. Die Präsidentin ist allein. Sie hat die übrigen Teilnehmer der Besprechung gebeten, für kurze Zeit in dem noch leeren Kabinettsaal zu warten. Immelman bittet Alan, auf einem der beiden hellen Sofas in der Mitte des Raumes Platz zu nehmen. Den ersten Schock hat er überwunden. Welche handfesten Beweise hat man gegen ihn? Einen uralten Tonbandmitschnitt, der eine Fälschung sein kann. Das Dossier von John, der als Zeuge nicht mehr zur Verfügung steht. Und last not least: Er hat Applegate auf seiner Seite, den mächtigen Spender und Strippenzieher. Der wird auf jeden Fall ein Interesse daran haben, ihn im Amt zu sehen. Manchmal ist es gut, mit dem Satan im Bunde zu stehen. Gute Anwälte werden das hinkriegen.

Immelmann und Alan sitzen sich gegenüber. Zwischen ihnen ein niedriger Couchtisch. Auf der lackierten Holzplatte das stolze Wappen der Vereinigten Staaten. Alan schaut auf den Kamin, den die Welt kennt. Er sieht die Bilder mit den großen Präsidenten des

Landes. George Washington, Abraham Lincoln und die anderen. Die Präsidentin kommt zur Sache.

„Alan, ich muss Sie nach Lage der Dinge auffordern, von Ihrem Amt als Vizepräsident mit sofortiger Wirkung zurückzutreten. Eine Alternative gibt es nicht. Dabei möchte ich Ihnen zum aktuellen Zeitpunkt versichern, dass für Sie die Unschuldsvermutung gilt. Ganz gleich, was an den Vorwürfen richtig oder falsch ist. Und Sie würden deshalb auch als Unschuldiger demissionieren. Der Grund wäre allein, dass Sie Ihr Amt und die laufenden politischen Geschäfte nicht mit einem Ermittlungsverfahren belasten. So werden wir es kommunizieren."

Alan schluckt mehrmals. Er hatte gehofft, dass die Präsidentin zu ihm steht. Ihm die Chance gibt, die Vorwürfe aus der sicheren Position des Weißen Hauses heraus zu widerlegen.

„Kathleen, ich verstehe Ihren Wunsch. Aber lassen Sie mich sagen, dass es sich um völlig haltlose Vorwürfe handelt. Es ist richtig, dass ein gemeinsamer Studienfreund damals Suizid begangen hat. Er hat sogar einen Abschiedsbrief hinterlassen, was sich beweisen lässt. Was es mit der Tonaufzeichnung und dem Inhalt der Papiere auf sich hat, weiß ich nicht. Es kann sich nur um Fakes handeln, was sich mit Sicherheit bald herausstellen wird."

„Es wäre schön für Sie, Alan. Aber trotzdem erwarte ich Ihren sofortigen Rücktritt. Ein Impeachment-Verfahren werden Sie nicht wollen. Sie würden es auch nicht überstehen. Außerdem: Wenn Sie im Amt bleiben, wird die Öffentlichkeit über kurz oder lang den Kopf von uns beiden fordern. Damit aber wäre keinem von uns gedient. Sie werden zurücktreten."

Alan zieht das letzte Ass, das er in seinem Ärmel wähnt.

„Kathleen, haben Sie meine Demission mit unserem Spender Applegate besprochen? Ich könnte mir vorstellen, dass er von meinem Rücktritt nicht gerade begeistert wäre."

„In diesem Moment läuft eine Festnahmeaktion des FBI gegen Applegate. Es wird ihm eine Verschwörung gegen die Vereinigten Staaten zur Last gelegt. Und ich verbitte mir solche unterschwelligen Drohungen."

Alan fühlt sich, als hätte die Präsidentin ihm in den Magen geboxt.

„Kathleen, wieviel Zeit geben Sie mir?"

„Maximal bis 14 Uhr. Eine Stunde später muss ich vor die Presse. Es ist alles vorbereitet."

Immelman begleitet ihn bis zur Tür. Sie schaut ihm in die Augen. Ein Blick, den Alan nur schwer deuten kann. Ist es Mitgefühl, Zorn oder Wut? Vielleicht von allem etwas.

Alan geht in sein Büro. Dort führt er die schwersten Telefongespräche seines Lebens. Mit seinen Anwälten, seinen Geschäftspartnern und mit Emily, die den Namen Ray Raszinsky noch nie gehört hat. Er weiß nicht, dass er bereits abgehört wird. Seinen Leuten sagt er, dass er völlig unschuldig sei. Das Ganze sei politisch motiviert. Eine Verschwörung. Vermutlich stecke jemand dahinter, der sich Hoffnung auf das Amt des Vizepräsidenten gemacht habe. Trotzdem: Immelman habe seinen Rücktritt verlangt und ihm die weitere Unterstützung versagt. Ohne den Rückhalt der Präsidentin und der Stäbe stehe er auf verlorenem Posten. Vielleicht arbeite man im Weißen Haus sogar gegen ihn. Also müsse er zurücktreten und seine Verteidigung als Privatmann organisieren. Das erklärt er auch Emily, die die neue Entwicklung überhaupt nicht begreifen kann.

Alan weiß nicht, dass bereits ein Haftbefehl gegen ihn vorliegt. Dessen Vollzug hat die zuständige Richterin von der Aufgabe seines Amtes abhängig gemacht. Solange der gewählte Vize im Amt sei – so ihre Auffassung -, genieße er Immunität, ganz unabhängig von der Schwere der Vorwürfe. Mit der Verhaftung müsse in jedem Fall gewartet werden, bis die Rücktrittserklärung unterzeichnet sei.

Um 13.30 Uhr verfasst Alan in seinem Büro ein handschriftliches Rücktrittsgesuch. Er übergibt es dem Sicherheitsberater der Präsidentin. Das Gebäude des Weißen Hauses verlässt er um 14.00 Uhr. Eine schwarze Limousine soll ihn zum Flughafen bringen. Aber er kommt nicht weit. Noch vor dem Tor zur Straße wird sein Wagen von Beamten des FBI gestoppt. Sie präsentieren Alan den Haftbefehl und fordern ihn auf, in einen schwarzen Van des FBI umzusteigen. An der Ausfahrt kommt es zu tumultartigen Szenen. Ausflippende, schreiende Reporter, Kameraleute und Fotografen. Die Bilder gehen um die Welt. Das Fahrzeug bleibt immer wieder stecken, kann sich seinen Weg nur zentimeterweise durch die Menge bahnen.

Der Mann, der auf der Rückbank des Wagens kauert, ist um Jahre gealtert. Sein Dauerlächeln ist ausgeschaltet, das Gesicht eingefallen. In seinen Augen brennt kein Feuer mehr.

EPILOG

Redwood City, am 18.3.2024, um 17.45 Uhr

Kate steht auf ihrem Balkon und schaut auf den Sea Slough. Ihre Hände stecken tief in den Taschen ihres Mantels. In der rechten ein kleines Fläschchen mit Augentropfen, das sie ständig dreht. Der Wind trägt den salzigen Geruch der nahen Bucht heran. Die letzten Sonnenstrahlen tanzen über das Wasser. Der Prozess läuft noch und liefert der Weltpresse täglich Schlagzeilen. Alan Brown, Vizepräsident für ein langes Wochenende, sitzt bleich und gebrochen im Gerichtssaal. Ted Williams, der gekaufte Gouverneur, hat weiße Haare bekommen. Er schweigt. Die Schergen Applegates, gefühllose Killer mit kalten Augen, wirken wie ausgestopft. Und McLeod? Er thront in Venezuela, unberührt vom Gesetz. In seinen Händen die Dateien von „Coincore" wie eine weiterhin tickende Zeitbombe. Die Welt fragt sich: Lebt Applegate noch? War er in dem Feuerball über Tijuana? Kate weiß es nicht. Er wäre nur gerecht, wenn er den Mord an Doreen mit seinem Leben bezahlt hätte.

Die Beweise sind erdrückend. Die Dateien der Kasachen haben Applegates teuflisches Werk enthüllt. Er mordete mit High-Tech und Gift. Kim Anderson, Jason Parker, Nick und Doreen. Alle starben, weil sie seinem Plan im Weg standen. Botulinum in Nicks Trinkflasche, Kohlenmonoxid im Haus, Eingriffe in die Elektronik von Fahrzeugen, die Unfälle vortäuschen sollten. Sogar der Gerichtsmediziner aus Los Angeles war bestochen worden und unterschlug das Gift in Nicks Körper. Für 4 Millionen Dollar, alles diskret arrangiert von Burnus und seiner AWS Law Limited.

Der verhinderte Anschlag auf die Präsidentin steht im Mittelpunkt des Prozesses. Ein Koch im Weißen Haus, bezahlt von Applegate, und bereit, das Frühstück zu vergiften. Ein perfekter Mord. Ohne Doreens Mut, ohne Kates Klugheit und Zähigkeit, hätte niemand das Unheil verhindert. Wäre Applegates Plan aufgegangen, hätte die Welt getrauert. Ein Staatsbegräbnis für die Präsidentin mit allen gekrönten und ungekrönten Häuptern der Welt, und niemand hätte ein Verbrechen gewittert.

Um den geplanten Krypto-Coup aufzudecken, brauchte das FBI länger. McLeod hatte alle Dateien an sich genommen. Doch die Forscher redeten. Und sie gaben Einblick in das, was drohte. Ein schwarzes Loch für die Nation, aber eine leuchtende Super-Nova für Applegate und seinen Konzern.

Unzählige Kommentare in den Medien der Welt befassen sich seit Prozessbeginn mit der Wehrhaftigkeit und Stabilität des demokratischen Systems. Wie ist es möglich, dass ein erpressbarer Vize ins Weiße Haus gelangen und zur Marionette eines Milliardärs werden kann? Kann sich das wiederholen? Ist die Nation auf dem Weg zu einer Bananenrepublik?

Kate zieht ein verknittertes Foto aus der Tasche. Es zeigt Doreen, lachend, die braunen Augen voller Leben. Es sind Rays Augen. So hatten es Brown und Forrestal gesagt. Sie streicht mit dem Daumen über das Bild, als könnte sie die Wärme ihrer Nichte noch einmal spüren. Im Gericht, als Zeugin, hat sie alles gegeben. Sie hat von Rita erzählt, von Ray und vor allem von Doreen. Viele aus dem Publikum haben geweint, einige sogar aus der Jury. Doch als sie nach Hause kam, blieb nur die Stille.

Das Tuckern durchbricht die Abendruhe. Ein Motorboot gleitet den Kanal entlang. Die kleine Doreen stand gerne hier und winkte fröhlich den Booten zu. Kate hebt den Blick. Sie denkt an das Versprechen, das sie dem kleinen Mädchen gegeben hat. „Ich werde dich vor den bösen Menschen schützen." Eingelöst hat sie es nicht. Stattdessen hat Doreen sie schützen wollen. Und sie hat den Preis bezahlt.

Plötzlich vibriert ihr Handy. Eine unbekannte Nummer. Sie zögert. Dann nimmt sie den Anruf entgegen.

„Hallo?"

Ihre Stimme ist rau und müde.

„M-Ms. Hawkins?"

Eine Männerstimme. Wie aus dem Jenseits. Tieohn F-forrestal."

Kate erstarrt.

„Sie … Sie sind wach, John?"

„Ja, s-seit einigen Tagen. Ich habe von Ihrer Aussage gehört. Es tut m-mir leid. Alles."

Ein Schlucken am anderen Ende.

„Ich muss Ihnen etwas sagen, über Ray, über Alan. Über d-das, was noch kommt."

Ein kurzer Windstoß fegt über das Wasser. Kate greift das Handy fester. Ihr Herz schlägt schneller. Sie schaut nach oben. Zu Doreens Fenster. Ein Licht flackert auf. Oder bildet sie sich das nur ein?

„Was meinen Sie?", fragt sie.

Ihre Stimme ist kaum mehr als ein Flüstern.

„McLeod", sagt John. „Er ist nicht fertig. Burnus. Ich weiß, was sie planen."

Die Leitung knackt. Dann hört sie nichts mehr. Kate steht da, das Foto in der Hand, den Blick auf den Horizont gerichtet. Die Sonne versinkt. Der Himmel färbt sich blutrot.

Sie weiß: Die Schatten sind noch da. Und sie kommen näher.

Dank

Die Idee zu diesem Buch wuchs über Jahre. Aber ich zweifelte, ob meine nüchterne Juristensprache die Spannung eines Thrillers erzeugen kann. Es begann als ein vorsichtiges Schreib-Experiment. Ohne die Erwartung, jemals einen ganzen Roman fertigstellen zu können.

Über die Schauplätze, vor allem die in Kalifornien, konnte ich berichten. Zwei meiner Enkelkinder wurden dort geboren. Ich war auch in Nelson, Nevada, wo ich mit meinem amerikanischen Freund Fred Prussak seine dort lebende Schwester besucht habe.

Meiner Familie bin ich dankbar für ihre Geduld und Unterstützung. Wer recherchiert und schreibt, ist oft abgelenkt.

Ich danke meinem Lektor Simon Sahner und dem Tolino-Team für die tolle Hilfe. Und natürlich auch meinen Freunden: Maria als Literatur-Kennerin und deshalb fachkundige Ratgeberin, Gerd als Autor seiner eigenen beruflichen Erinnerungen und Inspirator, Joachim und Henning als unermüdliche Motivatoren.

Herzlichen Dank auch allen „Probelesern" für die konstruktive Kritik und den Zuspruch. Ihr habt mich erst ermuntert, das Buch nicht im Keller einzulagern, sondern einem größeren Kreis zugänglich zu machen.

Mein gedanklicher Ausflug über den Atlantik und in die Welt des Thrillers kommt für manchen sicher überraschend. Als „Debütant" würde mich freuen, wenn es mir gelingt, meinen Lesern Spannung und Unterhaltung zu vermitteln.